"在新疆"丛书

· 第一辑 ·

—小说七星—

刘亮程 主编

飞翔的云

萨 朗 著

新疆人民出版社
（新疆少数民族出版基地）

新疆人民卫生出版社

图书在版编目(CIP)数据

飞翔的云 / 萨朗著. -- 乌鲁木齐：新疆人民出
版社(新疆少数民族出版基地)：新疆人民卫生出版
社, 2024. 12. -- ("在新疆"丛书 / 刘亮程主编).
ISBN 978-7-228-21441-9

Ⅰ. I247.5

中国国家版本馆CIP数据核字第2024MG3221号

飞翔的云

FEIXIANG DE YUN

出 版 人	李翠玲	策　划	李翠玲　可　木	
出版统筹	陶小红	责任编辑	刘　巾	
装帧设计	王　洋	责任技术编辑	王　娟	
责任校对	朱梦瑶	封面绘画	孙黎明	

出版发行	新疆人民出版社（新疆少数民族出版基地） 新疆人民卫生出版社
地　　址	乌鲁木齐市解放南路348号
邮　　编	830001
电　　话	0991-2825887（总编室）　0991-2837939（营销发行部）
制　　作	天畅图文设计工作室
印　　刷	北京富诚彩色印刷有限公司

开　　本	880mm×1230mm　1/32
印　　张	10.25
字　　数	220千字
版　　次	2024年12月第1版
印　　次	2025年1月第1次印刷
定　　价	62.00元

序

新疆是我们博大的故乡。它的博大不仅体现在山川、河流、沙漠、戈壁、绿洲，还体现在生活在这里的五十六个民族以及多元一体的文化形态。

新疆，是多民族共居的美好家园。生活在这里的各族儿女密切交往、相互依存、休戚与共。在中华文明怀抱中孕育的新疆各民族文化包容互鉴，共同成为多元一体中华文化的一部分。

在新疆，普普通通的一场雪，会落在不同的语言里。每个阳光明媚的早晨，"太阳"这个词会在这些语言里发光。人们用许多种语言在述说我们共同生活的地方。这正是新疆的丰富与博大。

每个人都有自己的家乡。家乡可以是一个很大的地方，也可以是我们心里默念的一个小小的地名。有时候家乡可能就是我们小时候生活的一个地方，当我们越来越远地离开家乡的时候，这个地方就变成了一个地名。但是，往往是那些细小的家乡之物，承载了我们对家乡所有的思念，比如家乡的一种非常简易的餐食。我每次到外地超过三天就会怀念拌面。

当人们热爱自己家乡的时候，想念自己家乡的时候，文学是我们表达以及读懂家乡的途径。我认为文学是不分民族的，作家面对的是在这块土地上共同生活的不同民族，当我们用文学来呈现这块土地上各民族人民共同的生活的时候，我们面对的是人的心灵。

那些远处的生活是看不见的，只有文学能呈现这块大地深处的脉搏，只有文学在叙述这块土地上人们共有的情感。每个人生活中的悲欢离合、快乐忧伤，一起汇聚出这块土地上人们共同的命运和共同的情感。

各民族共同生活，大家的情感交融在一起，这可能就是新疆文学最大的魅力。新疆文学给我们提供了一个多民族和睦生活的样板。用不同的语言表述一件事，用同一种语言描述不同的生活，这就是新疆文学作品的精华所在。

新疆的自然风光、传说故事、地域风情等先天具有文学气质的素材，容易孕育出各民族的众多写作者，也引起了无数读者的阅读关注，使当代新疆文学成为具有独特地域内涵和文化内涵的审美对象。

各族作家们用全部身心去发现和感受新疆日常生活的温度与深度，坚守家园热爱和文学梦想，以其独具特色的文化风貌与美学意蕴，记录和呈现各族人民的生活、梦想与奋斗。

此次推出"在新疆"丛书，是铸牢中华民族共同体意识的一次文学出版实践，通过各民族作家的文字，把新疆这块土地上各族人民共同的生活呈现给新疆的读者，呈现给全国的读者，用文学观照人心，用文学观照生活。希望读者多看新疆作家的书，因为从他们的文学作品中，可以读到熟悉的土地，熟悉的山川、河流，读到发生在身边的故事，或者发生在不远处的历史中的故事。除此之外，借此机会，我们还向读者推介已经在新疆文学界乃至全国文学界成绩斐然、广有影响的各族中青年作家，他们如天上点点繁星，照亮文学的星空。

我们想把新疆最好的文学献给读者，把优秀的作家介绍给读者，希望读者喜欢。

2024 年 11 月

1

如果没有办法打发这无聊的日子，我宁愿相信这个世界的某一个地方会有另一个我。另一个我会是个什么样的人呢？一定是一个大提琴手，我喜欢大提琴。这就是说，这个世界上还有另一个人代表我活着，因为他活得比我好，所以现在的我，虽然混得没啥出息，但也过得很开心。

某年。某月。某日。

我自创了一套气功，练了一阵子，感觉对身体健康有好处。我正在练功时杨秋荣突然给我抛来一块抹布，说这样可以边练功边干活。

这件事来得比较突然，我当时一点思想准备都没有。这个动作极具危险性，因为当时我所有的心思全部集中在功法里，如果出现意外很有可能走火入魔。为此我和杨秋荣大闹了一场。我甚至揍她的念头都有了，这个女人一直在害我，自从认识她以后，我总是不走运。

星期天我离家出走了。

可是我不知道去哪里，于是我想起了开黑车的蒙古族兄弟普加。手机快欠费了，我要长话短说。

"兄弟，在哪里？"

"哦，你好，朋友。你是谁？"

"我！我是你哥。都说了几次叫你把我的号存上！"

"哦，哥哥好。说，啥事？我在开车。"

"我在家里锻炼身体，杨秋荣在我手上挂了一块抹布。"

"哦，那又咋样？"他说。

普加小时候住的村子里四川人多，学了一口四川话。后来河南人多了，他又开始说河南话。

"她还在我身边放了扫把、拖把、鸡毛掸子。哦，还有一桶水。"我对普加说。

"那又咋样？挺好的。"普加说。

"你真的在开车？我怎么听到了女人的叫声？啊哈，你是一个不诚实的人。"

"我真的在开车，送一个客人去达镇路。她为什么在你身边放桶水？等一下，前面有交警。"

普加放下电话，但没挂。

我只好等着。

我的手机老掉牙了，现在是4G时代，据说5G时代马上也到了。可是杨秋荣硬是说，手机就是接电话打电话，打电话接电话。其他功能都是多余的。

我的肺都要气炸了。

她不给我买新手机，我也没办法，谁让人家捏着我的脖子呢？我的钱，全被这女人骗走了。现在我手里的破手机就是最好的说明，都是没人的时候才好意思把它拿出来。

不光手机不给买新的，每次还都是她给我交话费。这更要命。我怎么混成这个样子啦，不明真相的人还以为我是个吃软饭的可怜虫呢。

我离家出走的时候忘了带钱包，不过那里面也没几个钱。我的口袋里面很少有大钱，而且我也存不住大钱。比如一百块，感觉好多年没有在我的口袋里面出现过了。银行卡倒是挺多的，不过那里面更可怜，至少口袋里面还可以装点废物。

我在一个小区里瞎转。以前我在这里住过，和一个女人，名字忘记了。我在努力想，回忆过去。这是为了表明我正在离家出走的边缘上，只是不知道往哪个方向走。方向很多，却全是回头路。

只要再坚持几个小时，杨秋荣就会以为我离家出走了。

以前和我在一起的那个女人叫啥名字来着？真的想不起来。很无聊。

我举着手机，里面传来滋啦滋啦的杂音。这家伙有半块砖头那么大，死沉死沉的，平时放在哪个部位都不舒服。不过信号特别强，尤其在山里，没有死角，别人都以为这是部卫星电话呢。

手机里面传来汽车喇叭声，警察指挥车辆的喊话声，普加和警察的对话声，警察向普加要驾驶证的声音，声音嘈杂，肯定堵车了。

我举着手机继续瞎转。

你知道朋友在哪里，可是你永远不知道他在干什么，和谁在一起。

我不确定普加到底是不是在骗我。这家伙从小就打架像吃饭，二十世纪八十年代坐过几年牢。他老爸是牧业队大队长，他没文化，脑子却特聪明，会说五种语言。在新疆会几种语言的人很多。除了汉语，我会说些蒙古语和维吾尔语。

普加出狱后发现世道变了，现在人们不再崇尚拳头。普加发现自己已经过时了，这年头崇尚与时俱进，他就老老实实开始做生意。那时候大家都觉得做生意特简单，不需要啥文化。

刚开始他在阿拉山口当狗贩子，专从俄罗斯那边往中国这边倒卖狗，生意不错。后来他发现中国大地上流浪狗一年比一年多，就放弃了贩狗行当。再后来他又倒腾棉花钢材，现在又跑起了"黑车"。

不过没挣上啥大钱。

我在一片草坪上坐下来，这草硬撅撅的扎屁股。太阳直射在脑门上，我感觉耳朵也跟着出汗了。

我的手机快欠费了。我又不能挂电话，因为普加那头没挂。我不能主动先挂机。

"好了。警察检查别的车去了。不是交警，是特警。你知道兄弟以前坐过牢，一见警察叔叔心里就发毛。你是不是最近做了对不起杨秋荣的事了？"普加在电话里说道。

"没有啊，我和那个女的断了好几年了。杨秋荣不记仇。我们经常为别的事打架。"

"女人都记仇。她们本事大得很。我现在出车的时候我老婆就把我的假牙藏起来，我的样子越老她越高兴。她害怕别的女人勾引我。回家啃骨头的时候她就把假牙还给我。女人都一个鬼样子！没办法啊，谁让我遇上了。"

"这我相信。你老婆这一招真歹毒，不过你也不是个省油的灯。你车里放了好几种假牙，金的银的。遇到女大学生你还把烤瓷牙戴上，装纯情。"

"是的，是的。我根据顾客戴假牙。我现在一个假牙都没戴，样子和六十岁老汉差不多。刚才警察叔叔还劝我说老人家开车要注意安全，他看见车上坐着一个老阿姨，还以为我们是夫妻。"普加大笑起来。

他的真牙年轻时因打架都被打光了。

普加打架的时候有咬人的习惯。

"看我在家里都成什么了？我练功的时候杨秋荣就在我手上挂一块抹布，说这样顺便把家里也打扫一下。把我当佣人了！"

"呵呵。嫂子肯定以为这样可以让你觉得更舒服。你老婆长得漂亮吗？你结婚也不打个招呼，看来我们不是好兄弟。"

"你走到哪里了？我们没领结婚证，不算正式的。"我点了一支烟说。

"哦，哦，马上过达镇大桥了。我家里还有两根过年的马肠子，哪天我们把它煮煮吃掉吧，再不吃掉天热后就吃不成了，火大。把阿布来提也叫上，还有苏莉和黑子。"

哦，想起来了，这个小区我以前好像和苏莉住过。后来苏莉走了，又来了一个女人，不过她只待了一个晚上，名字我真的忘记了。

"两根破肠子你叫这么多人。苏莉就算了，你知道我们俩的关系。你车上拉的什么人？我怀疑你真的是在骗我。"

"一个老太太。被儿子赶出来了，准备去另一个儿子家碰碰运气。现在有的人太坏了。可怜的老人家。我这趟白忙活不挣钱。我爸爸死的时候让我发誓一个月至少做一件好事，这不早上一出门好事就找到我了。但愿回来的时候能拉上几个活儿，要不油钱都回不来。我家还有别的肉，羊肉、牛肉，都是风干的。我一直舍不得吃。让我老婆给你们做正宗的风干肉，煮正宗的蒙古族奶茶喝。她现在吃的喝的全跟蒙古族女人一样了，可是我现在觉得自己越来越像汉族人了。听我说，兄弟，苏莉心眼好，人长得也漂亮，你为什么不把她娶上做老婆？就因为人家年轻时候的事？你刚才说什么来着？你说你在练功？"

"跟太极拳差不多，摸，摸，摸，四处摸，碰见什么摸什么。闭上眼睛。蹲下，再站起来。然后吸气呼气，感觉像在水里游泳，特舒服。"

"哦，你不喝酒血压血脂什么就都下来了。不过我要是不挣钱，我老婆肯定也会在我手上挂一块抹布的。哈哈哈！"

"不是钱的问题。"

"现在谁都别想在家白吃白喝。我老婆，当年我娶她的时候就是因为她知书达理孝敬老人。可是这么多年过来了现在还不是出门把我的假牙藏起来。女人的想法总是很自私，这就是女人！"他说。

我听见普加用打火机点烟的声音，还听到他和老太太说话的声音，他们到地方了。老太太开始指挥他。我听见老太太说左拐左拐、右拐右拐、直直走，到头再往回走……感觉他们在村子里迷路了，转来转去找不到老太太另一个儿子的家，普加不得不总是把车停下来问路。一会儿用蒙古语，一会儿用汉语，后来连维吾尔语都用上了。

"如果老太太的养老金够用，她就不用投奔她的儿子了。如果她儿子混得好的话，也就不会在乎这点钱。"我想对普加说，但是他未必听我的。我这儿时的小伙伴现在像变了一个人似的，人一过四十是不是都这样？

"晚上喝点？我请客。别忘了把吃肉的假牙戴上。"我对着电话说，没声音了，普加挂断了电话。

有只猫走过来，看了我一会儿，然后走开了。我很无聊，又不知道去哪里，只好跟着那只猫。那只猫走路的样子很像杨秋荣，眼睛也像。我拾起一块小石头向它扔了过去，它叫了一声跑掉了。

我的手机欠费了，但我还想再打几个电话。可能是喝酒的原因，我一喝酒就想打电话，杨秋荣限制我的电话费，肯定和喝酒有关。

我在小区瞎转的时候想起了好几个朋友，人在痛苦的时候会想起最好的朋友，他们都是我的兄弟姐妹，我想和他们聊聊，可是手机欠费了。杨秋荣每次就给手机里面存这么多钱，就像给我的钱包里装那么多钱一样，不多不少刚够用，别的啥也干不成。朋友们给我起了一个响亮的外号叫"十块王"。每次出去应酬，杨秋荣就给我十块钱，去的时候走路，回家打的，冻不死就行。想着来气，我心里有一团火，因为总是缺柴，所以燃烧不起来。有时候刚蹿起点火苗，就被女人一桶水浇灭。我是个天生怕女人的料。

我想回家，又不好意思。种种迹象表明，我还没有造成离家出走的样子，我是个天生的孬种。想走得远点，口袋又没装钱，手机也停机了，停得真是时候。现在，人们已离不开手机，网络控制了我们的生活。放羊的人屁股后面都挂着手机，去你家喝酒都要预约。草原上大家都骑着摩托车放羊，情况好的还有汽车。我现在都不会用笔写字了。

　　离开电脑，离开网络，我什么都不是。

2

早上醒来的时候，发现自己心情不错。

心情好的一个原因是我没闻见鸡屎味儿。是风改变了方向。这几天总是刮东南风。我的房子后面是大毛家的鸡圈，里面养了好几百只鸡。要是刮西北风我的房子里全是鸡屎味儿，不刮风的时候更臭。

心情好的另一个原因是昨天晚上我和杨秋荣都喝高了。喝高的原因是我们合伙偷了大毛家的一只鸡。我是从密道进去的，为了能吃上大毛家的鸡，我用一年的时间挖了这条地道，直通大毛家的鸡圈。

"我们这样做是不是有些不道德？"我对杨秋荣说。

"是的，可是我们都做了多次了。吃第一只的时候，心跳得特厉害，但那肉多香啊！你和苏莉是不是也这样干过？放心，我不会吃醋的。水不要烧得太开，上次把鸡皮都烫掉了。"

我这人天生嘴贱。因为爱喝酒，喝多了啥都和杨秋荣说，说者无意，听者有心。

"我和她早就没关系了，你别找事好不好，坏了今天的好心情。这次炒的时候多放些花椒和姜片，免得让大毛闻出来我们吃的是他们家的鸡。上次料放少了，大毛总是在我周围瞎转，闻来闻去的，连上茅坑都不放过我，每次吃完鸡我就觉得对不起他和他老婆花花。别忘了再加一粒八角，两小勺子甜面酱，一小杯料酒，还有多放点腐乳汁儿，最好用蜂蜜炝锅，这样味道更好。"我说着话点了一支烟，把鸡毛和鸡肠子塞进一只黑色塑料袋里。

"明白。待会儿我把蒜末和小葱多留一点儿，起锅的时候撒在上面，这样味道更香。给我一支烟。"她说。

我把刚点着的烟塞到杨秋荣的嘴里。她的嘴真性感，不涂口红看上去也那么鲜艳。

我们只是干坏事的时候才配合默契，除此之外做什么事都非打即吵。

"在阿拉山口的时候，我和普加做鸡从不放盐，我们用泡菜汤炖鸡。我是跟一个四川人学会做泡菜的。哇！满走廊都是香气，到现在我都忘不掉。那时候吃鸡讲究的是鸡的原味儿，现在不行，这鸡来路不明，大毛会闻出来的。"我重新给自己点上一支烟，把鸡肚子里的几只蛋胚掏了出来。

"这鸡正在下蛋，吃了真可惜。以后你偷鸡的时候先摸摸鸡的肚子，要是正在下蛋就不要偷了。"杨秋荣说。

"这话从你嘴里冒出来真是奇怪，再坏的人和我待上一段时间不知为什么都变善良了。以前苏莉见谁都想打，和我待了一年后，看见一只小蚂蚁都绕着道走。是不是因为我是作家？作家都有教养，还很文明。好了，你把鸡放在煤气灶上烤烤，上面有好多细毛，你眼睛好使。剩下的事你别管了，这次我来炒。"我给杨秋荣倒了一杯白酒，她接过去一口喝掉了。

杨秋荣毕竟是开过酒吧的，酒量大。

"别忘了把鸡爪子剁下来放到冰箱里，攒够了红烧。我去院子里转转，看看动静。"她对我说。这女人很适合有灯的场合，灯下越看越妖娆。

杨秋荣走后，我把鸡爪子剁下来，再用塑料袋包好放进冰箱。下次想吃鸡的时候我就在外面买些吃的，在购物袋上插上两只鸡爪子，不知道的人还以为袋子里面装着一只宰好的鸡。我假装从市场上回来，提着购物袋在大毛或者花花面前晃来晃去。没话找话瞎聊几句。尽量让他们看见露在购物袋外面的鸡爪子。晚上他家的鸡就会少一只。

早上我在院子里练气功，还放了点轻音乐助兴。

这功春天练最管用，春天是万物生长的最佳时节，功力的诞生正是迎合了这一自然规律。站直，开始运气，面对一片一片葡萄树叶，深深吸一口气。这功是有氧运动，练的时候要蒙上眼睛，效果更好。练得正起劲，手指头都有麻胀感了。突然不知道从什么地方飞来一块湿乎乎的抹布。抹布搭在我的手上，还滴着水。没等我反应过来，脚下又飞来几样东西。扫把，拖把，鸡毛掸子，塑料手套。紧接着"哐当"一声，一桶水也扔在我面前，我的一只脚被溅湿了。

"干吗呀你！"我跳起来叫道。

"万一走火入魔咋办？你赔得起吗你！"我感到一阵眩晕。

杨秋荣突然出现在我面前，一头乱发，没有化妆，皮肤蜡黄蜡黄的，三角眼，马鼻子，嘴唇一点儿血色也没有。样子太可怕了。昨晚我怎么还和这样一个女人亲热？肯定是喝醉了。要不然她在我酒里下了药，她比较擅长干这个。

"你这是在浪费时间。干点什么吧，你现在越来越矫情了。"杨秋荣双手叉腰，瞪着牛眼对我说。她的眼睛又大又圆，眼皮也特双，但是放在她脸上显然不搭。

"你什么意思？大清早的。我写了一晚上，锻炼一下身体不行吗？"我对她说。

"写写写，就知道写，我看你是喝了一晚上的酒。都一把年纪的人了，省省吧！有这精力不如把家里打扫一下，你不在家的时候我过得既干净又省心！你这个酒鬼！"这女人说翻脸就翻脸，母老虎的本性一览无余。

"只有你说我一把年纪，外面的人都说我只有二十五岁。你天天咒我老，哪天我就死给你看。让你早早变成寡妇！"

"哈哈！你吓谁呢？你这么爱惜自己，整天摸啊练啊！你要是能写出点啥多挣些钱，也就算了。你为什么不去找份正经工作？看看这个家都穷成啥啦！"

我们吵闹的时候，阿布来提和他的相好就趴在墙头上看热闹。后来他的爸爸妈妈和弟弟妹妹们也趴在墙头上。他妈妈患了老年痴呆症，也跟着凑热闹。他妈妈有好几次想翻墙过来，被阿布来提强行抱住。我和杨秋荣吵架的内容，能听懂的他们就相互翻译，听不懂的就发挥想象力瞎猜。

后来大毛和花花也跑出来看热闹。大毛刚喝过酒，这家伙早上也有喝酒的习惯，他两眼放光，恨不得我们俩打起来。

"邻居们，我来这个家快一年了，从来没花过他一分钱。吃，我自己掏钱。穿，我自己掏钱。用的，还是我自己掏钱！

我还要掏钱养他！他吃的用的全是我给他买，他在我的酒吧喝酒全是赊账！不光自己喝还叫上一帮子朋友来喝，我养了一个吃软饭的家伙！"杨秋荣是个人来疯，加上昨天晚上的酒精还没耗尽，一见那么多人看热闹，就以为真理站在了她这边。她像一个泼妇，嗓门都快喊破了。她想让阿布来提他们也参与进来，这样可以争取更多的同情者。可是他们只是笑，并不参与我家里的事。我的邻居们对杨秋荣有看法。

"你说啥呢！前阵子不是给了你一千块稿费吗？你这个疯女人啥意思啊？当着这么多人的面，丢我的人是不？"

"你给我一千块光荣了是不？我认识你这么长时间，你就给过我一千块，邻居们你们听听，现在一千块能干啥呢？我倒贴给这个男人的东西能用一千块来计算吗？"

"不能。"大家纷纷发表意见。天秤开始有点朝着杨秋荣那边倾斜。

我感到很难堪，又不知道如何回应杨秋荣，我是一个文化人，面子薄，经不起这样的折腾。

"兄弟，吃软饭是什么意思？"阿布来提趴在墙头上兴致勃勃地问。他们全家猜了半天也猜不出"吃软饭"是什么意思。

他用汉语问我，一般我们对话都是用维吾尔语。

"这个嘛，她的意思是说，大米饭做得好不好，软不软，硬不硬，和水有关系，水放多了就软，放少了就硬。软也叫黏，也是软的意思。"我对阿布来提解释道。不知道他能不能听懂。

"啊？这个样子！"阿布来提一脸迷茫。不过他很快就明白了。

"大米饭太软不好吃，我喜欢吃硬的。"他说。

大毛嘿嘿笑了起来，他对花花说："我就喜欢这小子这张嘴，什么事让他一说味道就不一样了。有文化的人就是不一样，一肚子坏水。"

我们全都笑了起来。

"你真是个二皮脸！和那个苏莉是一路货色！"杨秋荣拿我没办法，一转身向屋子里跑去。

我的邻居们对我是了解的，他们都很同情我。我从小在这里长大，杨秋荣才来几天！况且大家对她的出身都有微词，只是看着我的面子没说罢了。

见我们打不起来，邻居们都失去了兴致。阿布来提第一个消失，因为大家都有责怪他的意思，是他向我问起"吃软饭"的问题，愣是把一场好戏搅黄了。

3

我的邻居阿布来提最近从精河县领回来一个姑娘。

我们两家共用一堵墙，他们家的厕所就建在房子和墙的拐角处，是个露天厕所。他们家人上厕所进去和站起来的时候，都能露出半个身子。那天下午我在院子里瞎转，正好遇上阿布来提提着裤子从厕所里站起来。

"亚克西木（维吾尔语，意为'你好'）！"我跟他打招呼。

"你好。"他用汉语回应。

"最近去哪个地方了？"我用维吾尔语问。

"昨天从精河县回来了。"他用维吾尔语回答。

"到精河县干啥去了？"我问。

"玩去了。"他笑着又改用汉语和我对话，"你的羊缸子（老婆）哪个地方去啦？"

没等到我离家出走，杨秋荣先走了。

"跑掉了。"我说。这是我的家，我要是离家出走肯定说不过去。

"啊哈。那个女人不好，当你老婆有问题。你本事大，好好一个羊缸子拿回来！"他鼓励我。

"不行。我没有本事。"我说。

阿布来提系上皮带，十分得意地朝我眨眨眼，走了。

我住在同乐巷，我们这个巷子是个多民族聚居的住宅区，我就是在这样一个环境里长大的。大家见面交谈都视情形而定，语言不够用的时候就借。比如我用维吾尔语说话的时候，要借用汉语、哈萨克语或者蒙古语。要是这些语言还不够，只好借用肢体语言了，或者在发音上下足功夫。

在我们同乐巷，有时候你和另一个民族的邻居聊天，往往都是用两种以上的语言，看上去有点像说相声，两人一唱一和都在寻找一个共同点。你所表述不清楚的东西总能被对方用另一种语言解释清楚。所以，在我们的巷子里，两个人见面聊天的时候，因为语言不够用，常常聊得脸红脖子粗的。

在同乐巷，语言已经不是障碍，反正能听懂就行了。

我继续在院子里瞎转。

其实我的感情经历十分简单。我这辈子没爱过什么女人，杨秋荣是我认识的女人里面交往比较深的一个。

我们是在一个舞会上认识的。当时杨秋荣身份不明，跟着一群姑娘进了我们的包间，漂亮的一下子都被朋友们抢光了，剩下杨秋荣可怜巴巴地站在那里。

我当时喝了好多酒，坐在那里一个劲儿地打嗝，杨秋荣见状就大大方方走到我面前，给我捶背，没一点害羞的样子。杨秋荣的举动让我十分感动。

我和杨秋荣就这样认识了。

她给我捶背，我呕吐的时候她忙前忙后地伺候我。跳舞的时候我还亲了她一下，好像是亲了她的耳朵。之后我们就分开了，再也没见面。

还有一个版本，大家也比较认同。这是黑子说的。当时我请杨秋荣喝啤酒，她理都不理我。我拿出五十块钱，说，只要她陪我喝一杯，这钱就归她。杨秋荣看都没看这钱。我又加了五十块，她还是不理我。后来朋友们瞎起哄，钱越加越多，最后足有一只喝啤酒的玻璃杯那么厚。

杨秋荣终于被金钱打倒了，她开始陪我喝啤酒。我们就是这样认识的。这个版本肯定是黑子杜撰出来的，我当时穷得吃饭都成问题，哪来的钱哄女人喝啤酒呢？而且是一个高高的啤酒杯，那要多少张五十元钱呢？

还有一个版本，这是一个比较浪漫的传言。我宁愿相信这个版本的真实性。它是阿布来提说的。我创立了一个诗歌朗诵协会，我那时是一个很有名的激进派诗人，有众多的粉丝。我们经常举办诗歌朗诵会，有好多漂亮女孩子来听我们的诗朗诵。朗诵协会没有固定的场所。有一次，在阿布来提家的海棠树下举办朗诵会，有一个眼圈黑黑的女孩子引起了我的注意，她就是杨秋荣。我们就是这样认识的。

不过种种迹象表明，杨秋荣性情暴躁，而且没什么文化，她不太可能有风花雪月的才情。总之，我也想不起来和杨秋荣之间哪个版本更真实些。

后来，我去了南方。那时感觉我和杨秋荣这辈子不可能再见面了。苏莉天天来电话催我过去，说她开了一个公司，生意特好，给我留了一个部门主任的岗位。

我去了之后才发现苏莉在那里可能搞传销，还是个小头目。她手下有好几百人。

在南方我和苏莉见一面相当困难，每次都要事先预约。电话根本打不通。我只能写书面申请，经过严格审查后层层递上去，申请报告一般要周转好多天才能到苏莉手里，我们才能见一面。这期间我基本上处在半饥饿状态，有一次差点露宿街头。

4

在南方，我和苏莉总共见过两次面。第一次是在一个老乡家的菜窖里，那里面很小，只能容纳我们俩。

"我很忙，你也看见了。咱们抓紧时间吧。"苏莉说。

"好的。"我说。

苏莉打开随身带的小包，她用手电筒照着在里面翻来翻去。

"你知道我很忙，别人想见我一面门都没有。"手电光打在苏莉的脸上。她显得有些着急，鼻子上出现了细微的汗珠。

"那你现在让我干什么？"我说。

"我想给你上课，算算你投多少钱一下子就能达到主任级……你看，我带来好多材料，这都是我们公司的机密文件，只有几个高层人员才有资格看。咱们是同乡，所以……"

"得了吧，我又不是小孩子，你哄谁呢？你想拉我下水，连朋友都不放过！"我说。

"好了，得啦！累死人了，你们有完没完啊！"黑暗里蹿出一个男人来，他负责打灯光，就是谁说话就往谁脸上照。这人个子不高，瘦瘦的，一看就是南方人。

"哎哟！"苏莉吓了一跳，对我说，"我还以为你拿着手电筒呢。"

"得了！骗谁呢？我明明看见手电筒在你的手上！"我发

誓我们在一起的时候是苏莉领着我从梯子上面下来的，这菜窖好深，有一栋楼那么高。当时她在前面，手电筒在她手上，她边走边转过身来给我照路。

"你们是一伙的，你还带着打手！真狡猾，把友谊都忘在脑后了！你不会蠢到连儿时的小伙伴都杀吧？我冒着生命危险跟你跑到地球中心来，再往下走就到美国了。留着我有用，挖洞可是我的拿手好戏。"我说着赶紧想法儿逃走。

说实话我开始害怕了。

这时，我发现打手电筒的不是男人而是个女人，凭感觉长得挺漂亮的。而且，我发现这个菜窖好大，我只是和苏莉站在外面说话，里面还有一个更大的空间，那里坐了很多人。他们都是从全国各地赶来的。

我想顺着梯子爬出去，可是办不到，苏莉带着打手。我找不到回去的路了，那梯子不知道什么时候消失了。我只能看见黄豆大的夜空，上面有一颗星星。

后来，我设法从那个菜窖里逃了出来，还是那个打手电筒的女人帮忙把我放出来的。

这是我一生中最不光彩的一件事。

我从南方回来后身上只剩下一杯茶钱了，为此我耿耿于怀了好多年。我去南方之前，口袋里还有几个钱，苏莉还给我打过来路费。为了显示诚意，她把我的部门经理名片都印好了。我兴冲冲地赶了过去，去了以后钱全被苏莉她们折腾光了，人财两空。

恨自己吧，这些年都是女人在骗我的钱，男人骗我的酒。

有一次去一个酒吧喝酒，我发现酒吧的老板娘居然是杨秋荣。她也认出了我。于是我们开始来往。

当时也没发生什么事，我只是没事就去她那里喝酒而已。我朋友很多，经常带他们去杨秋荣的酒吧喝酒，没钱的时候就赊账，在朋友面前她给足我面子，凭良心说这一点杨秋荣做得还是很不错的。

有天晚上杨秋荣喝多了，因为整个下午我们俩都在喝酒，吸烟，吸烟，喝酒。

"我知道你想干什么，你们这些臭男人，没一个好东西。"杨秋荣当时坐在吧台里面，她端着一杯酒。

"我是男人里面最好的。"我对杨秋荣说。

"天下男人都一个样，没一个好东西，你和他们一路货色。"杨秋荣说。

"我是一个负责任的男人。"我喘了一口气对她说。

在男女关系上，把持不住自己行为的应该是我。我总是在关键时刻当投降派。我总是在杨秋荣面前当投降派，因为她身上的味道十分独特。只要一闻到她身上的气味，我就受不了。这时正艳阳高照，她的酒吧里客人不多，凉凉的冷气，配上轻柔的音乐。我被杨秋荣身上散发出来的气味熏得像一头发情的公牛，这种时候，有可能发生好多事情。

有一阵子，我和几个哥们一起，杨秋荣当然是我们的话题。

"告诉我，她身上究竟有什么气味？甜的？酸的？辣的？"黑子总是在这件事上问个不停。其实他没见过杨秋荣，但是种种迹象表明，他对杨秋荣非常感兴趣。他在我和杨秋荣身上造谣最多，那个最著名的五十块钱事件，就是他一手炮制出来的。

"说不好。"我对黑子说。说实话，关于杨秋荣身上散发出来的气味，我真的找不到更贴切的形容词来描述它。

"这我知道。春天的时候，你去山里一趟，风里就有这种气味儿。这种味道是母鹿身上散发出来的，公鹿闻到以后就会受不了。"阿布来提对黑子说。

"那又怎样？然后呢？"黑子问。

"然后嘛，你这个傻子。我们还是换个话题吧。干脆直说了吧，斯文对你没用！"普加对黑子说。然后对他做了一个十分直接的动作，是用手势来完成的。

我和阿布来提开始坏笑。黑子一脸茫然。普加却让我继续讲苏莉的事，他对这事最感兴趣。

我的事情还没说完，苏莉的事实际上都是我瞎编的。苏莉根本就没搞过传销，那个黄豆大的夜空和星星也不真实。我当时喝酒了，我一喝酒就出现幻觉。苏莉一直在做生意，她还是个著名慈善家。人品没问题。

现在来说说在杨秋荣酒吧里发生的事，这件事很重要。

那天在酒吧里，我给杨秋荣说自己是个负责任的男人的时候，其实连我自己都不相信这话是从我嘴里说出来的。我当时说这番话的时候可能与我的年龄和经历有一定的关系。在男女关系上我是一个很单纯的人。年龄大，经历得却少。或者纯粹是为了讨好她。因为在杨秋荣的眼里我不过是个小白脸而已，幼稚得很。这是她喜欢我的原因之一。要么就是因为我是作家，是个文化人，这点让杨秋荣更喜欢，她从来没和文化人打过交道。

我们又把一瓶红酒喝光之后，杨秋荣反应还是不太大。她依然能说"我知道你想干什么，你们这些臭男人，没一个好东西"。我产生了再买一瓶红酒的念头。那酒挺贵的。不过我有些上头，这天下午我喝了太多的酒，红的白的啤的。如果这些酒弄不倒杨秋荣，可能我今天的努力就白费了，下一次我不知道还有没有机会，因为我在她这里的欠账实在太多。每次来都下了好大决心。我非常希望她借着酒劲把账单找出来一把撕掉，从此两不相欠。

后来有好几个男人过来给她敬酒，他们可帮了我大忙。大家都知道她的脾气，只要她一喝多就喜欢给客人免单。为了各自的目的，大家都想把杨秋荣灌醉。

那天晚上酒吧的生意非常好，不过因为她喝多了，其实没收上多少钱。后来大家开始瞎闹，好多人都喝疯了。大家唱歌跳舞相互敬酒，地上洒了厚厚一层啤酒，不小心就会摔倒。

再后来酒吧安静下来，客人快跑光了，只剩下几个真正的酒鬼。他们赖着不走还想再喝。杨秋荣拿着一根棍子把几个酒鬼赶了出去，当然也没收他们的钱。杨秋荣的烈性脾气就是这个时候造就的。因为没有这种说一不二的脾气，是开不了酒吧的。

当时的情形简直没法说，杨秋荣可能和我想到一块了。

我们被情欲烧得像刚出锅的原浆酒，只需要来上一根火柴就可以办成大事。我已经做好准备，这时突然有人敲门。

"停！停！停！"她说。

场面一下子僵住，我很尴尬，愣在原地不知道该干什么。后来门被打开了，杨秋荣一副惺忪的样子，她揉着眼睛不停地打着哈欠。

"这么晚了你来干吗？"杨秋荣说道。她有些不高兴。

"有事和你商量！"来人说。

他们俩聊到很晚，天快亮的时候那个男人才走。

不过那天晚上我们啥也没干，不是不想，是想的时候被敲门声打断了。

"你为什么要做这些事呢？好女人外面多得很，坏女人跟前不要去。"阿布来提用维吾尔语说。

"麻烦事情总是喜欢跑来找我。你兄弟我可怜得很，爸爸死得早，现在妈妈也死了。想找个羊缸子好好过日子，可是偏偏碰上了不好的女人。"我用维吾尔语对阿布来提说。

肯定是我的错，可是谁能控制住荷尔蒙的发展方向啊。我写作的时候总是喝杯白酒，遇到情感问题总是写不下去，只好到处乱跑。我不知道自己错在哪里。那么大家都没错喽！社区有次派人来叫我去办低保，他们说写小说辛苦，钱来得又慢，没稿费的时候低保也可以顶上一阵子。

我哪能吃低保啊，我有的是力气，要是去人力市场找活干，也能维持一天的生计，不能给国家找麻烦。再说我是一个特要面子的人，把尊严看得比生命还重要。

就在我不开心的时候，黑子出现了。

黑子是我朋友里面最有出息的一个，也是同乐巷的骄傲。

我们都很烦和黑子在一起。这家伙是个话篓子，他可以一口水不喝说上好几个小时，话一多两边嘴角就会出现白沫子。

黑子说话的时候你基本插不上嘴，而且他说话的时候也不受外界的干扰。你说你的他说他的，最后败下阵来的肯定是你。要么他突然停下来让你说，这时候你的脑子早就被他搅成一锅粥，里面全是他的想法，还说个屁。所以他是个当官的料。他在我们兄弟圈里年龄最小，个头最高，戴着个宽边眼镜，大分头，每次出门都打上发胶。他还总爱挎着一个皮包，既像公务员又像时尚青年。

黑子小时候家庭成分不好，爸爸是个大右派，他常被人揍，没少让我和阿布来提操心。

5

黑子大名叫李建新，小时候我们叫他小黑，长大了叫黑子。我们有时候也叫他野兔子，因为遇到事他比谁跑得都快。他爸爸是个右派，还是个老牌儿大学生。在同乐巷里，他们家很受争议。他们家有好多"禁书"，每次造反派开着大卡车去他家搜书的时候，他爸爸不知道施了什么法术，大卡车浩浩荡荡开进同乐巷，又灰溜溜离开了。后来才知道是他爸爸把书都藏在邻居家里了。

我还见过黑子爸爸被批斗时的情景。

后来开批斗大会的时候不知为什么没了黑子的爸爸，人们说他有精神病不让他参加。这让黑子爸爸很气愤，每次开大会的时候，他都主动跑去接受批判，可是每次都被人家从会场里扔出来。原因是他爸爸被批斗的时候不老实，总是把批斗大会搅得开不下去。后来他爸爸也就认命了，不用上班，还拿着工资，每年有好几次去石河子精神病院疗养的机会。更重要的是，这个老牌儿大学生在家里闲得发疯，把精力都集中在教育他家几个孩子身上了。黑子他们被他爸爸折腾得要死要活的。

他们家孩子们的成长史其实就是一部血泪史，都是伴着皮带长大的。谁完不成老牌儿大学生的教学计划就要挨皮带。黑子在兄弟姐妹中间挨皮带次数最多，因为他是家里的老大。

尽管黑子家的右派成分和他爸爸教育孩子的方式饱受争议，但是从他们家传出来的琅琅读书声，却让不管哪个民族的邻居从他家门前路过时都会放轻脚步。

我在家里也经常挨皮带，这是因为我太爱学习，我一学习我爸就用皮带抽我，有时候皮带不管用就皮鞭伺候。那是一条放马用的皮鞭，纯手工制作，是用老牛皮做的，一个邻居送给我爸的。我爸认为我将来最好的出路是继承他的手艺，当个好木匠比什么都强。他认为这个世界上最没用的就是读书。我爸下手特狠，他每天都干体力活，手劲又准又到位，挨上一皮鞭立马就会看见一道血印。不像黑子他爸爸，知识分子打人总是蜻蜓点水，婆婆妈妈的先是一大堆说教，实在不行再动粗。黑子特羡慕我爸的教育方式，他宁可痛痛快快挨上一顿皮鞭，也不愿意听他爸爸唠叨，他爸爸唠叨起来简直是杀人不见血。有一次我和阿布来提去山里抓老鹰，本来想把黑子也叫上，可是他有事走不开。

我们早上走的时候看见黑子站在院子里挨训，晚上回来的时候黑子还站在那里，他爸爸拿着一把小嘴茶壶正说得起劲。所以黑子长大后成为有名的话篓子，我们一点也不奇怪。

后来，事实证明我爸的想法严重影响了我的前程。老牌儿大学生家里的孩子个个考上了大学，都在好单位工作，黑子还成了干部。

而我，没上过大学，也看不起木匠手艺，就在社会上流浪。

我爸后来也被淘汰了，改行当了锅炉工。因为单位上需要用手工打制的木制品越来越少了，木匠成了吃闲饭的人。

这是时代的进步，不能全怪我爸爸。

还是老牌儿大学生有眼光。当年他被批斗的时候，就知道会有今天的，所以他横竖瞧不起工人家里的孩子。

我现在写小说，有好多人不服气，黑子的爸爸就是其中之一。那时候黑子的爸爸还活着，我们经常在巷子里遇上，他一见到我就停住脚步，盯着我上下来回看个不停。天才这东西有时候真的说不清楚，黑子家的孩子虽然个个受过良好的教育，但是他们家的孩子都没有写作天赋。黑子他爸长时间盯着我，可能看出了我家基因有什么破绽。因为他看着看着就嘿嘿笑了，那表情里藏着谁也猜不透的诡异，这种情形直到他被放进坟墓为止。

如果把天才比作一群鱼，把一群鱼比作一群精子，把一群精子比作一群孩子，它们从你家门前游过，才不管是老牌大学生还是木匠铁匠的，一个未来的天才精子流进了木匠家，剩下一群就游到黑子、铁匠他们这样的家里了。强者生存，条件好没有用。当然，如果天才再受过良好教育，肯定会成精。我没成精，是因为我没有受过良好教育。我从小就跟在阿布来提和普加他们的屁股后面，干的都是偷鸡摸狗的勾当，的确没多大出息。

顺便说一句，阿布来提的爸爸是个铁匠，普加的爸爸是个农民。

"黑子，我最讨厌你不打个招呼就来。你打乱了我的计划，你知道我最近很忙，正在写一部长篇小说。可是我要抽时间陪你，谁让你是我的兄弟呢！"我十分不满地对他说。

"我是来开会的，不要你陪。明天报到，是个发展生态农业的会。还有一个脱贫致富的会，两个会一起开。现在都是长会短开。以前这两个会至少要开五天，现在一天就开完了。伙食也很简单，要是以前开这样的会……"他说话的时候还不停地把左脚和右脚的皮鞋往右腿和左腿的裤子上蹭，这样他的皮鞋始终闪着亮光。

我就说他是个话篓子吧。

"升官了吧？一看就知道。小时候我最看重你。"

"哥哥，兄弟现在是安乡副乡长。因为工作出色，这次大会上还安排我发言，我的题目是……"

"好啦。打住，你嘴上有白沫儿了。说多了哥听不懂。我请你去酒吧喝酒。"

"酒吧？我不适合去那种地方，你别害我。"

"没事，又不是公款，是我请客。走吧，哥不会害你的。"

"我带你去的地方很安静，老板是我的朋友。"

黑子被我说服了。他的个子很高，衣服袖子和裤腿又很短，感觉他正在长个子似的。

其实我就是跟杨秋荣学坏的。也许我天生就有学坏的基因，见到杨秋荣我们一拍即合。虽然杨秋荣长得不漂亮，是我认识的女人中最难看的一个，但不知为什么，她就是能吸引我。她有一种野性之美，这是苏莉她们不能比的。另外她还会做一手好菜，她炒的鸡特别好吃，堪称一绝，这也是吸引我的原因之一。

朋友们都说我是和苏莉在一起时学坏的。特别是从南方回来之后，他们觉得我像换了一个人似的，甚至有些变态。我坚决否认这一说法，坚持认为我变坏是在认识杨秋荣之后。

在认识杨秋荣之前，我真的是个好青年。我被她害惨了，心灵和肉体都受到了空前的伤害。别的酒吧我又不好意思去，只有杨秋荣给我赊账。这一点说明杨秋荣是一个大度的人，至少对我是无私的。

晚上杨秋荣的酒吧生意惨淡，只有一桌客人。杨秋荣趴在吧台上一脸愁容。两个小伙子要了一瓶白酒，什么零食也没点，只喝白开水，包厢费也收不上。他们从早上喝到现在，酒还是那么多。

杨秋荣见到我和黑子很高兴，我们要了好多啤酒，还有好多零食。黑子请客，他知道我没钱。刚开始杨秋荣还以为我又要赊账，上啤酒的时候十分谨慎，一瓶喝完再要一瓶叫半天才送来。当弄明白是我的兄弟请我，立刻十分热情地搬来一件啤酒让我们随便喝。我不喜欢喝啤酒，不过好长时间不见黑子，今天高兴就跟着他一起喝。

"咱们打电话把阿布来提叫来一起喝吧？"黑子说着就要掏手机。

"他不在家，去温泉收羊皮子了。这家伙天天开着一辆小三轮摩托也够辛苦的。"我拿起酒瓶和黑子碰了一下，一口气喝了一大半。

"要不把普加叫过来吧？他在。"我说。

"算了。你一提他我就难受。当年要不是他把你和阿布来提弄到阿拉山口去，你们也不会像现在这样啊。阿布来提的四辆大卡车都赔进去了。你可好，自己的院子也卖给别人了。"黑子说着也喝了大半瓶啤酒。

"都过去了这么多年，还提这事有意思吗？我是个宿命论者。一切都是老天爷安排好的。不能全怪普加。他也是好心让我们过去的，还给我们找了好多事做。后来是泡沫经济作的怪，再说阿布来提也没怨恨他。我们早晚会破产的，只是时间问题。因为时代在发展，我们这种人早晚会被淘汰掉。以前我爸爸被淘汰了，现在是我们。"

"我听说你结婚了，也不打个招呼，你没把我当你的好兄弟。"黑子递给我一支烟。

"你听谁说我结婚了？不要听信谣言，这对那些想和我结婚的女人而言是个打击。以后我还怎么找老婆？"我笑着说。

"你不是已经找上了吗？嫂子漂亮吧？搞艺术的人都注重外表。我还听说你被别人涮了，就是你当了火锅里的肉片。是苏莉告诉我的，所以我来找你了。"黑子说。

"扯淡。她是怎么知道这件事的？肯定是阿布来提告诉她的，这个家伙一直对她有意思。是不是名人都这样，这些年有关我的传闻还少吗？我在你们眼里都成什么了，是不是很可笑？我是有道德底线的。我现在真的是单身一人。"

杨秋荣进进出出，跟没听见我们说话似的。她觉得自己现在是这个酒吧里面的公众人物，不能让别人知道自己的私生活。所以在一般场合，她从不让别人知道我们之间的关系，怕知道了影响男人们来她这里消费。而且，她过的是一种心神不定的日子，我这种人肯定不是她最后的人选。

"你总是没有常性。不是兄弟说你，你和苏莉那会儿，我们都劝你们把证领了，你可好，就是不听我们的。把人家愣是气得跑到南方去了。"

"我那会儿不想结婚。我现在不想谈苏莉的事。"

"煮熟的鸭子飞了。"

"谁是煮熟的鸭子?"

"苏莉。"

"我现在不想谈苏莉。咱们谈点正事吧,最近我想拍个小电影。我来写剧本,你在温泉县,又是个副乡长,到时给我拉点赞助怎么样?"

"好啊,宣传我们温泉县,当然是件大好事。你是个天才,干点正事总比瞎整要强。什么内容?"

"还没想好。大概就是有一帮子搞艺术的,他们来到成吉思汗城堡。你还记得赛里木湖那个电影城吧?"

"记得,我还当过一回群众演员呢。怎么啦?"

"就是有一帮子艺术家,他们到了那个电影城里。他们组成临时家庭。不是真的,我指的是在电影里。"

"明白,那又怎样?"

"他们住在成吉思汗城堡里。"

"然后呢?"

"然后,然后,他们开始做饭。然后大家一家一家轮流品尝,每天都评出优胜者,也评出做得最差的。"

"听不懂。你能给我一个角色吗?我从小就喜欢当演员,要不是我爸爸,我早就成功了。我就不是个从政的料,练了十几年就剩下一嘴白唾沫。现在副乡长里面就数我年龄最大,没希望了。有时候在台上说话,自己都不知道在说什么。"

"当然可以给你一个,你扮演一个士兵,负责看押做饭最难吃的人。把他们关进土牢。"

"只是看管吗?"

"是的。只是看管。"

"没有一句台词?"

"没有。高兴的时候你可以用刀把子打'犯人'。"

"能不能在城堡里划出一块地来,你知道我在乡里负责生态农业。最近我们那里有个叫李植芳的女人,在大田里种植黑木耳获得了成功,我想把城堡那儿都种上黑木耳和野蘑菇。这样还能起到宣传作用。我们还组成了合作联社进行全乡推广……"黑子打开一瓶啤酒兴致勃勃地对我说。他的职业病犯了。

"打住吧你。又不是广告片,要不干脆搬到你们乡里拍算了。"我一口拒绝了黑子的提议。

"那我就没办法给你拉赞助了。煮熟的鸭子又飞了,这次不是苏莉。"黑子耸耸肩说。

"你要是真拉上钱,城堡四周可以种上一点木耳。你真能拉上赞助吗?"我不放心地问他。

"当然。"黑子说。

这时候杨秋荣走过来。她的客人终于走了。

6

"我觉得这电影太抽象了，我现在还没明白你到底想说什么。咱们啰唆了一个晚上，我们到底在说什么呢?"黑子有点上头。

"这只是大概剧情。到时候咱们边拍边编。肯定是个很上档次的电影。"

杨秋荣在我身边坐下。

"你来干吗?"我瞪着她问。她端着一杯白酒。这让我感到很不舒服。

"我是你女朋友，来坐会儿不行吗?"她喝了一口酒，从桌子上的烟盒里抽出一支烟，黑子赶忙给她点上。她吸了一口，把烟雾全部喷在我的脸上。

"谁说的? 造谣!"我说着挥手把烟雾赶走，我很讨厌她这个习惯。

"半个城市都知道了。"她说。

"你女朋友?"黑子看着我，然后又看了一下杨秋荣。

"是啊。"杨秋荣说。

我给黑子做了介绍，我有些后悔把黑子领到杨秋荣的酒吧来了，早知道他请客，好地方多的是。

"你们到底什么关系啊?"黑子问。

"你那天晚上喝醉了，跟人打架，还惊动了警察，要不是我帮忙你就惨了。药费还是我出的，一千块钱。现在还我!"

杨秋荣伸出一只手向我要钱。

"打架？你把人打伤了？还让女人给你垫钱，真有你的！"黑子说。

没人理他。

"我带朋友来喝酒照顾你的生意，你啥意思啊？那天晚上发生的事你最清楚，我是喝多了，但是我心里比谁都清楚。"

"清楚什么啊？这货一喝多就产生幻觉，我们从小一起长大的，这个我可以做证。有一次我们喝酒，他把尿撒在一个汽车轮胎上面了，当时他以为那是一棵树，其实那是一辆外国人的车。差点引起外交风波。幸好在我们这个小城市里，人家找不到外交部门。"为了讨好女人，朋友也可以拿来出卖。黑子现在就这么做了。

我们喝了一大堆啤酒，今天晚上肯定有个人要醉成烂泥。杨秋荣又搬来一件啤酒。

"我这辈子最大的错误就是认识了你这个有文化的小白脸。你让我处境艰难，我已经找不到从前的我了，现在的我又不甘心。认识你之前我真的很快乐。"她说着去锁门。

今天晚上酒吧的生意惨淡，杨秋荣知道后面不会来客人了，干脆提前打烊了。我听到卷帘门哗啦哗啦的声音。

"这女人到底是谁？她这么早去关门不会有事吧？"黑子有些不放心。

"她就是传说中的味道。她身上有股让人着迷的气味儿。我说的就是她。"我对黑子说。

"哦！真的是她！她是个危险的女人。"黑子说。

"没事。她是我女朋友。"

"女朋友？什么程度了？"

杨秋荣关门回来又坐在了我身边。

"不好意思，我们在说电影的事。"黑子很有礼貌地对杨秋荣说。他的意思是想让杨秋荣躲远点。黑子警惕性很高，总觉得杨秋荣这种女人会伤害他。

我很赞同黑子的意见，今天晚上不用我请客，我没有必要看这个女人的脸色。至于欠账的事，我现在有了一个很好的主意。我可以把欠杨秋荣所有的钱，都算在黑子拉过来的赞助费里。这样我在杨秋荣面前腰杆子就更硬了。

"把我也算上啊，刚才我一直在听你们说话。我不要片酬。我给你们说件事，加在电影里面绝对刺激。我一辈子都在干蠢事，这是我干过最蠢的事情。"杨秋荣说。

"当时，一车人都在看你。"黑子对我说。

"看什么，哪来的一车人？"杨秋荣问。

"别理他，他也出现幻觉了。"我对杨秋荣说。

"他往外国人车上撒尿的时候，人家正在车里面喝饮料。那场面真是提不成。"黑子还在揪住这件事不放，他喝高了。

"我们在说电影呢，真是的！你今天像变了一个人似的，我认识的黑子不是这样的啊。杨秋荣你刚才说什么，不要片酬？本来就没片酬，张艺谋给片酬，可人家不要你。"我说。

"对，咱们在说电影的事。你刚才说什么来着，你也想加入进来？不要报酬是不可能的，这件事要是政府行为，那就要给报酬。"黑子对杨秋荣说。他现在越来越让我烦心，真想把他赶走。

"我有当演员的天赋，他可以证明。"杨秋荣对黑子说。

"你是个好演员，演技也特棒。"我对杨秋荣说，还不怀好意地笑了一下。

"你们一定有事瞒着我。"黑子想知道故事背后的故事。这比较困难，因为他和杨秋荣才认识不久。我也不会给他说的，所以他干着急。

"咱们还是说电影的事吧，这是共同的话题。"我对他们说。

"好，咱们就说电影。你叫什么？"

"杨秋荣。"

"对，你叫杨秋荣，我就是记不住。你的角色里面要有木耳的内容。你就扮演那个种植能手李植芳，比如说你在炒菜的时候边炒边嘟囔说，木耳是个好东西，降脂排毒。然后你抱起一只白猫——不好意思，我家养了一只白猫，也给它安排个角色，你抱起这只白猫，对它说，木耳是个好东西，吃了润肺、养颜、通便、补气血，它还能抗凝血、降低血黏度，促进血液循环不得心脏病。然后对着镜头说，吃了我们温泉县李植芳女士培育的黑木耳以后……"

"以前我有严重的心脏病，自从吃了温泉县李植芳女士亲手培育的黑木耳以后，我的病全好啦！是这样说吗？"杨秋荣问黑子。

"是的是的，就这样说，没想到一个开酒吧的还有这等天赋。来敬你一杯。"黑子和杨秋荣哐当碰杯，各自喝光。黑子现在看上去放松了好多，没了官架子。

"我是导演，剧本也是我写的，谁说了算啊？"我很气愤，黑子太过分了。本想把他带到杨秋荣这里帮我整点事出来，让杨秋荣来个满地找牙，现在看来最后受伤害的肯定又是我。

"我是制片人，是投资方，现在是钱开道。看来你要重新写这个电影剧本了。"黑子笑着对我说。

我觉得黑子快要当投降派了。

"我扮演士兵的时候，晚上值班，你就给我炒上一盘木耳鸡蛋，偷偷给我送过来。木耳炒鸡蛋，木耳炒山药，木耳炒肉片，一盘一盘全要特写镜头。"

"好呀好呀，炒菜是我的绝活。"

"你就不怕噎死？这电影拍不成了，当我没说！"

"不拍也得拍，你不拍我找别人拍，比你有名的多了去了，我从外地请专业的。气死你！"黑子显然喝多了，超出了底线。

以前黑子喝高的时候基本不说话，这是他多年养成的习惯。今天晚上在杨秋荣的酒吧里说了这么多废话，肯定是杨秋荣身上的气味开始起作用了。这个狐狸精天生就有媚人的本事。她从不把心思放在一个男人身上，我就等着看笑话，早晚黑子也像我一样被当成肉片，不是被吃掉，就是掉在火锅里被所有的人忘掉。跟杨秋荣这种女人打交道还是我有经验，黑子太嫩，掉进去容易爬出来难。

杨秋荣又跑去拿啤酒。

"你能不能说些正经点的话啊？干吗说我往外国人车上撒

尿啊，你当时又不在场。"我十分生气地对黑子说。

"那就说你酒后开车的事？开进了树林子里，这我在现场，你开的是我们单位的车。后来全算在我头上了，我当不上正乡长和你也有关系。"黑子喝了一口啤酒毫不客气地说。

"说不出好听的就把嘴巴闭上吧！她回来了。"我说。

"好的，听你的。我现在是制片人，以后你对我客气点！"他说。

"成交，一致对外。干杯！"我对他说。

我们碰杯。达成了口头协议。

杨秋荣抱着一件啤酒回来了。她可能路上想了很多，回来后就当了投降派。她和黑子坐在一起，黑子喝完一瓶啤酒，她立马给他送上一瓶。唉，这就是现实，看来我最后能保住的，就剩那个电影城了，至于电影内容我已经说了不算了。万一黑子生气，说不定真的把拍摄地点也给换了呢。

"咱们换个话题吧。电影的事以后再说，酒桌子上的事你也知道说了不算数。杨秋荣你不是要告诉我们一个重要的事吗？"我对杨秋荣说。

"是的，可是又不想说了。这件事和你们没关系。"她说。

"说吧，说不定我可以帮上你。"黑子对杨秋荣说，他说着还亲切地拍了拍杨秋荣的肩膀。

无语了。

7

阿布来提的新羊缸子叫古丽。

古丽翻译成汉语就是花儿的意思。有一天我的兄弟普加来看我，我们俩坐在葡萄架下聊天。这次他戴的是用来吃肉的假牙，可惜他打错算盘了，当时我的冰箱里面啥也没有。

我有好长一段时间不写小说了。自从杨秋荣跑了以后我就不写小说了。我是个没出息的男人，一心想着要离家出走，结果让她抢了先，她跑掉了，把一个烂摊子扔给我，好像我天生就是个收拾烂摊子的。

我留了下来，这是我的家，我不知道该去哪里。

杨秋荣跑掉之后我开始画画，我觉得我在绘画上的天赋远远超过写小说。小时候我就羡慕画画的人，后来又迷上了小说，写了这么多年总是不入流。现在还是觉得画画来得快，当画家更适合我。可是我一直画得不顺，很苦恼。这时普加来看我了，还带来一瓶白酒。我炸了一盘花生米。这是一个美丽的早晨，酒鬼是不分时间的，我们俩我一杯他一杯地喝了起来。

有一个女人在喊我，是阿布来提的新羊缸子。她趴在墙头上，扶着梯子，向我招手。这可是一道美丽的风景线啊，我和普加盯着古丽，眼珠子都不带转的。

"这就是阿布来提的老婆？这个家伙本事真大啊！"普

加说。

"喂，你家有方块糖没有？"她说。她的牙齿好白，阳光照在上面就像上等羊脂玉，一点杂质也没有。她的双眼皮也很好看，因为眼窝很深，所以双眼皮的轮廓十分明显。

"方块糖没有，砂子糖行不行？"我对她说。

"行呀行呀，给我借一点点。"她说。

我连忙回屋给她装了满满一碗砂子糖。

古丽居高临下，一脸的灿烂。她的汉语说得相当标准。

"你好。"我伸出手很有礼貌地问候她。她也伸出手向我问好。她身穿紫色上衣，脖子上戴着一串珍珠项链，没戴耳环，但有耳洞。她的手有点凉，挺湿润的，皮肤也很细腻，不像干粗活的女人。

她有点不好意思，说："明天就还你。"然后从墙头消失了。

普加在喊我。

"你在干啥呢！"他嚼着花生米，喝了一杯酒，"我给你说了一个上午，你听进去没有啊？"

我回到普加身边，在他对面盘腿坐下。

"你给我说啥啦？"我问普加。

"你这个勺子（新疆方言，意为'傻子'），算我白说！咱们还干不干啦？"普加有点生气。

"肯定干啊。不就马鞍子那点事嘛！"我点了一支烟说。

"哈哈哈，就是的。你为什么不请我到房子里面喝酒？"普加笑了起来，很快又收起了笑容。这家伙笑起来有佛相。

"呵呵，杨秋荣跑掉了。我们合不来，她总逼我出去找工作挣钱，你是知道的，我这个人是不适合出去工作的。"

"是啊是啊，对。你不适合工作，你爸妈给你留下这么大的一个院子，要是我，我也不会出去找工作呢。"

"呵呵。这院子已经不是我的了。"

"说啊，你为什么不请我去房子里面喝酒啊？我们蒙古族人都要把尊贵的客人请到家里面喝酒呢，我很生气。"他说着伸手摘下一颗葡萄扔进嘴里，很快又呸呸吐了出来，舌头拉得老长。那葡萄太酸了，还不到吃的季节，至少还有两个月才能吃。

"我不请你在房子里面喝酒是因为外面比里面更好，有太阳，有鸟叫，有甜甜的空气。再说我没结婚，没必要讲究这么多礼节。我比你大，你也不是我尊贵的客人，你要是带着老婆来看我，也许我会请你们在房子里面喝酒。"我对普加说。

"你骗谁呢？干吗往我老婆身上扯？你刚才说杨秋荣跑掉了，我才不信呢。我要看看你家里藏着啥好东西！"他说着从地毯上爬起来向屋里走去。

我想拉住普加，但是这家伙有着牦牛一样的力气，我只好由他去。我往嘴里扔了一颗花生米，心也跟着普加一起走了。过了一会儿普加从房子里面跑了出来。

"你是一个不诚实的人，我在里面发现了女人的鞋子，是红颜色的。我还闻到雪花膏的味道，骗我有啥子意思，我又不抢你老婆。"他说。

"哈哈哈，你没发现的东西还多着呢。我骗你是驴，那女人真不是我老婆。喝酒喝酒，说你的马鞍子的事!"

"你不缺钱，可是没有路子。我没钱，可是我有路子。咱们两个加起来肯定会成功。"普加说着给我倒了一杯酒。这酒是地产酒，名字叫赛里木老窖，酒劲很大。有一次我喝多了，刚好接到一封退稿信，直接把一台好几千块钱的电视机砸碎了。从此以后我再也不喝这个牌子的酒了，这酒喝了让人疯。

我在家无事可做的时候，普加在阿拉山口已经混得相当有钱了。那时候苏联刚刚解体，阿拉山口遍地黄金。每次普加回来都在我和阿布来提面前炫耀他的财富。这让我和阿布来提相当眼红，阿布来提当时是我们市里运输界的大老板，有个车队，四辆大卡车。说他是大老板有点过头，反正当时他日子过得相当不错，是好多女人爱慕的对象。而我当时是个啃老族，凭借父母留下的产业，也着着衣食无忧的生活。

冲动是魔鬼。后来，我和阿布来提一起跑到阿拉山口做生意去了。结果，阿布来提生意越做越烂，最后一个人回来了，现在是个羊皮贩子。我却不甘心，一直在阿拉山口苦撑着。当时我是职业中间人，这个职业说文雅点叫经纪人，说难听点就是二道贩子。我的职责就是从俄罗斯联系货源，然后再找买家，两头不让见面，中间赚个差价。只要赚钱，我啥都倒腾。钢铁、木材、免税汽车、棉花，这些生意我都干过。

我们到了阿拉山口以后才发现，普加根本不是什么大老板，这家伙是个狗贩子，专门从俄罗斯和哈萨克斯坦那边往中国这边倒腾宠物狗。当时宠物狗在中国是稀罕货，拿钱都买不到。他挣了不少钱，有了钱人也仗义，经常请客。我那时混得不太好，中间人这碗饭不好吃，经常挨饿。我最落魄的时候还在舞厅当过大堂经理。

后来，我也离开了阿拉山口，我们见面也就少了，最多也就打上几个电话，问候一下。后来我才知道这家伙也破产了，宠物狗现在满大街都是。

"你不是在跑黑车嘛，挺好的啊。"我说。

"现在啥事都不好干。跑黑车容易得心脏病。政府抓得厉害，要是抓住了罚好几万呢。"普加说着把一杯酒咕咚咽了下去，辣得他嘴巴变了形。

"我还是觉得你开黑车好。"我说。

"唉，烦死了。有些事你还是不知道的好。"他说。

"我们是最好的兄弟，难道就不能给我说说?"我对他说。

"喝酒! 喝酒! 说说咱们的计划。"普加举杯。

普加的计划是这样的。他说，这年头大家的日子都好过了，草原上赛马活动也多了。现在放羊的人喜欢玩赛马，奖金高得很。我们俩合伙从内蒙古进一批马鞍子，因为这里的人不会做这种马鞍子。内蒙古的马鞍子在赛里木草原上很受欢迎，骑手就认内蒙古产的马鞍子。我们把马鞍子卖给那些放羊的人，一副马鞍子进价三百块，一千块卖给放羊的人。除掉成本和开销，一副马鞍子至少可以赚五百块。

"你出钱我出力，赛里木草原我的天下。你老哥只要坐在家里等着分钱就行了。"普加说。

“你这个想法好是好，可是赔了咋办？那些放羊的人赖皮得很，做生意不给钱。”我对普加说。

我和山上放羊的人没打过交道，但听说他们做生意比较赖，血本无归也说不定。这年头把自己的钱袋子看紧比什么都重要，但是普加一番动人的演说让我改变了先前的想法。他说，我们不怕他们赖皮，他们越赖皮越好。他们不给钱，我们就拿他们的羊。现在城里的羊肉都卖到了六十块钱一公斤了。羊在山上不值钱，哪家没有几百只。拿到山下就不一样了，一只大羊可以卖到一千六百块！比马鞍子值钱多了。

原来是这样啊，不说不知道，普加这么一说，我觉得这生意值得一试。

我现在对普加的话深信不疑。因为普加对这方面的行情比我清楚。而且我们还是老朋友，在阿拉山口的时候他为人很仗义，那时候他经常请我喝酒吃饭，在很多场合给我撑足面子。就冲这些，也应该回报他。和他合伙做生意应该不会有问题的，先投上两万块，赔了损失也不算太大。我现在已经答应和普加合伙做这笔生意了。我们还做了分工，由我向内蒙古方面打钱接货，他负责在草原上推销。

我们碰杯，击掌，盟誓。

其实我的状况不像杨秋荣说得那么糟糕，当时我是真心想娶杨秋荣做老婆，所以我留了一手，想考验一下杨秋荣是不是对我真心。以前的事就让它过去了，大家在一起过日子，从此洗心革面重新做人。是杨秋荣对我失去信心，自己跑掉了，这也怪不得我。她走后，给我造成很大麻烦，我都不好意思对别人说这些。

只有阿布来提和大毛他们知道这个秘密。

"我是不是要拜一个大师？我最近画画水平臭得很。"我对普加说。

"什么？"普加醉眼蒙眬地问我，"那样很好，他会让你很强壮。"他笑眯眯地说。他肯定没听懂我的意思。他一喝酒，对汉语的理解力就变差。

"是画画。你知道什么叫艺术吗？就是找个老师教我画画。"我开始用肢体语言给他比画。这时候什么语言都是多余的。我像一个大猩猩开始给他表演太极拳，每个动作形象到位，还附加详细注解。我甚至都给他说明要是这样不行的话，就去四川美院进修一年，再不行就去法国巴黎。他好像听懂了。

普加开始哈哈大笑。"你真是个勺子！呸呸呸——呸！"他说着又摘了一颗葡萄塞进嘴里，然后又全部吐出来。

"把马鞍子卖给他们先不收钱要比拿他们的羊更挣钱。噢，我说错了，是拿他们的羊比拿他们的马鞍子的钱更挣钱。我都快让你弄疯了，你啥都不懂！"于是，普加也开始用肢体语言重新把这件事又给我说了一遍。他一会儿变成一匹飞奔的马，一会儿又变成一副雕花的马鞍子，然后变成羊、变成钱。

完成这些动作以后他问我："懂了吗?！"

"懂了。把羊宰掉，羊皮子和羊杂碎也可以卖不少钱。羊身上全是宝，没一点浪费的地方。我们赛里木草原上的羊吃的是中草药，拉的是六味地黄丸！"我说。

"可是我是不是要请一个美术老师来教我画画？"看来他还是没听懂我要对他表达的想法。

这家伙已经趴在地毯上睡着了。他的身旁摆着好几个空酒瓶。酒鬼的话是要打问号的，我见过好多醉鬼，喝高的时候答应给你解决这个问题解决那个问题，胸脯拍得啪啪响。可第二天见了你却跟什么事都没发生过似的，有的甚至根本就没把你认出来。

我还是不明白普加为什么找我。他会折腾，不缺钱，不会为这点破生意来找我合伙吧。

普加来得真是时候，他缓解了我的烦恼，还有他带来的那瓶酒。

其实我根本就没有心思跟普加谈什么马鞍子的事，我喝多了。他带来的酒根本就不够我们喝，后面喝的白酒都是我用苞谷自酿的，这酒劲更大，似乎燃烧着我的鼻头，它像一个熟透的果实，我感觉秋天提前到来了。

普加开始呕吐，一会儿吐出一块辣子，一会儿吐出一块茄子，吃进去的花生米像豆子一样全部喷进葡萄沟里，后来连假牙也飞了出去。我拿着一根小棍在葡萄沟里找了半天，洗干净给他戴上，别提有多恶心了。

今天他戴着一套银牙，啃骨头方便。可是我今天没给他煮肉，所以他失算了。他边吐边给我说一些听不清楚的数字。那些数字在他嘴巴里面倒来倒去的，再加上他的肢体语言和神秘的面部表情，很快就把我罩在他的迷魂阵里面了。吐完之后，普加用袖子擦了一下口水，嘟囔着说："你这个勺子，你为什么不是蒙古族人呢？这样哥们在一起说话就没有麻烦了。"然后他就睡着了。

这货酒量不行，屁事还多，我是不是蒙古族人我说了又不算。在阿拉山口的时候，只要我们俩在一起，见过我们的人都说我们长得像孪生兄弟，甚至有人还建议我们去医院化验一下血型，那个时候还不知道DNA是啥东西。去医院验血肯定是一件辱没祖宗的事。不过这让我想起了我爸的第一个老婆，她是个蒙古族，跑掉的时候还带走了几个月大的儿子。我和普加长得像，没准他是我同父异母的兄弟呢。

我承认，世上很多事情都是在一个经意的过程中发生的一件不经意的事。人永远都无法知道自己该要什么，我妈当年若不是资本家的女儿，也不会从上海落难跑到新疆来，而且因为是资本家的女儿，最后不得不嫁给一个木匠当老婆。

"因为人只能活一次，既不能拿它跟前世相比，也不能在来生加以修正。没有任何方法可以检验哪种抉择是好的，因为不存在任何比较。一切都是马上经历，仅此一次，不能准备。"这不是我的话，好像是一个疯子说过的。不过我真的以为在这个世界上的另一个地方，有一个和我一模一样的人，不过他的生活肯定和我不一样，他是一个大提琴手，过着众星捧月般的生活。我喜欢大提琴，可是我的生活过得却一团糟。

8

小时候普加和我们不住在一个巷子，他们家住在农村，不过他很喜欢找我和阿布来提玩。他们家种地，不放羊。当时城里没农村日子好过，小时候的普加吃得像只小老虎。他妈妈不能生孩子，几个兄弟姐妹都是抱养的。普加小时候没怎么受苦，按现在的说法，普加属于纨绔子弟，典型的富二代。人就是这样，小时候不受罪长大就要受。普加长大后进了监狱。

普加是个情种，小时候就能看出来。那时他常来找我和阿布来提玩，其实就是个幌子。

他喜欢苏莉，可是苏莉根本就不把他当回事。我和阿布来提一直蒙在鼓里。那时候我们才上小学，普加不上学，天天在学校门前等苏莉放学。普加长大后对我说，当时见了苏莉也没有什么特别的感觉，仅仅就是想见苏莉。一见苏莉，普加啥脾气也没有了。那时候普加还保持着一嘴比较完整的牙齿，后来越来越少，等他出狱的时候就一颗不剩了。

当时我和阿布来提都与普加保持一定距离，因为普加在我们那里也是一霸。

苏莉和我们也不住在一个巷子，她家离我家不远，在食品厂家属院。她父母都是食品厂做面包的，我们大家都喜欢吃她偷偷带来的面包干。小时候苏莉长得很可爱，我们一直叫她洋娃娃，她很爱哭鼻子。都是小时候的事，现在说起来也没什么意思。

那天普加跑来找我，我们喝醉了。其实他也没跟我说啥，就谈了马鞍子的事，然后就消失了，电话也打不通。他遇上了大麻烦。是苏莉告诉我的。

杨秋荣离家出走以后，我就想，其实我喜欢的不是她，我喜欢苏莉。大家都这么说，刚开始我还不承认，后来越想这件事越觉得不对劲儿。一个男人的心永远是在另一个女人那里，但是我和苏莉在一起的时候，我的心从来都不在她身上，只是有麻烦的时候才去找她，那时候我还不认识杨秋荣。

肯定是杨秋荣在我酒里下了药，要不我怎么会那么迷恋她。她不光给我酒里下药，给黑子酒里也下药。黑子现在疯了一样四处筹款，要给杨秋荣拍电影。黑子把我甩了，那天晚上以后再也没和我联系过，打他电话，他就挂掉。杨秋荣也跑了，跟人间蒸发一样。

有一天我打电话找普加喝酒，当时普加正在跑黑车，拉着一个老太太去找她那不孝的儿子。普加出狱的时候，他爸爸还活着。老汉最不放心的就是这个游手好闲的大儿子，当时普加在阿拉山口做狗贩子，有一次他爸爸跑去看他，发现他儿子在贩狗，而且还是贩狗组织里面的小头目。老人不能接受这个现实，于是精神受到重创，回到家一病不起，直到咽最后一口气的时候还对普加耿耿于怀。

"普加爸爸死的时候让他发誓，一个月要做一件好事。你知道吧?"苏莉对我说。

"知道。他爸不想让他做人渣。"我说。

"可是他好事做成了坏事。有天他送一个老太太去找儿子。"

"这我知道。挺好的啊，总比拦路打劫强。怎么啦?"

"可她儿子不认。普加只好又拉着老太太去第三个儿子家。"

"果然不出我所料。"

"可是老太太在路上突发脑梗，死掉了。"

"啊? 怎么会呢? 他是不是骗你?"

"他把人拉到州医院，第一个给我打的电话。我还亲自去了呢。"

"怪不得那天在我家里喝酒，我就觉得他不对劲儿，不过他什么都没给我说。这家伙真可怜。"

苏莉告诉我，老太太死后，她的孩子们全跑出来了，他们要公安部门追究普加的刑事责任，还想让普加赔一大笔钱。

"这就是敲诈勒索。做好人也有罪吗?"我骂道。

"公安局也找他，你知道他以前坐过牢。"苏莉说。

"说清楚就行了，又不是他的错。"我说。

"我也这样劝过他，但他还是害怕。"苏莉说。

"后来呢?"我问。

"不知道。我现在联系不上他。"

"哦。我知道他在哪里。"

"在哪里?"

"我不告诉你。你最好别惹麻烦。知道了又要瞎操心，我还不知道你的脾气?"

我开始问苏莉借钱,被苏莉拒绝了。她说以前我借她的钱还没还,加上利息也好几万了。其实我是个穷光蛋,口袋里一分钱也没有,前面说和普加做马鞍子生意的钱,全部是纸上谈兵。

"我最近准备拍电影,正在筹钱。"我对苏莉说。

"那也不借。你的话总是不靠谱。电影也是你这种人拍的?"她说。

"骗你是毛驴子!不信你问黑子。他现在是制片人,是宣传温泉县的。政府掏钱。"

我把黑子扯出来,苏莉无话可说。因为黑子跑来跟她说过这件事。这家伙是个"长舌妇",在朋友圈里数他肚子藏不住话。朋友的消息来源都跟他有关系。黑子说得有鼻子有眼的,把苏莉也说动心了,她想入股参与拍摄,还想在里面弄个角色。

"你要是找个正经事做,我们大家都高兴呢。你也不小了,啥事该做啥事不该做,你明白的。你是个天才,找对路子准成功。"苏莉说话的口气像老妈子,温柔又体贴。我就喜欢她这母性的一面。不像杨秋荣,把我当孙子骂。

不过话又说回来,我真的不愿意来找苏莉借钱。这女人也够狠的,在南方的时候让我受尽屈辱。我在那里待了一个月,总共见过她两次。

第一次前面我已经说过,现在来说第二次见面的情景。

现在我承认,我和苏莉第一次见面的地点有误。我们不是在一个老乡家的菜窖里见的面。我一下火车，她派来的人就带我直接去听课，好像在一个居民楼里，我一进去就知道自己上当了。当时苏莉的电话一直打不通，这是事实。要见她必须要书面申请，见她一次太难了，这也是真的。我是为了爱情去找她的，这验证了我忠厚老实的一面。我当时真的很喜欢苏莉。

后来见面申请批下来了，她就安排我们在水上乐园见面。为了安全，苏莉化装成一个男的。当时就我们俩在一条小船上，我以为和我在一起划船的苏莉真的是一个男人，因为太逼真了，我有好几次都差点跳水逃走。

第一次见面不太成功，我找不到感觉，在苏莉身上我找不到半点当年在一起时的影子。我们只谈了几分钟，苏莉就离开了。这是第一次见面。

我和苏莉的第二次见面是一个意外。

当时我忧心忡忡，因为身上的钱快花光了，还是见不到苏莉。

有一天下午，我在一个小区里散步。

一辆黑色宝马在我身边停住，苏莉从里面伸出脑袋。

"上车。"她说。

我上车后发现，车里还坐着一个人，就是那天在水上乐园接她的那个女的。大家都没说话，好久没见苏莉了，我不知道当时对她说什么才好。再说车里有外人在。

这就是我们的第二次见面，比第一次更没意思。我被苏莉她们直接送到飞机场，苏莉塞给我一张飞机票就离开了，什么话都没说。

关于我去南方这件事，说法很多。苏莉在这件事上表现得很激动，谁要说她在南方搞过传销，她就跟谁急，甚至扬言要到法院起诉人家，吓得圈子里的人当着她的面都不敢提这件事。

后来我搬出了普加，还有马鞍子生意，把详细计划说给苏莉听。她听后，觉得拍电影的事比较荒唐，还是马鞍子生意比较靠谱。

苏莉对我说："我是看在普加的面子上才把钱借给你的。小时候他对我特好，我们家没有男孩，他就像我的哥哥，谁打我他就打谁。其实我要是嫁给他就好了，就是我爸妈不同意。"

"他们要你找的人现在就站在你面前。"我对苏莉说。

"得了吧。"她说。

"我一直对你有意思，你是知道的。要不然我也不会大老远地跑到南方去看你。"我对她说。

"我没去过南方，为什么你们都这么说？当时我想嫁给普加，可是他不向我求婚。我爹妈又逼我嫁给另一个男人。"

"所以你跑到南方去了！"

"啊，呸！我只是藏起来了。你知道我藏哪里去啦？"苏莉问我。

"不知道。你藏到哪里去啦？"

"赛里木湖的一个城堡里。就是你和黑子要在那里拍电影的那个成吉思汗城堡。我在那里认识了一个蒙古族老奶奶，她叫其其格。对我可好啦!"

"骗谁呢!"

"骗你是毛驴子!我真的在那里面躲了两个月。面对空空荡荡的城堡,我想了好多有关人生方面的事,回来后就决定从每年的纯收入里面拿出十万元做善事。"

"我去过那座城堡。里面有一个牢房,当年成吉思汗在里面坐了多年的牢。这是我在一部电影里看到的。"我对苏莉说。

那个位于赛里木湖边的成吉思汗城堡,据说当时是花了四百万修建的。

9

我们的巷子叫同乐巷。

这个巷子是自然形成的，有两辆马车那么宽。最早是泥巴路，下雨的时候别提有多难走了，泥巴可以漫过你的脚脖子。听老人们说，很多年前这里只有几户人家，最早是大片大片的原始森林，是一个飞鸟和野兽出没的地方。在北山下面有好多自流井，只要在土里插上一根管子地下的水就哗哗往外喷，形成小河，河水清澈见底，里面有好多小鱼。小河分割了整个森林，形成了各自的领地。再后来来这里的人越来越多，形成一个一个小村落。人多了，房子多了，树就少了，和树有关的东西也少了。再后来小村落又合并成一个大村落，然后城市出现了。

城市出现以后，时间仿佛也改变了它的进程，有点像脱缰的野马。当人们开始适应时间变化的时候，这里已经送走了好几代人。

我不知道同乐巷是哪一年形成的，反正从我记事的时候它已经存在了。小时候除了回家吃饭睡觉，我的生活基本上是和巷子里的孩子们在一起度过的，我的伙伴里有维吾尔族、汉族、哈萨克族、蒙古族、回族、锡伯族、俄罗斯族等民族的孩子。

在所有的伙伴中，我和阿布来提的关系最好，因为我们是邻居，除了一堵墙把我们两家隔开之外，我们两家关系相当亲密。他们家做好吃的拉面就从墙头上递过来一碗，我们家有好吃的也给他们送过去一些。我们两家都热衷这种活动，因为同样的食物两个民族做法不一样，互相吃起来感觉特新鲜。他们家的人特喜欢吃我们家刚蒸出来的馒头，我们家的人特喜欢吃他们家刚打出的馕。那时候商品经济不发达，每个家庭自给自足的能力极强。

阿布来提家养了两头母牛，奶子多得喝不完，经常一盆子一盆子地从墙头上递过来。他家还养了几十只羊，也不缺肉。我们家也养过几只羊，但养得不好。不过我们家擅长养鸡，这本事好像是祖传的。阿布来提家养鸡不行，小鸡一进他家的门，没几天就被埋在海棠果树下当肥料了。

我们家宰鸡的时候总少不了要给他们家送上一只，还教他们如何做。两家的孩子在对方家里玩着玩着就睡着了。我和阿布来提在一起干过好多坏事，偷苹果、偷西瓜……那真是一段快乐时光。阿布来提的爸爸在州红旗加工厂做铁匠，我的爸爸在州政府做木匠，除了睡觉，他们整天忙工作，平日在家里根本看不见他们的影子。

在同乐巷的孩子们中间，我和阿布来提是头儿，我们那时候想跟谁玩就跟谁玩，别提有多开心了。那时候最可怜的是黑子，当他拼命完成老牌儿大学生布置的所有功课后，我们的大部分游戏已经结束了。他经常一个人站在漆黑的巷道里瞎琢磨，从那时候起他就天天盼着和我们玩。

同乐巷的尽头是北山，说山有点夸张，因为它不是我们想象中的那种山。它就是一条延绵几十公里的土山，形状似山，所以不叫山又说不过去。

早晨，阿布来提家的院子里传来三轮摩托声。轰轰轰几下就熄火了，然后有人怒气冲冲地踩脚踏板，又是轰轰轰几下，冒烟，熄火。阿布来提开始骂脏话，然后他围着三轮摩托转了几圈，恶狠狠地踢了几脚，又跳了上去。三轮摩托车可不会像他的女人那么顺从他的脾气，车架子被他折腾得嘎吱嘎吱响个不停。我躺在床上，闭着眼睛，想象着阿布来提的每一个动作。他要出远门了，去草原上收羊皮子。他要用一天的时间才能到达目的地，用一天的时间一个毡房一个毡房地从放羊人的家里把羊皮子收上，然后再用一天的时间赶回来。这还是比较顺利的，要是生意不好还不止三天呢，现在生意难做，羊皮贩子太多。可是在他离开家之前肯定要来打扰我，因为那辆三轮摩托非常奇特，我不踢它几脚是不会发动起来的。果然，阿布来提趴在墙头上开始喊我的名字。

"喂——！喂——！萨朗——！"他把两只手卷成喇叭状，一声高过一声。

我打开窗户探出脑袋。

"尼买依西（维吾尔语，意为'啥事'）？"

"摩托车！"他喊着。

"马库勒，曼阿仔开来曼（维吾尔语，意为'好的，我马上来'）！"

我穿上衣服，洗了把脸。从我家的梯子爬上墙，从他们家的梯子爬下去。他的三轮摩托不是每次他要出门都发动不起来，而是每次阿布来提从外面领回来新羊缸子的时候，摩托车就发动不起来。好像车子被施了什么魔法，而我正是那个解咒之人。我来到阿布来提他们家的院子里，三轮摩托就停在那棵大海棠果树下，这树比他爸爸的年龄都大，有一个油桶那么粗。海棠树已经好多年没挂果了，听说方圆几十里只剩下这棵海棠树了。

城市不停扩展着它的规模，高楼大厦如雨后春笋般涌现在大地上，我们的同乐巷也不像从前幽深宁静了，环形公路早已经把它截成了几段。就像有人用菜刀把一条蛇砰砰砰剁成几段一样，一切都在改变着原先的形状。开发商把我们先分割后包围，然后一块一块吃掉。吃掉的是土地、房屋、树木、花草，吐出来的是钢筋混凝土。最早来的人们被森林河流分割成一个一个小的部落，后来的人又把森林河流分割成各自的后花园。后来城市出现了，它从四个方向开始合围我们……

10

　　我的名字叫阿杜。不过人们更喜欢叫我萨朗，就是傻瓜的意思。"萨朗"这个词在新疆不论哪个民族都知道它是什么意思，不需要翻译。大家都知道这是个骂人的话。

　　那天我喝多了，普加什么时间走的我都不知道，也许他根本就没有来过。我这人不能喝酒，一喝酒就出现幻觉。黑子说的一点也不假，可能是身上藏有某种怪疾，也可能我是作家，天生喜欢虚构。

　　那天普加走后，我在无人照看的情况下睡了整整一天一夜，而且还做了一个梦。现在来说说发生在我身上的事。

　　有一天，阿杜在网上对夏日阳光说，他的时间死掉了。

　　夏日阳光表示不明白。

　　阿杜说昨天晚上死神找过他了。

　　夏日阳光就发送给他一个傻笑的符号。

　　阿杜有点来气，他嘴快，这件事他已经说给好几个朋友听了。

　　阿杜说的没错，昨天晚上死神真的来找他了。

　　不过和朋友说起这件事，阿杜也表现得很古怪。既没表示害怕也没说不害怕，其实他很害怕。

　　这种事不是每个人都能遇上，遇上了也说不清楚。反正也没几个人相信他的鬼话，因为他一贯喜欢说鬼话的，而且他还是个酒鬼，酒鬼说鬼话，大家都不信。

不过这次是真的。

他不知道死神是如何进来的。

当时他在画画，他最近对蒙古马感兴趣。画马的时候他喜欢喝点，这样才有感觉，酒精可以制造氛围，画马的时候好像在草原上一样，甚至都可以闻到马身上的气味。马身上的味道和屋子里油画染料的香味儿混在一起，他喜欢这种味道。

他发现死神就坐在他对面的沙发上。死神穿着一身黑衣，戴着墨镜，长得像袋鼠。他吓了一跳，差点从地上蹦起来。

"别紧张。我是死神。"袋鼠说。他跷着二郎腿，表情很平静。

"你怎么进来的？随便进人家的房子，难道你不知道敲门吗？"阿杜装着很生气的样子。死神的样子一点也不难看，因为长得很像袋鼠，所以看上去挺滑稽。他不像传说中那么狰狞恐怖或者高大威猛，他长得很瘦小，跟个布娃娃似的，而且脸色苍白，确切地说是灰白色，上面还长了好多雀斑。他身体非常瘦弱，给人一种有气无力的样子，像是得了什么重病。不过阿杜心里害怕极了。

"呃呃。不好意思。"袋鼠两手呈交叉状，放在鼻子下面，显得很疲惫。他重重呼了口气，阿杜听到风箱的声音。小时候他们家做饭就用风箱，这声音他很熟悉。死神是从风箱里钻出来的，可是风箱这种东西现在已经绝迹了。他是从哪里钻出来的呢？死神袋鼠说话有点结巴，而且还有些腼腆。

"事情是这样的，怎么给你说呢？呃呃。你今晚必须跟我走。"他的喉咙里好像有痰，为了显示很有教养，他很快把喉咙里面的东西清理掉了。后来阿杜问死神袋鼠到底是从哪里进来的，死神袋鼠说是从窗户翻进来的，带着鸡屎的气味，那味道很特别。就是说，死神袋鼠首先是被鸡屎的气味引来的。于是阿杜更加恨鸡圈的主人了。

"跟你走？去哪里？"阿杜的脸立刻变得刷白。

"呃呃。我是死神，你说我能带你去哪里呢？大家都是成年人。"死神袋鼠说着耸了耸肩膀，做出一种摊牌的样子。

"那怎么行！我这么年轻，身体又好，事业才起步，刚过上好日子。你们这样做太不人道了！"阿杜全身发抖，当时他的脑子有些发蒙，感觉手也不听使唤，几支画笔接连掉在地上。

"黄泉路上无大小，这你是知道的。我是一个文明的死神，受过高等教育，也很有耐心。跟我走的人，一般都不太痛苦。呃呃。"死神袋鼠说着又开始清理嗓子里的东西。

阿杜有些绝望。他一屁股坐在地上，两眼发直。

现在，阿杜的屋子里充满着一种死亡的气息。所有的有机物体都失去了生机。因为死神袋鼠的到来，一切都开始发生质的变化。阿杜觉得自己像是一只掉进陷阱里的困兽，这屋子就像一个巨大的陷阱，要想从里面逃出来看来是不可能的了。死神袋鼠不知是从哪个地方进来的，说鸡屎的气味把他吸引过来不过是个骗局。作为死神，他是万能的。而作为凡人的阿杜，此时已经感到自己的肉身之赘了。

屋外是普通的农家小院，它的主人是大毛。大毛只顾挣钱，不太善于建设家园，那些粗大的白杨树都快把他的院墙挤倒了。他的家和院子显得有些破旧，大毛挺有钱的，但却是个有名的财迷鬼。

和昨日的夜空一样，月亮高挂在天边，繁星浩荡，偶尔也可以看到一颗流星，拖着长长的尾巴瞬间遁去。空气中传来阵阵果香，那是大毛家十几亩苹果园传来的香气。院子的另一边有好几处鱼塘，月光下，可以清晰地看见鱼映在塘底的影子。

而阿杜住的屋子后面，正对着一个很大的鸡圈，里面养着好几百只鸡。鸡圈上方的凉棚还养着鸽子，一大群，飞在天上的时候黑压压一大片，数都数不过来。晚上鸽子就睡在凉棚的椽子上，一排一排的。要想吃鸽子，阿杜就趁鸽子们睡着的时候上去摸几只，第二天鸽子还是那么多，大毛根本发现不了。所以阿杜基本上扮演着家贼的角色，想吃什么就吃什么。

热爱鸽子的人基本上是热爱生活的人，只是大毛不知道自己是一个热爱生活的人。家里活太多，他忙不过来，又不愿花钱请人，所以他的脾气特坏，经常打老婆。

唯一让阿杜恼火的是，他住的屋子后面就是大毛家的鸡圈，所以他基本上是闻不到果香的，只要一有点风，他的屋子里就充满鸡屎味。在以后的时间里，阿杜总是怨恨是鸡屎味招惹来了死神袋鼠。因为痛恨鸡屎味所以就痛恨这种气味的制造者，因为痛恨鸡屎味的制造者就对养它们的主人大毛恨之入骨。

"呃呃。我走了很远的路。路上又塞车，我的交通工具也坏掉了。呃呃。我是走了一天一夜才来到这里的。"死神袋鼠疲惫不堪地说。

"太可怕了，我从来没见过那么多的车，一路好堵。"死神袋鼠说。他有点焦虑，觉得自己一开始就把事情搞砸了。跟这些凡人有什么好商量的？因为开局不好，所以他不知道如何往下面进行自己的工作。因为他们是计件工作制，完不成指标是要受到惩罚的。这个月他一个人都没带回去，如果不能带走阿杜，他就没法在死神队伍里混了。知识分子什么角色都扮演不好，死神也不例外，有文化的死神总是按规矩出牌，办事总是婆婆妈妈的放不开手脚。为此，他十分痛恨自己的这种软弱性格。可是没有办法，连个要死的人都搞不定。谁让自己天生就是这样呢？死神袋鼠很痛苦。

"时候不早了，呃呃。我们上路吧。"死神袋鼠开始催促阿杜。他真的有点不耐烦了，因为天就要亮了，他俩听到了公鸡的叫声。阿布来提家的驴也开始大叫。

"我不能跟你走，我有痛风。"阿杜说。

"这不是理由。"死神袋鼠说。

"不行。不行。就这样跟你走了，绝对不行。我上有八十岁的老母亲，下有五个孩子，还有两个工厂。你让我如何跟你走！"阿杜此时也顾不了那么多了，尽管他知道，与其跪下来哀求死神，不如像个男人一样走得刚烈。要知道俺阿杜也是堂堂七尺男儿啊。

"呃呃。我该拿你怎么办才好呢？"死神袋鼠说。

"最起码让我跟亲人们告个别吧？我还有一大笔家产，我总不能让我的妻儿老小流落街头吧？好歹给每人分一点吧？还有一大堆朋友，告别也需要时间吧？还有银行，我有一百张银行卡，我总要把所有的账户清理干净吧？求你了。"阿杜含着热泪给死神袋鼠跪下了，他紧紧握住死神袋鼠的手拼命亲吻着。

死神的手冰凉干燥，毫无生命迹象，握着它使人毛骨悚然，可阿杜全然不顾。死神袋鼠的手上被阿杜弄了好多口水，他不得不强行把手抽回来，最近他感觉自己患上了风湿，一出远门全身就像散了架似的。

死神袋鼠被阿杜的眼泪弄得六神无主。

"唉！"他叹了一口气，抚摸着阿杜的脑袋说，"你们这些人，呃呃，从来不为别人着想。其实干我们这一行的也不容易呢。"阿杜只顾哭，根本听不见他在说什么。死神袋鼠想给阿杜讲讲自己的故事，他觉得很有必要和当事人好好沟通一下，其实死亡并不可怕。当我们的存在像火焰一样熄灭的时候，像最后一滴甘露在沙漠里消失的时候，死亡只是一个过渡。当灵魂离开肉体以后，就会去寻找另外一种生存方式继续它的存在。这种循环方式，凡人是不知道的。

但是，死神袋鼠只是张了张嘴，像是在打哈欠，并没有把心里的话说出来。

"我还很年轻，不想死。"阿杜擦着鼻涕说，"你们一定是弄错了人，世界上同名同姓的人多的是。在温泉县的哈日布呼镇蒙克阿依巴克村也有一个叫阿杜的人，也是个男的，长得跟我很像，还比我有钱。在精河县的巴音阿门的山里也有两个叫阿杜的人，他们俩简直就是我的翻版。要不你去他们那里看看吧。求你了。"

死神袋鼠告诉阿杜，从他任职以来，从没抓错过人。现在他手头有一千个阿杜的个人资料，都有编号，不会错的。他对阿杜说："真不明白，你为什么这么怕死呢？当年我也是这样过来的。不过那是意外，魂魄一下子就脱离了肉体，一点也没感觉到痛苦。我在上大学的时候聆听过一位著名哲学家授的课，他说，我们没有必要惧怕死亡，因为事实上，我们永远也不会遇见它。当我们还在世上的时候，它还不在。而当它出现的时候，我们已经不在了。所以，我们对死亡感到恐惧是没有意义的。"死神袋鼠说话的口气非常柔和，语速也非常慢，跟自言自语差不多。对一个将死之人，最好的办法就是用最好的语言来安慰他。

"我是凡人，你说这些话有个屁用，到头来，我还是要跟你走。"阿杜哽咽着回答道。

他阿杜没干过什么对不起天地良心的事呀，可这种倒霉的事偏偏让他遇上了。生命这东西真是脆弱得很，如果真要命赴黄泉，他的肉身没几天就会被下葬在公墓的地下了，然后腐烂变质。他小时候和阿布来提在墓地里喝野鸽子血的时候，曾经捡到过几根死人的大腿骨，那些骨头不知在野外漂泊了多少年，轻轻一掰就破碎到随风飘走了。想到这里，阿杜不禁又悲从心中来，这次是放声号啕。

　　"唉，我该拿这个将死之人怎么办呢？"死神袋鼠苦恼地想。

11

　　我的名字其实不叫阿杜。阿杜是我用来骗死神袋鼠的。那天晚上死神袋鼠以为抓错人了，虽然他走的时候威胁我他还会再来找我，但是从他的眼神里，我明显看出他已经承认自己抓错了人，而且他还是带着愧疚的神情离开我的，因为天就要亮了。

　　"谈话还没完。我让你搅糊涂了。下次我还会来找你。"死神走的时候好像对我这样说。

　　死神离开后，我已经完全清醒了，全身发抖，跟落水狗差不多。躺在床上全身就像刚从水塘里捞出来的一样。这时候阿布来提趴在他们家的院墙上喊我。我翻墙进入他们家的院子以后，才发现他们全家都在等我。

　　三轮摩托车前围了一圈人，阿布来提的爸爸、妈妈、弟弟、妹妹们都在，当然还有他的新羊缸子古丽。

　　还有几个人我不认识，像是在看热闹。可能是他们家里的租客，看模样好像是刚从外地来的。现在是市场经济时代，我们这里的人都把空闲房子拿来出租。我现在也喝不上他们家的免费牛奶了，想喝就要掏钱买，因为是邻居关系，他们有时候会多给我一点的。

　　我没有把晚上遇到死神的事说给阿布来提听，他也没工夫听，他现在满脑子都是羊皮子和女人。对死神的看法我和阿布来提肯定意见不一致，表述起来困难重重。这种事肢体语言是没办法表述的。

人们给我让开一条道，他们围着三轮摩托车在热烈地议论着什么，主题与车无关，我听了半天才明白，这里要拆迁了。那几个外来人不是租客而是测量员，不过他们没穿制服，看上去像租客。我看见一个测量员一只手里拿着写字板，另一只手在飞快地转动着碳素笔，像影视剧里的白领。还有一个人手里拿着圆形皮尺，有飞盘那么大。这种皮尺长度至少有五十米，是专门用来测绘的。

所有的人都在谈院子的收购价格，看情形好像分成三派。阿布来提和他爸爸一派，不主张卖掉老宅子，理由当然很充分。他们日后很有可能成为钉子户。

他的弟弟和妹妹们坚决赞成把院子卖掉，因为他们正处在一个缺钱花的年龄段，他们在这个问题上表现得十分激动，为了让大家知道这个老院子存在的不合理性，他们什么语言和动作都用上了。卖掉老院子，拿上钱，分家单过，他们是一派。

他们的妈妈患上了老年痴呆症，是中立派。新羊缸子不是过门媳妇，没有话语权，也算是中立派。

他们院子现在值一大笔钱，而且政府还答应给他们每人一套楼房。只要同意，马上就可以兑现。

阿布来提的爸爸不参与这场讨论，他远离大家，在一个炉灶前忙着他的事。

他是一个沉默寡言的老人，有自己的事情要做。阿布来提的爸爸年轻时高大威武，干什么都是一把好手，阿布来提的血脉随他多。他看着我长大，我看着他衰老，大家互换人生。阿布来提的爸爸是个铁匠，眼下正忙着敲打一个马掌子。

这可是个出力的技术活，他像一只大虾米一样忙碌着。他从火堆里拿出一块被烧得通红的铁块，快速举锤叮当敲打，不一会儿就显现出马掌雏形。他退休在家，企业改制，工资太低，物价却是一蹿老高，这种时候铁匠手艺正好派上用途。靠阿布来提一个人在外面挣钱太辛苦了。他每天都忙着敲打马身上零零碎碎的物件儿，马掌、马钉、铁链子，大一点的马掌给马用，小一点的给毛驴用，星期日就去巴扎（维吾尔语，意为'集市'）上卖，一个月下来收入颇丰。

不过现在马和毛驴的作用越来越小了，交通工具都变成烧油的了。以前每天都能听到老铁匠叮当叮当敲打马掌子的声音，现在几个星期也听不到一回。他们这一代人和我的父母一样，年轻时日子不好过，孩子又多，现在好日子来了，他们却面临衰老和死亡，剩下的就这点手艺了。

几个测量员没有加入阿布来提他们的家事，在他们看来这事和他们没关系，院子卖不卖他们得不到一分钱好处。

"房子卖掉。我们住楼房。"阿布来提的弟弟说。

"我要开一个商店，现在没钱。院子今天卖掉我明天就开商店！"阿布来提的妹妹也跟着说。

有一双眼睛从一开始就盯着我。

在我进入阿布来提他们家的院子那一刻起，我就感觉古丽的目光一直追随着我的一举一动。我猜她在这个家里面过得不是很称心。他们不像是一类人，除了扮演阿布来提的羊缸子之外，我感到了她的孤独。才几天的时间，我就在古丽的脸上看到了一种压抑的表情，眼圈也有些发青，她的心开始漂移，但是她无法突围阿布来提的领地，至少目前是这样。

我来到三轮摩托车前，用力踹了几脚。后来发生的事情果然很灵验，摩托车一个油门就轰着了。古丽递给阿布来提一个蛇皮袋子，里面装着满满一袋子馕，还有一塑料壶清茶，一堆麻绳。这些都是阿布来提一路上所需的物品，这家伙既能享受生活的幸福和女人的缠绵，也能熬得住简单清苦的日子。他是家里的老大，赚钱养家是他分内的事。

"我是老大，房子卖不卖我说了算。爷爷奶奶不在，爸爸在妈妈在，你们说了不算！"阿布来提坐在三轮摩托上对他的弟弟妹妹说道。之后他一轰油门，车子向大门口冲去。屁股后面冒出一股浓烟，一转眼就不见了。

我很佩服阿布来提这个家伙，以前他们家和黑子他们家都是我们巷子里的骄傲。谁也不会想到铁匠家会出一个百万富翁，只可惜阿布来提没有守住这份家业，在阿拉山口翻了船。回到起点的阿布来提从没有半句怨言，一切从头开始，他现在是一个有名的羊皮贩子，从半个汽车轮胎再次开始了他的原始积累。

12

下午，古丽来找我还糖。碗里面装着满满的油果子，刚炸出来的，放进嘴里还能感受到它的温度。

油果子很好吃，有种玫瑰花的香味。他们家很干净，自从阿布来提妈妈患了老年痴呆症以后，啥也不干，就会在家刷房子，一个星期刷一次，拽都拽不住。有一次老太太走错路，翻墙过来把我住的房子也给刷了一遍。为这事大毛还跟我吵了一架，说老太太心眼坏办事不公平。

"为什么？"大毛满嘴酒气地问我。

"什么为什么？"我反问道。

"那老太太为什么给你刷房子不给我刷？"他说。他把拳头在我面前晃了晃。

"不给你刷房子我咋知道？你去问她啊！"

"她不说。只是笑。她在嘲笑我。"

"你有老婆我没有老婆，就这么简单。她像我妈妈一样，从小看着我长大的。"

这样的事经常发生。

真是不讲理，有本事找老太太去说啊，干吗把我当秋天的柿子捏？大毛总是欺负我，他总觉得我是麻烦制造者。他恨不得一脚把我踢出他的大院子，只是我是这院子原先的主人，因为害怕遭到邻居们的谴责他不能把事做得太绝。我们之间还有文字协议，他不能赶我走。不能赶我走，他就折腾我。

在我吃着古丽给我带来的东西的时候，这个女人就在我的画室里瞎转。她今天穿得很好看，出门的时候肯定把自己打扮了一下。她家每天都有干不完的活，哪有时间穿好看的衣服啊，光喂牛、挤牛奶都够她受的了。谁不干家务活，谁就是老太太的死敌。老太太痴而不傻，在大是大非面前很有自己的主见。阿布来提家里养了五头奶牛，二十几只羊，再加上其他活，从天亮到天黑忙得连腰都直不起来。

古丽对我的画很感兴趣。每幅画她都看得很仔细。我喜欢画人物画，风景画得不多。看画的时候，这个女人时不时要在我面前经过一下，看上去是不经意的一个动作，棉布裙就像随风飘落的花朵，在我面前徐徐展示一种飘逸的美。她身上的香气和油果子的香气混在一起，让人产生一种紧张感。

有一首禅诗说："对于情人来说，一个美妇人是令人欢喜的对象；对于隐修士来说，却是一个引人分心的物体；而对于狼来说，则是一顿好饭。"我肯定不是狼，当然也做不了隐修士。我不想引来阿布来提的石头，如果是爱情，又是另外一回事。在男女关系方面我是一个谨慎的人。

我爱过一个女人吗？我常常想这个问题。

"你是画家呀？我还以为你是生意人呢。"古丽说。

"为什么看我像生意人？"我笑着问。

"你长得贼兮兮的样子。"她说。

"我哪有你家阿布来提更像生意人呀，他出去一趟就好几千块到手了。"我说着点了一支烟。

"你觉得阿布来提这个人好不好？"古丽问我。

"你跟他在一起，我咋知道他这个人好不好啊？"我心里想道。

"怎么和你说呢？他这个人挺好的，我们从小一起长大，人老实没坏心眼儿。"

"你这人挺贼的啊，光说朋友的好话。你心里肯定藏着好多名堂。你们是邻居呀！"古丽说着拿起一支油画笔在调色盘里拨弄着。我只是嘿嘿笑着。

"你看我画的蒙古马怎么样？"我问她。

"我觉得你画的这个马像他们家院子里的毛驴。"古丽咯咯笑了起来。

"他们家的毛驴快要生孩子了，肚子大得很，都说可以生两个。"古丽又说。

"那是他们骗你呢。它不是毛驴，是马和驴生的，叫骡子。"我对古丽说，然后也跟着一起笑了起来。这明明是匹蒙古马，她偏要把它说成骡子。这个女人是在骂我，还是我画得不行，把好端端的一匹蒙古马画成了大骡子。

"你总是一个人吗？你没有老婆和孩子吗？你有没有结婚啊？"她问我。女人都喜欢问这几个问题。

我没搭理她。她想知道什么？刚才想知道阿布来提好不好，现在又在打探我的秘密。在女人面前还是不要谈这个问题。我没有必要让一个来路不明的女人知道太多，谁知道她是不是来自精河县，就是来自精河县跟我又有什么关系呢？

"阿布来提的女人都来过你这里吧？"古丽说。

"没有啊，你是第一个。前面他哪里有什么女人啊。和我一样，可怜得很。"

她不信。

"骗你我是毛驴子。"

她还是不信。

"骗你我是毛驴子养的。"

她信了。

我松了一口气。

其实阿布来提之前的几任女朋友都来过我这里，因为她们都觉得我这里有意思。或者她们都想知道阿布来提是个什么样的人，因为她们不知道阿布来提是一个什么样的人。我当然不能出卖我的邻居，因为我也不知道他现在是一个什么样的人。自从我们长大后，很少在一起了。一个人生下来，如果不是天生的坏种，那他就是好人，或者他在我这里是好人，在别的地方是坏人。来过我这里的女人没多久都从阿布来提家跑掉了，有一阵子他们家的人很恨我，好像是我乱说话了似的。

说实话，我是不欢迎这些女人来我这里的。我对付这些女人比阿布来提对付她们还要累。我不仅要费力回答她们提出的各种问题，还要费脑筋保护我的好邻居，让儿时的伙伴不受她们的伤害。

不过阿布来提在这个问题上表现得很明智，他知道他的女人们离开他的原因，所以他不恨我。

"你觉得我像骡子一样生活是什么意思啊？你是不是觉得他们家的骡子生活方式很像我？你真会糟蹋人啊。"我觉得有必要把古丽的思路从阿布来提身上引开，因为我开始烦她了。

"哪里啊，什么话啊。你心眼儿真小，不像个男人。我认识的男人都不像你这样，开不起玩笑。"古丽对我这句话做出很生气的样子。

"你没说我，又在说谁？"我生气地想。

她的牙齿真的好白，上面闪着湿润的光亮，而且特整齐，跟修整过似的。

"你肯定没见过蒙古马长什么样子，我在伊犁的昭苏草原见过这种马，他们把这种马叫汗血宝马。"我想对这个女人说，可是我没说。话到嘴边又咽回去了。

"是吗？我还以为你觉得我像骡子一样生活呢。不好意思，你别生气，我最近心情不好是因为麻烦多得很。"我对古丽说。

接下来我想和她谈谈有关死神的话题。现在从另一个角度来看我画的蒙古马，它果然像骡子。不过普加更可恨，他竟然说我的蒙古马像赛里木草原上的土拨鼠。看来我真的要找个老师好好教教我。但是古丽好像没听到我说的话，不知她什么时候走掉了。

13

　　我家院子的主人叫大毛。有一阵子大毛特恨我，因为我把院子卖给了他。把院子卖给大毛本身并无罪过，但是卖掉之后产生了很多他恨我的理由。签协议的时候我们商定我在老院子享有三十年的居住权，这个居住权里又附加了另一项条款，我要是结婚就必须立刻从这个院子里搬走。

　　这就是说，只要我在这个院子里住，就不能结婚。这一招也够狠的。前面的条款是我制约大毛的，后一项条款又是大毛制约我的。所以他不是个省油的灯。他霸占了我的院子之后，我就成了他的眼中钉肉中刺。大毛处处看我不顺眼，总是想办法把我赶走。

　　大毛恨我是有好多理由的，首先我过着寄生虫般的生活，这让他很生气，他说我这种游手好闲的人，对社会是一种危害，对公共安全不利。他觉得我的钱来得太容易，特别是在阿拉山口当中间人的那段时间，挣的钱来路不明，特别可疑。他还说买我的院子钱给得太多，很吃亏。

　　"你的好日子快到头了。"有一天他对我说。

　　"我怎么不知道？"我对他说。

　　"这地方要是拆迁的话，你肯定要去吃低保。"他说。

　　"我有一肚子智慧，肯定不会的。"我说。

　　"走着瞧！"他说。

不过我承认，大毛恨我也是有道理的。卖院子的这笔钱在当时来说也算是个天价。是他自己看中了我家的院子，天天缠着我，院子到手后他又开始恨我。

　　大毛刚来我家时，连房租都交不起。那时候我妈还活着，他交不起房租，我妈也不急着要。后来他发财了成了我的房东，我妈也没说啥。当时大毛对我们还是挺客气的，我妈一死，他就对我变脸了。大毛成了院子新主人之后把好房子都占去了，给我一间最旧的房子住，就是能闻到他们家鸡圈里臭味儿的那间。因为协议里没规定我住哪间屋子，让他钻了空子。

　　最近一个时期，大毛突然开始喜欢我了，总是跑来和我套近乎。因为这里要开发了，我的院子在这一带最大，估计价值好几百万。当初我把院子卖给他的时候不过几十万，现在轮到我开始恨大毛了。以前大毛一喝多就站在我门前不走，也不说话，呼哧呼哧喘着粗气，手里还拿着个家伙。他长得很特别，大马牙黑眉毛黄眼珠子，每天干不完的活，闲了就磨干活用的工具。脸上常常带有狰狞的表情。他最喜欢一把斧子，每天都要磨一遍。边磨边在我面前做劈柴的动作，这让我很害怕。

　　这院子自从大毛接手以后风水也跟着变了，我好几次都想搬走，但是又不知道去哪里，我在这个院子出生、长大，离开这里我怕会死在搬家的路上。

　　现在大毛有事没事都来我这里转一趟，他没什么文化，表情直接写在脸上，心里憋着一股子喜事，到了喉咙又咽回去，这让他难受极了。在我面前他尽量表现低调，免得我后悔把院子卖给他，他恨过我却不想让我恨他。这里要拆迁了，他马上就要成为富翁了。他做梦都想不到，在他快要被这个大院子累死的时候，好运来了。

"我们喝酒吧？我请客。"大毛说。

"谢谢。不喝。"我说。

"我准备重新买个院子，到时候我们还住一起！我还是不要你房租。"他说。

"谢谢。不去。"我说。

这家伙不好惹，说翻脸就翻脸，还是离他远点。

以前他污辱我是资产阶级腐朽分子，现在自己马上也要变成和我一样的人了，而且比我更有钱。以前他看不起我有文化，现在却处处模仿有文化的人，假装斯文，一招一式都透露着一种虚假的教养。文明和教养不是装出来的，比如他随地吐痰和随便找个地方就尿的毛病，暴露了他是个没有教养的人。

不过他人不坏，这也是不争的事实。他现在觉得我就是他的财神，还答应要给我换一间最好的房子。他觉得我之所以把蒙古马画成一只松鼠（他比普加更可恨），是因为这间房子风水不好，不光风水不好还要每时每刻泡在鸡屎味里。

我妈临死之前告诉我，我们家有一大笔钱，银圆、金条。她把这些值钱的东西不知藏在院子里的哪个地方了，当时她老糊涂了，光记得藏钱这回事，却不知道藏在哪里了。然后眼睛一闭，走了。这都是我把院子卖给大毛以后的事，现在院子不是我的了，我不能扛着铁锨到处挖。这件事不能对任何人说，憋在肚子里又难受。因为这笔钱，我觉得总有一天我会憋出病来的。

我家有好多银圆这件事我是相信的。小时候我见过，银圆上面还有袁世凯的头像。我还拿它们去学校玩，经常被老师没收，到现在都没还我。至于金条我也相信，我妈是上海大资本家的女儿，从小就有经商头脑。

我妈流落新疆的时候大家都嫌她出身不好。我爸世代农民出身，家里穷得几乎就差饿死了，在他们马上就要饿死的时候，是共产党毛主席让他们翻身做了主人。其实我爸隐瞒了一段重要历史，他的两个哥哥是国民党兵，全国解放的时候跟着蒋介石跑到台湾去了。情况很快就被当地弄清楚了，老家没法待下去了，我爸和剩下的弟兄们连夜离开了。

他的弟兄们有的去了青海，有的去了西藏，我爸跟着一个远方堂叔来到了新疆。那个远方的堂叔是个木匠。建设边疆需要大量人才，我爸跟他的木匠堂叔学了一手木匠活，当然属于被欢迎的人之列。

我爸娶我妈实在是没有办法的事，因为那个年代娶了资本家的女儿做老婆是不光彩的。他第一个老婆与他结婚没两年就和别的男人跑了，连几个月大的儿子也被她带走了。我那个资本家出身的妈当时刚来到同乐巷，阿布来提家收留了她。

有一天阿布来提的妈妈翻墙过来找我爸。

"喂，尧勒达西（维吾尔语，意为'同志'），我的房子里有一个外地来的丫头，漂亮，要不要？羊缸子亚克西得很！"她说。

我爸当时正在为找不上老婆发愁，一听有这样的好事一下子就从墙头上跳过去了。

我爸一分钱没花就娶到了我妈。

我和我爸这辈子都没多大出息，我爸在一九六六年的时候干了一件惊天动地的事，他为了显积极把我们家的院子捐给了国家。一九七六年他后悔得想自杀，上访了好几年死乞白赖地把院子又要了回来。好多人都看不起他，捐就捐了，干吗还要回来？他就此成了同乐巷的笑话。他死得早，而我又是个败家子，我们家家道中落，有一半是毁在了我手里。

我在阿拉山口做中间人的时候欠了一屁股债，那时正赶上大毛发迹。大毛不停地借钱给我，最后这个院子不给他都不行了。我最困难的时候我妈没给我一分钱，她死后却给我留下一大笔钱，而我根本就不知道这笔钱藏在哪里。

我妈生病那几年，我们花光了所有积蓄，家里穷得就差要饭了。有一阵子我差不多把家具都卖光了，阿布来提用了一百块就把我家一个长沙发买走了，为此他开心了好长时间。

其实这些年我也没过上什么小资生活，我像个长工一样给大毛干活，淘厕所、修房子，挖井、挖池塘、喂鸡、翻地，只要是活我都抢着干。以帮他干活为名，挖地三尺，足足在院子里翻找了三年。这个秘密只有我和我妈知道，有一阵子我感到自己认真活着就是为了寻找那笔财富。

再后来我开始画画，我画画以后就很少再有找钱的念头，这时候我经济状况也有所改善，靠卖土酒赚了不少钱。也许这笔钱是我妈瞎编出来的，她知道我迟早要把院子卖掉，所以就编出这个谎话来骗我。可是来不及了，因为我欠大毛的钱太多了，我妈住院的医药费大部分来自他的腰包。我爸死乞白赖从政府要回来的大院，被我这个败家子更换了主人。有一天我打消了找钱的念头，我不能白白耗尽自己一生的美好时光，去寻找一个虚幻的东西。这让大毛更加恨我，因为没人帮他干活了。

自从我不给他家干活之后，他老婆花花就往阿布来提家跑得勤了，因为他家的活比阿布来提家里的活还多。花花经常翻墙去请阿布来提过来帮忙。

阿布来提很愿意给大毛家干活，他个头一米八几，从小吃羊肉喝牛奶长大的，身体赛过高山上的牦牛。这家伙力气多得用不完，每次给大毛家干活都非常卖力认真，有时候还加班加点。闲的时候阿布来提就提着鱼竿钓鱼，有时候他也领着新羊缸子一起钓鱼。他们家现在也喜欢吃鱼了。

大毛看在眼里恨在心上，他不是心疼鱼，而是见不得阿布来提和花花在一起的那种样子。至于什么样子大毛自己也说不清楚，反正看着不舒服。以前他怀疑我和他老婆有一腿，现在又把怀疑转移到阿布来提身上。

为了不让花花翻墙去阿布来提家，大毛可真是用足了工夫。一开始，他送给阿布来提一部传呼机，发现他不识汉字，干脆给阿布来提家装了一部固定电话，这样家里有活的时候打个电话就成。那时候家里装个电话好贵的。再后来流行手机，大毛又给阿布来提送了一部新手机，这让阿布来提自己的业务有了长足发展，他现在收羊皮子都是通过电话一家一家预订。

花花长得很漂亮，她比大毛小好多岁。花花和大毛过得马马虎虎，大毛死板刻薄，花花开朗活泼。他们是半路夫妻，听说都有各自的孩子，可是我一个也没见到。大毛一直说自己是汉族，有一次普查人口时才发现他是回族。他一直不承认自己是回族，坚持说自己是汉族，而且逢人就说这件事。有一段时间他天天缠着我说这事，我都快被他弄疯了。

汉族回族有什么关系啊，大家都喝一口井里的水，吃一块地里种出来的麦子。那时候也没地方可去，大家闲着没事就扎堆瞎聊，吃过饭就坐在院子门前吸烟扯淡。家家门前都有长条凳，茂密的白杨树下可以坐好多人。老人们话说新疆，全是野史，我们年轻人听得张着大嘴半天合不拢。后来大毛加入了聊天队伍，十分无聊地谈他的民族身份问题，然后大谈买我院子的事。

他的听众越来越少，后来只剩下一个走不动的老汉了。

大毛把自己说成是汉族可能有他的想法，他出生的那个时代正是新中国历史上最难熬的一个时期，穷人家里孩子生多了又养不活，送来送去的也是很正常。汉族送回族，回族送汉族，只要能活下去送谁都行啊。没准他可能真是汉族。

我干吗关心这些事？现在大家生活得好好的，都靠土地和空气活着，所有的人就像生活在一个部落里，如果土地和空气就是食物，那么我们大家都在分享。

14

阿布来提音信全无。有一天古丽趴在墙头上喊我。"哎——画画的!"她向我招手。刚开始我没看见,我和大毛正在说话。

"好不好?"我对大毛说。

"什么好不好?"他问。

"咱俩换名字的事。"我说。

"你脑子给驴踢了?名字是父母给的哪能说换就换呢?再说我是回族,你是汉族。"大毛有些不高兴地说。

最近一个时期,大毛总是有意无意地开始强调自己是回族,我猜他的儿子要考大学了,因为民考汉政府可以照顾分数。他还总是往派出所跑,想把民族成分改回来。哪那么容易说改就改啊。当年人家查出他是回族,是他自己哭着喊着改回了汉族。

"啊呸!你就骗弟弟吧,你以为我没见过你家的户口本?别蒙我啦!"我对他说。这家伙在节骨眼上却说自己是回族了,真是条老泥鳅。他喜欢喝酒,每次遇到他都能闻到酒味儿。

"我自己烧了点苞谷酒,口感特好,你想不想来点?"我对大毛说。

"你会烧酒?"他假装不相信的样子。

其实他早就知道我会酿酒,因为我酿酒的时候满院子都是酒的香味儿。不过他从来没喝过我酿的酒，因为自从他成为这个院子的主人以后，就一直把我当仇家，就算我给他家干再多的活，他也恨我。我吃撑了给他酒喝。现在不一样了，我们的关系有了变化，两个家庭今天好明天坏的再正常不过了。我转身跑回屋给他端来满满一大茶杯白酒，我前面说过，这酒度数高，加上他刚刚在家里喝的，我的酒只要喝一半大毛就醉了。

"好不好？不就换个名字嘛！就咱们自己知道就行了。在外面该叫啥叫啥。"我笑眯眯地看着大毛，看来我的计划快要成功了。

"有文化的人一肚子坏水儿，你这肯定没好事。你叫大毛我叫阿杜，好。就这么定了。可是年龄我可不换，我还是你哥！"他醉了，把最后一半一口气喝光了。

"那是那是，你让我叫你叔都成！"我激动地拍着大毛的肩膀说。这几天我感觉不太好，总是做噩梦。我觉得有必要多找几个人换一下名字，这样才保险。万一那个死神袋鼠找上门来也好对付他。

大毛最近准备回甘肃老家看看，他说有四十多年没回过老家了。其实老家也没什么亲人了，他是个孤儿，小时候家里处境比我爸还惨，是个吃百家饭的孩子。他是个真正的盲流，小小年纪就扒火车到了新疆，一路讨饭一路拜干爹来到我们这里。后来他拜的最后一个干爹死了。成了孤儿的大毛，就在村子里吃百家饭，这是他的强项。他的最后一个落脚点是一个蒙古族人聚集地，那是个牧业村，村民全是蒙古族人，比较富裕，常常可以吃上牛羊肉。其他地方都在忍饥挨饿的时候，他却吃得像小牛犊，一身小膘。在成长的过程中，大毛认了好多干爹干妈。后来他翅膀硬了，就离开了那个牧业村出来闯荡，再后来又赶上改革开放好政策，再后来成了我的房东。

喝完我自制的土酒，大毛摇摇晃晃地回家了，走的时候他嘻嘻哈哈地对我说："大毛兄弟俺阿杜回家啦！"这说明他已经承认自己是阿杜了。我们把名字换了，这是我今天最大的收获。

大毛（现在应该叫他阿杜）刚进屋，他老婆花花不知道从什么地方钻出来找我。最近这女人很无趣，有事没事总想跟我套近乎，因为阿布来提不在家，她家里的活又堆成山了。虽然这个地方要拆迁了，可是谁知道推土机哪一天才能开过来啊。

花花今天给我送一筐子鸡蛋，明天送来一只老母鸡，死乞白赖地想让我帮她去地里除草。我都烦死她了，特别是有一次她趁我不在家，跑进我的屋子把杨秋荣的衣服鞋子全给扔掉了，还口口声声说她是为我好，不让我总是生活在阴影里。我开始有点恨这个女人了，邻居的爪子伸得有点长，感觉有人正在偷窥我的隐私。这时我正好看见古丽趴在墙头上喊我，就把花花晾在一边。

我前面一直缠着大毛换名字，大毛说得对，有文化的人一肚子坏水，关键时刻就能看出来。古丽趴在墙头上干着急。见我不理她，就提高了嗓门，一声比一声高。

"歪——江！画画的！"她把声音拉得好长，看样子她开始生气了。"歪江"的意思我翻译不出来，大概就是一种语气词。高兴的时候可以用"歪江歪江"来表达，不高兴的时候也可以用"歪江歪江"来表达。高兴和不高兴是用表情和声音传达给对方的，但要认真翻译起来却相当复杂。这个女人要干什么？她和花花一样，也是个满肚子小九九的人。

"烦死了！"她趴在墙头上喊道。

15

阿布来提不在家的时候，他们家发生了两件事情。

第一件事情，他妈失踪了。第二件事情，古丽要离开他家。但是我认为还是有必要先说说我自己的事情。

那天我很开心，内蒙古发来的第一批马鞍子到货了，质量不错，很精致。我一共进了三百副马鞍子，分三次发货，一个月一批。贪欲是人性最大的弱点，我把老本都压在这笔买卖上了。如果赔了我肯定会成为穷光蛋，而且这是苏莉的钱，赔了我真的没脸再见她了。

我把第一批马鞍子给普加发了过去。他在电话里告诉我，草原已经开始有点绿色了，不过前几天下了一场大雪，绿色又没了。那里海拔高，天气就像孩子的脸说变就变。我们这里夏天都开始了，那边春天才刚刚开始。

"你还好吧？"我问。

"好着呢。"普加回答说。

"真的很好？要是有事尽管给哥说啊。"我问。

"我真的很好。你有什么事吗？"普加说。

"没事。我只是问问。苏莉明天请客，你回来吧？"我说。

"回不来。忙得很。我现在像兔子一样，哪有时间喝酒啊。"普加说。

"忙什么？马鞍子吗？"我问。

"好多事。你别问了。你想说什么?"普加问。

"我没事。我就是想知道你有没有事。"我说。

"没事就好,不就是那点破马鞍子嘛,赔了我赔你。"他说。

"说什么啊,咱们是兄弟。"我说。

没事就好,这表明普加的处境相当安全。要是我遇上这样的事,肯定比普加跑得还远。我听说那个死在他车上的老太太的儿子们正四处寻找普加,他们觉得普加给了他们致富的机会。公安局的人也在寻找普加,他们找普加可不是为了老太太。我开始怀疑苏莉,她说普加出了大事,我怎么在电话里一句都听不出来。而且,他也没有关机,电话里听起来他的状态不错,哪像出了大事的人。有时候大家都在传递一个谎言,越传越加深了它的真实性。

反正不着急,赛马会还早着呢。不管怎么说,好兆头已经开始了,普加在电话里说他已经联系了好多家牧民,他们都答应买我们的马鞍子。不过阿布来提可能有麻烦了,他正在那一带收羊皮呢。若遭遇暴风雪,就看他的运气了。

我白天心情很好,还帮花花的苞谷地除了半天草。可是晚上噩梦又开始了,那个该死的袋鼠又找上门来了。

我躺在床上,睡眼蒙眬,睁一只眼闭一只眼。正当我快要进入梦乡的时候,不经意间发现我的蒙古马开始变换形状。

骡子。

土拨鼠。

松鼠。

最后是定格在那个该死的死神袋鼠脸上!他戴着一个蛤

蟆镜正在画框里面东张西望。我吓得一下子从床上蹦了起来。

"你干吗啊？你，你又来了！不是给你说过你抓错人了嘛！"我表现出十分恼怒的样子。

"呃呃。是这样，为了你的事，我专门回了一趟总部。呃，没错，是你，阿杜。年份月份日子时辰都没错。今天你无论如何也要跟我走。"死神袋鼠说着从画框里跳出来，他的黑袍子使他显得十分笨拙，出来的时候还掀翻了画架子。

"呃，不好意思。"死神袋鼠说。他带着歉意把画架子重新摆好，画架子摆好后，蒙古马又恢复了原形。

"呃。好累啊，有吃的吗？走了一天的路。"死神袋鼠说着在沙发上坐下来，顺便把蒙在头上的黑布拿下来，原来他是个大秃头。他看上去比上次更加衰老。

"没有！"我对他说。

"得了，呃，我闻见你锅里鸡肉的香味儿了。你生我的气对你一点好处都没有，又不是我要把你带走的。我只是个执行者。呃——呃！"

"你别总呃呃呃的好不好？我的胃一听见这声音就不舒服。"我说。

"好的好的。我是个有教养的死神，最近只是身体不太舒服。呃。"他用手捂住嘴巴尽量不发出那种声音。真拿这个家伙没办法，我转身从锅里捞出一只鸡腿，把它放在一个铁盘子里扔给他："就这么多了，你凑合着吃吧！"

"谢谢。谢谢。呃，要是有点鸡汤就更好啦！最好先热一下。起锅的时候别忘了撒点葱花。"死神袋鼠边说边开始吃鸡腿。他边吃边夸赞鸡肉味清香纯正，是真正的土鸡。他还说好多年没吃到这么好的鸡肉了，还让我在上面撒了一点精盐，说这样吃起来味道更鲜。看样子这家伙是死神里面的吃货。

"呃呃。你做得很好。一般情况下，当事人和我们配合默契的话，走的时候都不痛苦。"死神喝了一口鸡汤对我说。

我感到自己的脑袋都要炸开了，全身开始发抖，牙齿开始不争气地发出那种"哒哒哒"的声音。在我的想象中最好的一种死法就是不知道自己要死，在意外中突然死亡。痛苦也只是一瞬间。人要是提前知道自己要死了，而且是在清醒中等待死亡，真是一件比死亡更可怕的事。

"呃呃。我回总部查过你的底子了，"死神对我说，"你没有八十岁老母和五个孩子。你也没有多少钱，银行账户基本上都是空的。就是说你不光是个单身汉还是个穷光蛋。呃，对不起，呃呃，嗓子痒痒，就是说你现在走是最佳时节，一点牵挂都没有。"

"打住打住，说你抓错人了你就是不信。实话跟你说，前面我都是骗你的。我其实不叫阿杜，我叫大毛。我姓张叫张毛拉，大毛是我的小名，我妈嫁给我爸的时候已经怀孕了，我的亲生父亲姓李，姓张的是我养父，所以我也可以姓李也可以姓张，当然我也可以跟我妈姓。我还有好多名字，李四、张二、李跑跑、张文革，就是不叫阿杜。"事到如今我不得不和死神袋鼠胡言乱语了。

"什么？你叫大毛？呃，别瞎扯了。你怎么可能叫大毛呢？呃。"死神袋鼠听了我的话表现出吃惊的样子。

"难道你的总部就不会出乱子？比如说有一天你们的头儿

喝高了，把人名弄错也是有的。哎哎哎，我这里有自己酿的白酒，可好喝了，你要不要来一点？"

"呃呃。我才不上你的当呢。酒在我们那里是被禁止的。只有高层才有资格喝。像我这样的人是不能喝酒的。"死神袋鼠说这话的时候明显表示对这个话题有兴趣，因为他全身先是抖了一下，接着灰色眼珠也有了一点光亮。看来这家伙不光是死神里面的吃货，还是个酒鬼。我连忙跑去给他弄来一茶杯白酒，还从咸菜坛子里拿了一点泡菜给他下酒。死神袋鼠接过酒杯，他有点不好意思，全身抖得厉害，瘦瘦的爪子上还洒了一些。死神袋鼠不知深浅地喝了一大口。

"呃呃。原来酒的味道是这个样子的啊！"他说，"在总部，头儿们喝酒的时候我们这些小喽啰只有眼馋的资格。"

"那是，你们那里能和我们这里比吗？我这里的酒谁都可以喝，要多少有多少。"我说着点了一支烟。

"我都被你搅糊涂了。呃呃，你一会儿姓李一会儿姓张。我的账本上的确显示你叫阿杜，可是你现在却叫大毛，而大毛又不在我的名单里。呃呃，要是我再回总部去核实这件事，肯定要被别的死神笑话死的。我堂堂一个死神，连这么小的一件事都办不好。"酒有点上头，死神袋鼠的舌头也开始僵硬，"别的死神一晚上有抓不完的亡灵，布口袋装不完干脆打包寄回总部。唉，我真无能啊。"死神袋鼠说着又喝了一大口。

"呃呃。再给我倒点好吗？谢谢。"他说。

16

现在来说阿布来提的妈妈阿娜尔大妈失踪的事。

本来我们都为阿布来提着急，最近山里的草原上气候反常，暴风雪席卷整个草原，听说政府为抢救灾民都出动了直升机。倒霉的阿布来提正在那一带收羊皮子。电话联系不上，他们家乱成一团。就在这时，他的妈妈又失踪了。阿娜尔大妈的失踪轰动了整个同乐巷，他们家挤满前来探望的邻居，人们围在海棠果树下，各种语言交织在一起，从院子外面听上去就像一窝马蜂。

新闻媒体也介入了，州电视台、市电视台还有广播电台以及报纸都报道了这件事，阿娜尔大妈上了这些媒体，一下子成了名人。

这几天忙坏了我和古丽，我们一同去见媒体记者，一同去派出所报案，还联系了街道办事处和社区。我们还去了印刷厂，印了好多寻人启示，城市和郊区凡是能贴的地方我们都贴了。功夫不负有心人，第三天我们终于接到了来自小营盘镇的电话。那个地方离我们这里有三十公里的路程，真不知道一个七十多岁的痴呆老人是如何到达那里的。

找到阿娜尔大妈，大家都松了一口气。大毛开着皮卡车载着我、花花和古丽去接阿娜尔大妈。阿娜尔大妈被一家河南人收留了，那家人说老太太当时躺在去温泉县方向的公路边上，全身是土。他们发现老太太的时候她正处于半昏迷状态，他们把她扶回家，又请来村子里的医生，老太太当时又哭又闹，嗓子哑得说不出话来。她喝了点水就往外跑，顺着那条去温泉县的公路狂奔，拉都拉不住。所以那家人全家上阵，把老太太严密呵护起来，生怕一不留神她又溜出大门。

我们找到阿娜尔大妈的时候她刚吃过中午饭，主人家给她端上一碗砖茶，递给她的时候还特意试了一下温度，怕烫着老人。他们知道维吾尔族人喜欢喝砖茶。阿娜尔大妈一见到我们就"歪——江"一声大哭起来，她把古丽搂在怀里边哭边说，絮絮叨叨着没人能听懂的话。她说的好像是波斯语，我小时候在她家里玩的时候听到过几次。阿娜尔大妈一着急就用这种语言说话。

古丽像哄小孩一样抚慰着阿娜尔大妈，她边安慰老太太边给她梳理灰白的小辫子，两人看上去亲热得不得了，像亲母女一样。

见我们不明白，古丽向我们解释说阿娜尔大妈是要去赛里木草原上找失踪的儿子。她知道那里正在闹雪灾，儿子有危险。在场的人都被震惊了，这竟是一个痴呆老人做出来的事！这家的女主人知道事情的经过后跟着古丽哭了起来，花花也哭了，我和大毛都眼泪汪汪的。唉，母爱伟大，一个痴呆老人都知道惦记危险中的孩子，这让我们大家都想起了和母亲有关的事。

古丽哭得比谁都凶，也许她想起了自己的母亲，或者离世的亲人，阿娜尔大妈的哭声唤起了她内心最隐秘的伤痛。大家又开始劝她，但谁也没问她为什么哭。后来我们才知道，古丽的妈妈和阿娜尔大妈得的是同一种病，有一年离家出走后再也没有回来。为了寻找妈妈，古丽开始四处漂泊，走哪儿算哪儿。其实她的家在遥远的南疆，这些年她走完了大半个新疆。

阿娜尔大妈又哭又闹不肯上回去的车，我们劝了半天，一个一个轮着向她保证阿布来提没事，一个一个拍着胸脯发誓要把阿布来提找回来，她才止住哭声。然后她擦了一把眼泪，执意让大毛把她背上车。

路上大毛说："这老太太到底有病没病？还知道找儿子回家，知道刷房子，还知道就不给我家刷。家里人谁不干活她就拿着扫把追打。"

古丽说："就是的，我到他们家这段时间真累坏了。他们家的活干也干不完，我一不干活大妈的脸马上就黑了。"

这话我信，有一阵子我觉得古丽人瘦了，眼圈乌黑发青，牙齿也不那么白了，在他们家哪有打扮保养的时间啊。好在这里要开发了，好日子眼看要开始了。

大毛边开车边把脸转向阿娜尔大妈："阿恰（维吾尔语，意为'姐姐'），有一次我和阿布来提打架，阿布来提打不过我，你知道后像老虎一样冲出来把我打了，你看看我的脸，被你毁容了，好多年我都娶不上老婆。"他说着哈哈大笑起来。花花从后面捶了大毛一拳。我们都跟着大毛笑了起来。

阿娜尔大妈铁青着脸怒视着前方。

回到家，死神袋鼠还醉着。

之前我烧的酒几年都喝不完，这段时间快被他喝光了，我不得不重新开始烧酒。而且自从我和大毛把名字换掉之后，这家伙三天两头来我家混酒喝，他总觉得我欠他的情。这家伙酒量特大，一瓶子酒根本放不倒他。大毛来的时候我就把死神袋鼠藏在一个茶叶罐子里。

我酿的酒在同乐巷挺有名气的，那时候我家有一套酿酒装置，连接着我们巷子里好多酒鬼家里的供酒装置，他们喝酒的时候只需刷一下卡，马上就能喝上满满一茶杯白酒。就像现在用的银行卡一样，特方便。而且我的装置的设计也很到位，都是根据每个酒鬼的酒量来限定的，酒量小的人只限一茶杯，卡里有钱也白搭。对于酒量大的家伙也有限制，刷得多了就会有流量报警，提示你不能再喝了。有几年我富得流油，银行里的存款一直往上蹿。

再后来，酒鬼的老婆们联合起来，她们用斧头和棍棒砸毁自家供酒装置，然后顺藤摸瓜，沿着管线找到了终端，于是女人们将我家团团围住。她们非常粗野地捣毁了我的酒厂。

场面极其吓人，我当然躲了起来。当时大毛一嘴酒气从家里跑出来看热闹，脑门上立马被打出大包，那些女人以为他是我的帮凶。

17

我认识杨秋荣之前和苏莉好过一阵子,但我从南方回来后就对苏莉彻底死了心。后来我开始和杨秋荣同居,杨秋荣喜欢喝酒,有点酒精中毒。后来她的酒吧倒闭也和她天天喝酒有关系,她一喝高就不收费,先是没钱进货,后来房租也交不起了。有一天杨秋荣被房东彻底扫地出门。

刚开始房东为了扶持她的生意,天天领朋友来给她捧场。她的房东是个单身男人,死了老婆,一个人带着一个孩子瞎过。那个男人长得比牛还壮,一脸大胡子,生气的时候眼睛比杨秋荣还大。后来那个男人也酒精中毒了,天天缠着杨秋荣嫁给他,整天拿着一把长长的刀子在杨秋荣周围闲逛,搞得她心神不定。

酒吧倒闭后,杨秋荣没地方可去,就跑到我这里住了一段时间,当时她已经怀孕了。

杨秋荣跑掉后,有很长一段时间我比较厌世,觉得人活着一点意思也没有。我觉得杨秋荣离家出走,主要是想在朋友圈里好好羞辱我一下,另外情感方面也是一个重要因素。这女人打小浪荡惯了,生活坎坷,又没遇上好男人。我想对她好,可她自己没有信心。

我觉得我还是喜欢苏莉,再说我妈活着的时候也喜欢苏莉,说这丫头心眼好,懂男人心。

有一天我提着一只大公鸡回来，路上遇见大毛。

大毛手里提着一壶酒。

"干啥去啦？"我问大毛。

"明摆着，你说我干啥去啦？"大毛没好气地回答我。他年龄比我大，人也比我强壮，手伸开像只棉手套，上面的茧子像一层厚厚的砂纸，握成拳头又像个大铁锤。这样的男人让我感到心里有障碍，好几次想跟这个家伙打架，但是还没打就让我心生胆怯。

我们是邻居，虽然两家有很多矛盾，平时在院子里见面都爱理不理的，可是在外面遇上还是要说话的，比起外人，毕竟我们要亲近一些。

"最近你家是不是有什么喜事？整天见你笑眯眯的。"

"你别告诉花花。我儿子考上大学了。"大毛神秘兮兮地对我说，为了增强这件事的真实性，他还鬼头鬼脑地四下张望了一下。我们产生了聊天的欲望，就在路边坐下来。

"这是好事啊。值得庆祝一下。你买的是哪家酒厂的酒？好不好喝？我听说雪风泉酒厂要倒闭了，正在处理库存散酒，便宜得很。"那只大公鸡好重，说话的时候我不得不换一只手提。大公鸡在我手上很不甘心，眼睛直勾勾地看着大毛，边叫边扑棱翅膀。

"我这酒比那酒好多了，还特便宜，也就一只鸡的价。你尝尝。"大毛说着打开塑料壶，自己先喝了几口，然后把壶递给我。他手里还拿着一卷塑料管子，管口还往下滴着酒。

"啊，这酒喝下去很舒服，味道纯正，回甘也不错。我再喝一口。啊，太好喝了，就像在自家床上，抱自家老婆，闻她身上熟悉的味道。好喝，好喝！"我连连夸大毛会买酒。

我夸他的酒好喝，他一脸得意相。

"你刚才说你儿子考上大学了？"我问。

"还差五十分。"大毛有点沮丧。

"怪不得你要把户口改回来。少数民族考生有加分政策，可是具体情况还有区别。"

"为什么？你骗人！"大毛站了起来。

"你对我生气没用，我一个表姨妈也是回族，我考大学的时候父母曾想着把我过继给她。后来了解到加分不多又麻烦，就算了。"我对大毛说。我考大学的时候家里还想把我过继给阿布来提家，后来没弄成。就算把户口改成维吾尔族，我的分数还差一大截。再说我长得也不像维吾尔族，这会给我带来好多麻烦。

"哦，那我这段时间算是白跑了，还花了好多钱。那些混蛋也不告诉我实情，都说要帮这个忙。"

"他们是在骗你的钱，你根本改不回来。你真的是回族吗？"

"我也不知道，我是孤儿。听说我是回族。"

"所以你要寻根？"我对大毛说。

"什么是寻根？你说的洋词我听不懂。"大毛说。

"寻根就是你要回老家看看的意思。"我喝了一口酒说。

"是的，我是想回老家看看。"大毛说。

"这酒太好喝了。我再喝一口好吧？不然太吃亏了。"

"啥叫太吃亏啊，咱们是邻居，又是兄弟。医生说我肝不好，不让我再喝酒了。可是不喝划不来，我天天丢鸡。"

"是啊是啊，所以你天天喝酒。我一喝这酒，就觉得味道挺熟悉的。这酒没五年库存出不来这味儿，所以我就觉得自己很吃亏。前面我以为我烧的酒蒸发得太快，就重新用蜡把每个坛子又封了一遍，还在上面打了记号。"

大毛开始嘿嘿坏笑。

"咱们回家吧。"我说着手一松，大公鸡掉在地上。掉在地上的大公鸡活动了一下腿脚，就沿着秘道跑掉了。

大毛把塑料壶使劲拧好，把它放在了路边。

"要是有蜡，把它也好好密封一下。"他对我说。

"对，是要好好密封一下。"我说。我很想把这壶酒送给大毛，可是既然我已经把大公鸡放走了，我认为不把这壶酒送给他是正确的选择。

我们点了一支烟，在一个岔路口分了手。那壶酒现在还在路边放着，从此我的酒再也没少过，当然大毛的鸡也再没丢过一只。

"你知道我最讨厌你什么地方吗?"苏莉对我说。

"不知道。我刚才在地道里碰见大毛了。"

"他是怎么进去的? 你的酒窖和秘道连着，又直通他们家的养鸡场。只有你自己知道。你又在骗我。"

"我也不知道怎么回事。也许他也有条秘密通道。我们只是遇上而已。不过我实在想不通他到那里面干什么去了?"

"他去偷你的酒，你去偷他的鸡，你们俩遇上了。就这么简单。"苏莉笑着说。然后她开始哈哈大笑，后来把眼泪也给笑了出来。

"不可能，他说他在去买酒的路上，我才是去偷他的鸡。不过我把那只鸡放回去了，它今晚是个幸运儿。"我点了一支烟说。

"这就是我恨你的地方。你这人不是真有病就是装傻。你总是想象着一些不可能出现的事。比如说偷鸡这件事。你真的在下面遇上大毛啦？"苏莉不相信地问。她关心的事情都是我只想说一遍的事情，因为很多事情说多了就要出现问题。比如漏洞什么的。

"当然。"

"你们没打起来？"

"怎么会呢？大毛的邻居是个艺术家，他现在很文明。"

"我才不吃你偷来的东西呢。你和杨秋荣经常干这事吧？"

"干什么？"

"偷大毛家的鸡呀！哼，狗男女！"

"我们不偷鸡，我们偷大毛家的鸽子。鸽子比鸡好吃，一鸽十鸡。"

"我的天！"

苏莉是个高尚的女人，对我和杨秋荣偷鸡摸狗的事很是瞧不起。她总是用一种鄙视的眼神看我，这让我很不舒服。当然，遇到这种目光，我也没什么心情了。

苏莉始终不承认我和杨秋荣之间的事，还说我故意编出一个叫杨秋荣的女人来气她。

但是，苏莉又对杨秋荣充满好奇，总想知道我们之间究竟发生了什么事情。这说明她知道杨秋荣是真实存在的。除此之外，她对我和杨秋荣之间发生的事情一点也不介意。

苏莉只知道挣钱，还成立了一个基金会，把挣来的钱再捐出去做好事。但是她在个人问题上和我一样，把感情上的事情想得太单纯。所以，我和苏莉在个人问题上都比较失败，都一把年纪的人了，至今还在乱七八糟的爱情里挣扎。

"我现在知道我最恨你什么啦！"有一天半夜，苏莉突然叫了起来。

我当时正在做梦，我用一辆卧车换了一辆吉普，我觉得很划算，就开着吉普到处跑。不过我很少在驾驶室里开这辆车，都是站在外面开。这辆吉普车太新了，我舍不得坐进去。就在这时我被苏莉吓醒了。

"你这女人真是烦死了。一晚上总是叫来叫去的，你以为男人就是被你拿来瞎折腾的啊！"我很生气，再这样下去，我非离家出走不可。

"你特会骗人，还会造谣。"苏莉跑到我跟前说。

"好吧。我就是这样一个人。你进来睡吧，我求你了。"我从床头拿过一瓶酒喝了几口。这女人现在为了想清楚她到底恨我什么，天天晚上不睡觉。不仅自己不睡觉还不让我睡觉。每次我刚睡着她就跑来扯掉被子对我说"我知道我最恨你什么地方啦"，然后就会说出一个答案，说完就跑掉了。我刚睡着不久又会被她弄醒，这次她又琢磨出另一个答案来了。我都快被她折腾疯了。

她嫌我身上有别的女人的气味儿，每天晚上都睡在另一个房间。

现在看来，不是我有病，就是苏莉有病。为这件事，我们总是争论不休。为了证实苏莉有病，我带她去地道寻找被大毛扔在路边的那壶酒，那壶酒当时被我和大毛喝掉一半，现在还剩一半。在这之前，苏莉从没进过我的地道，更不知道那里面还有一个酒窖。我说给她听的，她都以为是我在虚构小说，心里一般都是以拒绝的态度相信这些事。

其实，我越对她说这些事的真实性，她就越觉得自己是在和一个病人打交道，总以为我是在唠叨一个传说。我对她说在回来的路上遇到大毛的事，她更是以为我在写小说，她始终不相信我在地道里遇见过大毛这一事实。

我的酒窖像个迷宫，我怕工商局的人来检查，设计的时候用了一番心思。现在里面的酒几乎喝光了，有好多通道都废弃了。里面湿气很重，苏莉当时穿着裙子，下去的时候有些害怕。

"你不会把我弄死吧，咱们可是一起长大的啊！"她说。

"怎么会呢！你对我这么好，不管发生什么事都对哥们不离不弃的。不过你要有个心里准备，我这里可没南方老乡家里的菜窖大，你那里可以容纳好几百人呢。"我笑着说。这地道让我想起多年前的一件事。

"你要是再提那件事，我再也不和你玩了。就是因为你在外面造谣，好多人认为我搞过传销。"苏莉说着在我身上狠狠掐了一把。

我们走了半天，苏莉有些累，她大口大口地喘着气。

后来，我们终于来到了我和大毛相逢的那条路上。那里没有我给苏莉所说的那壶酒。

18

杨秋荣现在和黑子在一起。

杨秋荣离开我的时候，给我留了一张字条，说她去哈萨克斯坦找她姐姐去了。我这辈子吃亏就吃在老实厚道上面了，因为当时觉得这件事和自己没有多大关系，杨秋荣离开我反而是件好事，并且所有认识我的人都持这种观点。

我好像听她说过有个姐姐在那里做服装生意，当时我们都在喝酒，我以为杨秋荣在说胡话，也就没在意。她在纸条上说自己去哈萨克斯坦了，我也就信了。因为我们州和哈萨克斯坦交界，当年普加在阿拉山口口岸当狗贩子，我当中间人，阿布来提搞运输，我们的生意对象就是哈萨克斯坦的商人。

有一天黑子的老婆突然来找我，哭哭啼啼，鼻涕一把泪一把的。我这才知道，杨秋荣和黑子在一起。

这两个家伙保密工作算是做到家了。其实我早就应该怀疑杨秋荣去哈萨克斯坦这档子事。

要不是黑子是我的兄弟，要不是看在他老婆哭着来找我的可怜相上，我才懒得管这破事呢。普加和阿布来提的事已经够我操心的了，现在又冒出黑子的老婆。

普加的事让我感到操心是因为这事现在变得复杂起来。

首先，普加是我的好兄弟，他开黑车时有一个老太太死在他的车上，老太太的儿子们要向他讨要说法，也就是钱的问题。听说公安局的人也在找他。这事发生在他身上我真的很难过，他是个苦命的人，进过监狱，当过狗贩子，娶的老婆身体也不是太好。他老婆不是什么人民教师，跟他一样也没有正式工作，是个低保户。他老婆的爸爸和哥哥都是酒鬼，而且早早瘫痪在床。他们家请不起保姆，所有的活都落在他老婆身上了。普加的老岳父后来成了植物人，年近九十。

这就是普加现在的生活，他开黑车，养活这一大家子人，很不容易。

其次，我和普加合伙做马鞍子生意，我从苏莉那里借来的钱基本上全投进去了，要是有什么闪失，我没法向苏莉交代。这让我最揪心。感觉普加现在就像一个黑洞，就算最后不出事，那些马鞍子，以及与马鞍子有关的一切东西，当然还要加上苏莉，我们肯定损失惨重。

发生了这些事之后，阿布来提失踪的事反而显得不太重要了，因为大家都认为他是一个有能力掌控自己行为的人，他会在暴风雪里照顾好自己的。

当我知道杨秋荣和黑子在一起的时候，说实话，我的心灵又一次受到了重创，还有一种被侮辱的感觉。我不知道恨谁，黑子？杨秋荣？我自己？我和杨秋荣同居过，这件事谁都知道，现在我的兄弟黑子又和她搅和在一起，让我感到很没面子。

我很后悔那天把黑子带到杨秋荣的酒吧里，更后悔给他们说拍电影的事。其实我当时只不过是一种突发奇想而已，全部都是瞎说的。我想当画家想当作家甚至酿酒出售，或者偷大毛家的鸡，但是从来就没想过要自己当导演拍电影。

可是，黑子信了，杨秋荣也信了。

"你他妈的在哪里啊？为什么不接我的电话!"我在电话里向黑子喊道。

"我在乡里啊，我能去哪儿。哥哥，我刚从书记办公室出来，我们书记很支持我的想法，说想法很有创意。"黑子在电话里显得很兴奋。

"你能有什么好创意？你要有好创意一把手早就是你的了。你大祸临头了。你老婆来找我了，说你和杨秋荣有一腿。"

"有一个从武汉来的大老板，开金矿的。他知道我要拍电影之后主动要求加入，承担全部费用。这是一件大好事啊。"黑子在电话里喊道。他是个工作狂，不能来情绪，激动起来十匹马都拉不住。

"我现在对拍电影已经没有兴趣了。你老婆说你和杨秋荣有不正当的男女关系，告到我这里来了。"

"那个矿老板要求把拍摄地点改在他的金矿里，因为是他出钱。现在人家是制片人，我是总导演。我也给你安排了一个角色，你来扮演保安队长，负责看守金矿大门。杨秋荣扮演种木耳的李植芳，我们把木耳种在金矿周围，那里气候很适合菌类生长。"

"你不会安排我下山抓些农民当矿工吧？你想让我当资本家的狗腿子？休想。你不是说政府出钱吗？咋换成老板了？

杨秋荣是不是在你那里？"

"你刚才说我老婆找你了？她找你准没好事。"

"没有。你老婆没有来过我这里。"

"你刚才提到我老婆了，自从我当了副乡长之后，我周围的女人都成了她的情敌。"

"杨秋荣和你在一起，是吧？"

"杨秋荣？哪个杨秋荣？我不认识她！"

"别扯了，你明明刚才提到她，让她扮演李植芳来着。"

"哦，李植芳呀，我让她扮演杨秋荣。那个种木耳的女人。"

"哦，挂了！"

我挂掉了电话，没法和黑子对话了。他现在满脑子都是那个破电影，没想到我的一个设想，竟然给黑子带来这么大的变化。一个好的创意会让人发疯，当他们明白这是一个坏创意的时候，一切都晚了。

"喂，杨秋荣，你在哪里？"我拨通了杨秋荣的电话。

"找我干吗？和苏莉闹翻了？"她在电话里冷冷地说。

"扯淡。我没和苏莉在一起。这是造谣。"

"你没和那个贱货闹翻，那你打电话来干吗？"

"我找你是想给你说，你别破坏别人家庭好不好？"

"我破坏谁的家庭了？你脑子进水了吧。"

"你和黑子在一起吧？别说你们不在一起，我都知道了。"

"你在说什么？哪个黑子？我酒精中毒，记性不好，以前的事早忘干净了，也包括你。"

"我们的事还没完，大家都知道我们在一起了，你给我戴绿帽子！"

"得了吧，你这个感情不专一的家伙，你不是可以终身依托的男人。有屁快放，这是国际长途。话费好贵的，你省省吧。"

"你到底在哪里？你从来没和我说过实话。"

"我在纳扎尔巴耶夫大学学习服装设计。哈萨克斯坦共和国首都。挂了！"

手机传来忙音。

这里面肯定有鬼。黑子和杨秋荣都声称没见过对方，这更加证实了我的想法。他们肯定在一起。我开始回忆我和黑子在杨秋荣酒吧的情景，当时他们两个多亲热呀，电影拉近了他们的距离，杨秋荣当时肯定想着在这上面狠狠捞上一笔，因为当时她已经知道她的酒吧快要倒闭了。我讨厌这个爱慕虚荣的女人，我们在一起同居的时候，为了钱，她天天找我的麻烦，逼我出去找工作。

我不愿意回家，就在外面瞎逛。这个城市变化真快，到处都是建筑工地，好好的楼房说拆就拆了，再盖新的。我们的城市，现在像个大姑娘，有人重新塑造她的形象，所以她越变越漂亮，没人能阻挡城市的发展。人们来去匆匆，城市化的节奏明显加快了。

我是不是要找份工作？我不好意思出面找政府开口，建筑工人，单位大门保安，园林工人，有很多工作在等我。政府可不承认我是艺术家。我只想为这个城市做点事，可是不知道从哪里下手。可能我需要的是一份体面的工作，可是体面的工作都被人抢先了，再说我浪荡惯了，体力活身体受不了，动脑子的又忍受不了坐班制。

那个该死的死神袋鼠还藏在我的家里，这更让我揪心。

19

"我们不需要寺庙，不需要复杂的哲学，自己的头脑自己的心，就是我们的庙宇。我的哲学是善心。"有一天死神袋鼠醒来，他迷迷糊糊说了这些话又倒头睡去。看来这家伙真的是个有学问的死神，在那边过得不如意，没人瞧得起他。

他是死神里面的孬种，总是完成不了自己的份额，为这事他十分苦恼。

我该拿他怎么办呢？我有些发愁。他现在住在我家里等待总部核实我的真实身份，他不敢回总部，一是路途遥远，二是怕被人耻笑。他打包寄回去的是一大堆问号，要想弄清楚事情真相，需要派一大批死神工作组进驻我家，可是他们现在人手不够用，每个死神所面对的都是星星一样多的亡灵。因为他们超负荷运转，所以他们看上去十分疲劳。但是他住在我家，就像一颗不定时炸弹让我惶惶不可终日。

以前我像个奴隶一样给大毛干活，现在又像奴隶一样给大毛和死神袋鼠酿酒。难道上天就是用这样的方式来惩罚我？我是一个多么善良的人啊，一个平时连个蚂蚁都舍不得踩死的好人。我非常痛苦。这都是古丽来之前的事。

"谁人见到雪如此，吞没人间在此刻。"有一天，死神袋鼠在茶叶罐子里发出这样的声音。

这个家伙现在是哲学大师，说出来的话令人回味无穷。

麻烦事一个接一个。古丽准备踏上寻找阿布来提之路。她邀请我和大毛一同前往。我无所谓，一个人的生活很简单，没有牵挂，再说我们是去寻找儿时的小伙伴，我的好邻居。大毛犹豫不决，找了好多不想去的借口。一会儿说他家活多没他不行，一会儿说他的皮卡车又老又破不能出远门。说来说去还是不放心把老婆花花一个人留在家里。

我现在连个松鼠都画不出来了，摊上这些事哪有心思画画啊。实际上我很高兴跟随古丽去寻找阿布来提，只要能摆脱死神袋鼠，让我干什么我都愿意。这家伙现在越来越难伺候，街上羊肉贵死了，六十五元一公斤，这家伙一顿就吃光了，一天最少要吃两公斤。酒量也一天比一天大，而且不光酒量大，对酒的口感也一天比一天刁钻。这家伙喜欢喝酱香口味的白酒，我不得不在制曲上狠下功夫。

以前我烧的酒，那是很讲究周期性的。端午踩曲重阳投料，一个生产周期就是一年，再经三年陈酿，加上原料进厂和勾兑存放的时间，我所供给同乐巷酒鬼们的白酒酒龄都是在五年以上。

那时候我基本上以商业化模式操作一切，以酒养酒，日子还算好过。可是自从酒厂被酒鬼们的老婆捣毁以后，我失去了经济来源，基本上靠地窖里库存的酒过日子。地窖里的老酒很快被死神袋鼠和大毛他们喝光了，我不得不重操旧业。现在烧出来的酒根本谈不上周期性，每次都是刚一出酒死神袋鼠就拿着一只大碗等着接。为了满足死神袋鼠的口感需求，我不得不购进一些添加剂，分浓香型和酱香型，在酒里面加上一点白颜色的液体出来的酒是浓香型，这种酒大毛喜欢。

死神袋鼠喜欢喝酱香型的酒，我就在里面兑上一点黄颜色液体。

后来为了降低成本，我干脆从四川购进大量散装白酒，我假装烧酒其实都是作秀给他们看。

20

阿杜："喂？普加吗？"

普加："喂？"

阿杜："普加吗？"

普加："喂？"

阿杜："普加？"

普加："我听不到你说话。"

阿杜："是你吗，普加？我听不到你说话。"

普加："喂？"

阿杜："你能听到我说话吗？"

普加："喂？"

阿杜："普加吗？"

普加："信号不好。"

阿杜："你能听到我说话吗？"

普加："喂？"

阿杜："普加吗？"

普加："喂？"

阿杜："信号不好。普加是你吗？"

普加："喂？"

阿杜："你喂个锤子！"

普加："你说什么？你是在说我吗？骂人不好！"

第二批马鞍子到货了，一百副。下个月还要来一批，也是一百副。可是普加却联系不上了。电话不通，信号不好。赛里木草原正闹雪灾，那地方离我们这里有一百多公里，是个高山草原。我的脑子里不时出现漫天大雪的场景，我的普加兄弟骑着一匹老马，一个牧场一个牧场推销马鞍子，越想越感动，恨不得自己也变成一只鸟飞到他的身边。

　　我又想起了我的邻居阿布来提，他骑着一辆三轮摩托车，从另一个方向，一个牧场一个牧场，一个定居点一个定居点地收购羊皮子，这也让我揪心。不过他是个羊皮贩子，常年奔波在草原深处，抗灾害能力强，对付暴风雪小菜一碟。我并不是特别担心他。

　　可是对于死神袋鼠，我已经无语。我现在已经养不起他了，每天都发愁他的伙食，他已经成了我另一个负担。

　　说实话，最让我揪心的还是普加。现在家里堆放着一百副从内蒙古发来的马鞍子，找不到普加只好一排一排挂在墙壁上。如果卖不掉，我想，我该拿这些马鞍子做什么用呢？是不是要跟阿布来提的爸爸商量一下，去巴扎的时候在他的毛驴车上放几副马鞍子，看看有没有人要。

　　但是这种马鞍子装饰性很强，除了赛马，实用性不大。赛马会上的骑手大部分是青少年，所以这种马鞍子只能容下成年人的半个屁股。

　　下个月还要发过来一百副马鞍子。一副马鞍子进价三百块，三百副就是九万块！我的老本全压在上面了。

　　这些钱可是我借苏莉的啊，要是赔了，苏莉肯定会要挟我娶她当老婆，这下我死定了。

烦死了。

有一天，我非常生气地把死神袋鼠赶出家。那是一个没有月亮的晚上，我喝高了，回到家，看着这家伙就不顺眼。

"整天这样，你就不怕喝死！"我恶狠狠地说。

"呃呃。我是死神啊，死神是不会死的。"他点了一支烟对我说。瞧瞧，他现在学会吸烟了！

"你真是个无赖，你这样的天堂和地狱都不会喜欢你。你真是个废物。"我说着给自己倒了一茶杯酒并一口气喝光了。

"呃，可是我通灵。"死神袋鼠又点上一支烟说。

"你通个屁！你整天窝在家里有什么意思？不如出去走走看看，这个城市现在越变越美丽，我今天出去转了一圈差点没找到回家的路。一天一个样。"我越说越气，拿起一支笔在一个画布上胡乱涂着颜色。

"呃呃，你不是想赶我走吧？要知道你的生与死可是我说了算的哟。"死神袋鼠说，他的脸色开始变得难看。

他在威胁我。

"呃呃，你觉得煤气中毒怎么样？这样死得比较舒服，外面的人也不会怀疑什么。只是个意外。"死神袋鼠自言自语地说。看来他要对我下手了。

当时我喝多了，瞌睡得要命，根本没听见他在说什么。我也没想那么多。我开始收拾他的东西，给他披上斗篷，戴上蛤蟆镜，塞给他一瓶酒和十几块零钱，又给他点上一支烟。

"今天我心情不好，你自己出去转转吧。像你这种懒货一晚上能抓几个？我家的猫都比你勤快，每天晚上都抓好多老鼠。"我说着就把死神袋鼠推了出去。

"记住，沿着同乐巷一直往前走，遇到红灯左拐，直直走右拐，再右拐一直走下去。好好考察一下我们美丽的城市吧，这才是人间天堂！要是遇到好人家你就别回来了。"我对他说。

"呃呃呃，你太无情了。我赞颂那早已死了的死人，胜过那还活着的活人。这么大的风！"死神袋鼠说着含着眼泪消失了。

第二天，大毛跑过来说他的车修好了，出远门没问题。

我翻墙过去把这个消息告诉了古丽。

阿布来提的爸爸正忙着敲打他的马掌子，我上前和老人打招呼问安，老人向我笑了一下算是回礼。他的弟弟妹妹们不在家，都出去玩了。院子里收拾得很干净，所有物件摆放得井井有条。庭院空地都种着鲜花，每个季节都有开花的植物，不像大毛家，自从大毛接管了我家大院后，好多植物都死掉了。

今天他们家的院子比较安静，除了阿布来提的爸爸敲打马掌子的声音。不远处是一排牛舍，东西走向。里面养了七八只菜牛，不时有牛"哞哞"的叫声。那是个两用暖房，冬天把顶棚用塑料布拉起来，这样既可以保持室内温度也可以防雪。天热的时候就把塑料布去掉。以前光挤牛奶这项工作就会把他家的女人累疯，阿布来提的前几任女朋友都是被累跑的。现在他们家买了一台挤奶机器，大大减小了劳动强度。

除了挤牛奶，还要给牛喂料，这活也很麻烦。他们家有一大片果园，还有一个大羊圈，里面喂养着四五十只绵羊，现在正是产羔季节，有时候为了接羔，古丽他们要住在羊圈里。

我的老天！可怜的古丽。怪不得阿娜尔大妈累极了就要拿扫把打人。这个家里没有懒人。我现在站在阿布来提弟弟妹妹们一边了，是个主张卖房派。

长大以后，我很少去阿布来提家做客，只有在古尔邦节的时候带着礼物去给他家拜年。大部分时间，我们都是隔着墙头交流。所以我基本上不知道他们家是如何分配住处的。十几间房子我搞不清哪间是哪间，就一个窗户一个窗户朝里瞭望，手搭凉棚隔着玻璃寻找古丽。后来我在阿娜尔大妈的房子里找到了古丽。

这是一个典型的维吾尔族家庭。房间里土炕墙上有挂毯和各种摆设器皿。敲门，进屋，我被一个小孩的哭声所吸引。这让我大吃一惊，从没听说过他们家有小孩啊。古丽和阿娜尔大妈正忙着给小孩洗澡，太奢侈了，这家人竟然用牛奶给小孩洗澡。平时我买她们家的牛奶，阿娜尔大妈从来都是一口价，说半天才给我多加一点点，算是邻居的面子。她们顾不上搭理我，一边用温柔的语言哄孩子，一边给孩子擦爽身粉穿衣服。这一切都是古丽在干，阿娜尔大妈给她打下手。一切弄好之后，孩子渐渐停止了哭声。这是个男孩，约一岁的样子。长相上没有维吾尔族人的特点，倒是较有汉族人的模样。这孩子很可爱，阿布来提的妈妈开始用奶瓶给孩子喂牛奶。孩子边吃奶，边用又黑又大的眼睛盯着老人看，胖胖的小手不停地抚摸着老太太的一只耳朵，耳朵上坠挂着一个好大的祖母绿宝石耳环。

老太太看着孩子，一脸慈祥。我早就知道阿娜尔大妈没患老年痴呆症，她能去赛里木草原找儿子就证实了这一点。

"这孩子挺可爱的啊。"我对古丽说，"他从哪儿冒出来的？我怎么从没听说你们家有这么小的一个孩子啊。"我说着还摸了摸那孩子的小手，小孩立刻对我笑了一下。阿布来提没对我说过古丽有孩子。

"我哪里知道啊，我来之前就有这个孩子了。听阿娜尔大妈说，是她家邻居扔给她的。"古丽说。

"不会吧，世上还有这么狠心的父母啊。真有点丧尽天良了。"我说。

"谁知道，这年头啥样的人都有。阿娜尔大妈说，有一天他们家的邻居翻墙过来，说他们家闹鬼，就把这孩子扔在他们家里了。"古丽说着还意味深长地看了我一眼。

"可是他们家的邻居，只有我和大毛啊。"我说。

"是啊，我们也都这样想。"古丽说。

"难道这孩子是大毛的？可是他们为什么要这样做呢？"以大毛的条件他也不可能做出这种事来的。都什么年龄的人了。可怜的孩子。"

"可是阿娜尔大妈没有说翻墙过来的人是大毛啊。呵呵。她只是说翻墙过来的人长得这么高，脸这么长，嘴唇这么厚，塌鼻子单眼皮。"古丽说着开始使用肢体语言。

"哎，你啥意思嘛！想说什么直说好啦，哼！"我很生气，这明明是在说我嘛。这女人打我认识那天起，就给我设局布阵，还口口声声说自己汉语水平不高，其实她是个人精。我一屁股坐在卖给阿布来提的沙发上，由于体重的原因我听见沙发里面弹簧咯吱咯吱的声音。我掏出一支烟，闻了闻把它夹在耳朵上。场面很尴尬，我觉得很没面子。

"我哪有资格管这些破事啊，我自己头痛的事一大把。只是我觉得一个男人应该承担自己的责任，你说呢？我汉语说得不好，不知道你可不可以听明白？"古丽说着停止了手中的活，把几块尿布塞给我。

"呀，好恶心！"尿布上面的稀屎黄黄的，我立刻把它们扔进了水盆。

"你已经成精了，我都快服死你啦！"我对古丽说。

21

自从我妈去世以后，我开始思考生死这个问题。每个人都在实践着生命，但不知道生命何时终止。从某种意义上来说，我们需要引导。

我的邻居阿布来提有救了。这天晚上我们出发了，除了大毛，还有我和古丽，车上还有杨秋荣和死神袋鼠。

死神袋鼠出去转了一个晚上，酒也喝光了，钱也用完了，天快亮的时候跑了回来。他带回来一个女人，这个女人是杨秋荣。

死神袋鼠现在藏身于杨秋荣的体内，完全控制了她的一切行为。这样他就可以公开活动，并且也不怕白天了。因为杨秋荣的原因，我没有办法把死神袋鼠从她的体内赶出来，只好默认了这一现实。

我和杨秋荣同居过一段时间。有一段时间大毛巴不得我和杨秋荣结婚，这样按照合约约定，我就可以从院子里滚蛋走人了。

杨秋荣的酒吧倒闭以后，她无事可做，开始自暴自弃，还喝酒打架，我只能把杨秋荣领回了大院。

可是我过惯了一个人的生活。还有一点必须说明，很有可能杨秋荣只是我的一个战利品，我的荣耀一大部分来自男人的虚荣心。所以，我不是真心爱杨秋荣。在这种情况下我和杨秋荣的同居生活，总是在吵闹，过得很不开心。那时候杨秋荣已经怀孕了，她整天挺着肚子在院子里瞎转，见什么吃什么。大毛和阿布来提都是见证人。大毛常常跑来赶我走，但是我却不承认杨秋荣是我的老婆，我们没有结婚证也没有举办婚礼。大毛没有办法把我从大院赶走，所以那段时间他特恨我。

事到如今，我不得不说死神袋鼠要带走的人其实是杨秋荣，不是我。前面所有的戏都是我和死神袋鼠演给别人看的。

我和死神袋鼠的相识是有年头的。我爸是他带走的，我妈也是他带走的，他是个有文化的死神，注重临终关爱。他从不制造血腥暴力的场面，总是引导那些临近死亡的人在宁静中结束现世。死神袋鼠告诉人们灵魂可以转世可以再生，生与死，只是一个现象停止另一个现象诞生而已。而他个人的生活却一团糟，寂寞，没人理解。为此他很痛苦。因为要改变死亡规则，他真的无能为力。

这个世界每天都要结束数不清的生命，以各种方式去终止肉身行为，活着的人不知道行善修行，死后自然不知自己灵魂飘向何方。每天都有送葬的队伍，活着的人送死去的人，心里却在想着别的事。人只有在临近死亡的那一刻才开始珍爱生命。

所以死神袋鼠是个不开心的死神。

他厌倦了临近死亡者的哀鸣以及亲人的眼泪和哭声，这些年我家成了他的客栈，也成了他的避难场所。春天的时候他变成一只燕子或者一只小麻雀，夏天变成一只猫或者一只小昆虫，冬天他就跟随大雁飞回南方。他不能堂堂正正像一个生命载体那样生活，也没办法做好自己的事。活着没意义，就是当死神也是觉得生活在地狱之中。总之，每次出来搜集亡灵他都要在我家住上一段时间。他是死神里面的孬种，总是完不成自己的份额，实际上他很厌倦这份工作。他没有办法去改变现状，只好消极抵抗。他久住我家，也护佑着同乐巷。这些年，同乐巷的人除了生老病死基本上没有人死于非命，这也是死神袋鼠暗中保护的结果。

"呃呃。每个死神都有自己的辖区。有一天我不在这个辖区上班了，一切也就无能为力了。"死神袋鼠对我说。

"没事。我始终会出现在你的辖区内。就像我们这里的吃大户一样，这辈子我跟定你了。"我安慰死神袋鼠说。

"呃呃，可是如今大多数人对死亡毫无准备，拼命追求更多的享受，最后沦为它的奴隶。呃，这让人心寒。如果大家把时间的十分之一拿出来去感悟生命，那么他就会更加珍惜生命的时间，也没有那么惧怕死亡了。"死神袋鼠说。

"那是不可能的，你不能让我们这些活着的罪人去想这件事。这就像在课堂上老师给学生讲生物课，回家后老师自己都懒得去想这件事，那就别指望学生会变成大学者。"我笑着对死神袋鼠说。

"唉。"他叹了口气。

"呃呃。是该结束了，你是知道的。我最近感觉很不好。咱们的戏演砸了。总部迟早会派其他死神来处理这件事的。"死神袋鼠脸色灰白，有一种万念俱灰的感觉。

这是什么意思？难道死神袋鼠要离开我，这可不行，我还指望被他护佑一生呢。自从死神盯上杨秋荣以后，她灾祸一个连着一个，但是每次都大难不死。所以你现在明白了吧，我为什么把杨秋荣领回家，因为同乐巷是最安全的港湾。

死神袋鼠的能力是有限的，他不能时时刻刻护佑杨秋荣。这超出了他的权限，因为杨秋荣不属于死神袋鼠管辖的范围，她的生命被众多的死神追逐着，始终无法摆脱死亡的阴影。

但是杨秋荣并不知道发生在她身上的一切事情，她从没见过死神袋鼠，和所有的人一样，她只知道吃喝玩乐。大多数人都是这样，当死神有一天突然降临时才知道，游戏结束了。

现在明白了吧，这一切都是我和死神袋鼠布的局。为了蒙蔽其他死神的眼睛，我们给杨秋荣编造了许多故事。为了挽救杨秋荣的生命，我们甚至还给她修了一座空坟，我还假惺惺地给她烧纸，实际上都是做给别的死神看的，我们这么做就是想在死神界制造混乱。我们还给杨秋荣起了好多假名字，要想弄清楚杨秋荣是怎么回事，死神界要忙碌好多年。这都得益于死神袋鼠的大力帮助，他修改了杨秋荣的生辰八字。可是杨秋荣并不知道这些，她总是添乱，处处与我们为敌。

这天晚上，我们出发了，踏上寻找阿布来提之路。

"为什么要晚上上路呢？难道白天出门就不行吗？"我们的皮卡车慢慢开出了同乐巷。大毛点了一支烟，很不高兴地发着牢骚。他的皮卡车才大修过，像个成年骡子，正是干活的时候。

"是你自己说白天路上人太多，开车太累了。"古丽对大毛说。她和大毛不太熟，说话的时候比较矜持。最近古丽天天用牛奶加蜂蜜洗脸，皮肤又白又嫩，脸白了牙齿却不显得有多白了。她坐在副驾驶的位置，我和杨秋荣坐在后排座位上。

我们的城市并不大，十分钟就可以驶出郊区了。在走南路和北路的问题上，大家在团结商场的十字路口争论了半天。大毛很生气，不得不把车停下来，本来他就不想去，现在还要为走哪条路争吵。杨秋荣出乎意料地非要走北路，大毛坚持要走南路，他说南路车少。

"呃呃，那是去投胎。南路车少但是有可怕的事情在等着咱们呢。"杨秋荣说。她说这番话的时候表情僵硬，眼睛直视前方，我们大家都感觉到一股寒气。

"听她的话没错。"我说。杨秋荣出过几次灾祸，一次飞机失事，两次车祸，还有一次被一个酒鬼捅了三刀，都奇迹般地活了下来。每一次都是死神袋鼠在暗中保护她。但是杨秋荣并不知道这一切，始终以为自己福星高照呢。

"我认识你这么长时间了，你到了我们大院，然后跑掉，回来，又跑掉。你总是和我们玩失踪。"大毛对杨秋荣说，"从没见过你这么急眼。今天你怪怪的，好像换了一个人似的。好吧，听你的，咱们就走北路。"大毛骂骂咧咧地把车往气象局方向开去。

大毛有些瞧不起杨秋荣，总觉得她不正经。

后来听说，同样的时间和地点，一辆去赛里木草原方向的车，走南路时发生了重大交通事故。杨秋荣又一次奇迹般地躲过了灾祸。

出了城，我们开始喝酒唱歌。我们新疆人都这样，高兴了唱歌，不高兴也唱歌，只要有酒。

22

"咱们在什么地方？"大毛问。

"赛里木湖。"黑子说。

"知道。可这是什么地方？我觉得是鬼屋。"大毛说。

"咱们在成吉思汗城堡。"死神袋鼠说。

"谁在说话？"大毛问。

"是我。"杨秋荣说。

"不对。我明明听见另一个声音在说话。"苏莉说。

"不可能。是你们在说话。我什么都没说。"死神袋鼠说。

"可是我明明就是听见另一个声音在说话。"苏莉说。

"这里真冷，为什么要住这里？阿布来提和古丽去哪里了？"大毛问。

"不知道。"我说。

"可是我明明听见另一个声音，我从没听到过这种声音。我好害怕。"苏莉说。

"你害怕，是因为你心里有鬼。"杨秋荣说。

"你们听，是什么声音？"大毛说。

"是湖水声。你这傻货，连这都听不出来。"黑子说。

"你说谁是傻货？"大毛很生气。他抡起拳头朝说他是傻货的地方打过去。

"你打我干吗？我的牙没了，鼻子烂了。"黑子叫道。

这时传来怪怪的笑声。这声音好瘆人。

大家全部抱成一团，我被压得半死。

"开灯开灯！"有人叫道。

天亮了，成吉思汗城堡被一层薄雪覆盖着。昨天晚上这里下了一场小雪，不过太阳一出来，不到半个上午，覆盖在草地上的雪就会消失。我看见紫色的小花一片一片开在白雪之中，它们在等待太阳。走出城堡，美丽的赛里木湖一览无余。这是一个高山湖，水位每年只增长一厘米。这里的空气真是太好了，是世界上最干净的空气。我应该开个空气公司，把这里的空气运到大城市。瓶装的，一瓶五块钱。

一大早，黑子开车回县里了，上午县里要开春耕动员大会，他必须参加。普加不知去向，他现在居无定所，四处躲藏。听说老太太家的儿子们也找到这里来了，公安局的人也在找他。他像鬼魂一样四处躲藏。

我在城堡的一个僻静处停下来，这个角落很有气场，适合练我的气功。自从杨秋荣离家出走以后，我再也没练过。

站直，运气，准备开始。

"年轻人，你在干吗呢？"有一个声音传来。

睁开眼睛，一个巨大的马鼻子正在闻我脸上的气味儿，马嘴巴上的长须把我扎得又痒又疼。接着马打了一个喷嚏，我的脸上糊了一层黏液。有鼻涕的成分。事情发生在一瞬间，躲都来不及。

巴扎别克大叔骑在一匹枣红马上，居高临下地看着我。他嘿嘿笑着，一只手牵着缰绳，一只手捋着花白的胡子看着我。他是我的朋友，但我们认识不久，他是个有钱的牧民。

"老家伙，你也太不够意思了。我要是走火入魔，你吃不了兜着走。"我边说边用袖子擦脸。

"我听不懂你在说什么。你们为什么不离开这里？"他问。

"我们为什么要离开这里？这是你家的地盘？"

"只是我觉得你们一来，这里就变坏了。"

"我们不来这里一样变坏。所以你不能赶我们走。"

"小伙子，走路的时候别踩着鲜花，那是为牛羊准备的午餐。"

"你以为赛里木草原全是你们家的？"

"以前我们家是这一带最富的牧民，整个草原都是我们家的。我们家的草地你几天也走不完。"

"我开车，一个小时就把你们家的草原转完了。"

"那我就没办法了。现代化的东西让我头大得很，还是骑马好。骑马走在我的草原上，手里拿着一瓶酒，心里高兴得很。"

"你这是去哪里？我听说你在城堡里有别墅。"

"那当然，不过我还是住不惯，还是家里舒服。"

"我要是有钱，也在这里买上一栋别墅。"

"我几年前在这里买房子的时候才花了六万块，现在给我出六十万也不卖！"

"呃。别听他胡说，现在房价掉得厉害。"死神袋鼠说。

"我没那么傻，再说我也没有钱。"我对他说。

"你在和谁说话呢？"巴扎别克大叔问。

"不知道。你要去哪里？"我问。

"我要回家看看，城堡里就这么回事，没有家里好，我的牛羊在家里等着我呢，离开它们我一天也活不下去。"巴扎别克大叔说。

"拜拜。"他向我挥了挥手，然后调转马头出城堡了。

"你是不是以为我是个傻瓜？"望着巴扎别克大叔的背影，我对死神袋鼠说。

"没有啊，我只是觉得你有时候像个白痴。想的尽是些没谱儿的事。呃。"死神袋鼠说。

"就差十秒。那天苏莉跑掉了，我啥也没干成。都怪你。"

"呃呃。我幸好提前两分钟干涉你。不然这个社会真的要堕落了。"

"我今天有好多事要做，你别跟着我。"

"呃呃，好的。这里海拔高，空气稀薄，你啥事也干不成。"

"你想让我干啥事？说！"

"就是那种事呗。呃。这里海拔高，你的肾上腺素压力不够。"

"骗谁呢你！这里的牧民一个一个地生。我也没见哪个压力不够用的。"

"呃呃。那是人家。体质不一样。"

"我要去看草原，草原多美丽啊！以前我在州里的时候，天天做梦都想在草原上尽情玩个痛快。"

"呃呃。现在好了，出门就是草原，让你看个够。还有赛里木湖。"死神袋鼠讨好我说。他现在是我的跟班,藏在一个啤酒罐里。

我今天想用一天的时间熟悉一下成吉思汗城堡。这个城堡现在很复杂,电影拍摄完之后,这个电影城就废弃了,好多年都没人住,成了真正的空城。后来旅游热开始了,这里奇迹般地复活了,而且房价一蹿老高,有钱人都在这里买房子或建别墅。城堡里吃的住的很贵,比外面贵好几倍,而且还有升值的空间。

早上,我请苏莉和杨秋荣吃早餐。

现在是旅游旺季,成吉思汗城堡很繁华。全国各地的游人来到这里,住上一晚,然后消失在草原的尽头。人们住在城堡里,听城堡外面湖水拍击岸边的声音,感觉真的不一样。每天早上吃过早餐,团体游客出城了,剩下的散客就跟城堡里的导游谈价格,谈好之后早餐也就吃好了,骑马、骑骆驼、坐汽车随你挑选。

在城堡里开饭馆、开客栈的人全部是古装扮相。这里面有好多个民族,蒙古族、汉族、哈萨克族、维吾尔族,他们把电影里的场景逼真地搬进现实生活中,连城里游手好闲的二流子都是一副官吏打扮。因为旅游经济繁盛,银行和税务局也在这里设了分局。

城堡里的外国车很多,都是从欧洲来的,这里是古丝绸之路的重要通道,好多外国人走这条道,就是想探寻远古的时候这里究竟发生了什么。在这里一天见到的外国人比在州里十年见到的还多。

我要了一碗正宗的蒙古酸奶，用厚厚的饼子蘸着酸奶吃，饼子里面还夹着辣子酱。当然忘不了要上一碗马奶酒。这是一天的开始，没有酒的日子，我是过不下去的。还有二百克马肠子，三百克马肚子和一盘皮辣红。这是个哈萨克族人开的小馆子，蒙古族人是不吃马肉的。蒙古族人开拓了无尽的疆域，他们认为是马给他们带来的荣耀，他们对马的尊重是其他民族所不及的。

我是个杂食动物，什么都吃。

苏莉要了一碗奶茶和两个苜蓿馅包子。杨秋荣只喝奶茶。成吉思汗城堡的奶茶都是用草原上最好的土牛奶作为原料，用上好的湖南砖茶烧成的。一大碗奶茶上面还放了好多奶皮子、肉丁丁、碎小的酸奶疙瘩，喝碗这种奶茶一天都不觉得饿。

杨秋荣喝完一碗奶茶又要了一碗。

"在这里开个洗脚屋绝对发财。"杨秋荣说。

没人搭理她。

她很生气。自从死神袋鼠从她体内跑出来以后，杨秋荣又恢复了好斗本性。

杨秋荣是安徽人，小时候家里很穷，被人贩子卖到东北，在那里生了一个儿子，这是二十岁以前的事。二十岁以后她从那里逃出来就到了新疆。来新疆的第一份工作是洗脚工，第二份工作是酒吧老板，第三份工作还没想好。她干什么事都没常性，三天打鱼两天晒网。另外她还有红眼病，看谁都不舒服。不过她是个自强的女人，这一点我很佩服。

苏莉的奶茶没喝几口。苏莉不喜欢喝奶茶，她喜欢喝羊肉汤。

"我需要出去几天。你们要搞好团结。"我对她们说。

"我们到底来干吗?"杨秋荣问。

"我们来找普加。"苏莉说。

"我没问你! 不是来找你的好邻居吗?"杨秋荣说。

"我们来草原肯定是有原因的。我们是来找阿布来提的，不过他不用我们操心。古丽正和他在一起。普加肯定也会找到的，这也不用操心。"我说。

"那我们来干吗? 普加的事怎么办? 我想把这个城堡全买下来，把里面的人全赶走。不赶走也行，咱们卖门票。只要把城门守住就行了。"苏莉说。

"商人的本性就是这样!"杨秋荣说。

"雪灾过去了，你们又来了! 我们要向雪山学习，雪山不会因为山的存在就消失；我们要向草原学习，草原不会因为大地的存在就消失；我们还要向这里的牛羊学习，牛羊不能因为它们是人类的食物就消失。你们还要向我学习，不能因为我的存在就恨所有的女人。"我说。

"这就是你把我们俩扔在这个破城堡的原因?"杨秋荣说。

"他还拿走了我的车钥匙。"苏莉说。

"我没跟你说话。阿布来提和古丽，你们为什么不管管他们，把我们扔在城堡里他们自己不知道跑到哪里舒服去了。"杨秋荣说。

"也不知道普加现在怎样了，他现在很危险，好多人在找他。"苏莉说。

"闭嘴。我没和你说话。"杨秋荣叫道。

"你真霸道。"苏莉也不甘示弱。

"我就是霸道，你拿我如何！"杨秋荣摆出泼妇的样子。

"你们两个女人总是吵来吵去的，烦死人了。我又没请你们来，是你们自己非要来的。不想玩就滚回州里！"

我对她们发出了警告。她们立马老实了好多。

"看好你们自己。小心待着，等我回来。这里人贩子好多，当心成了别人的老婆！"我对她们说。

留下她们，我开车离开成吉思汗城堡。

出了城堡，我不知道去哪里，就在草原上瞎转。我喜欢一个人瞎转，以前在院子里瞎转，现在在草原上瞎转。苏莉的越野车奔驰在春天的赛里木草原上，就像一匹撒欢的小马驹。此时我感觉心情特爽。

远远的天边，在阿拉套山脉的高空中有一块类似浮云的东西向这里飘来，速度很快，飞近之后它变成一只硕大的鹰。我从来没有见过这么大的鹰，赛里木草原上的鹰并不多，像这么大的一只鹰实为罕见。我向雄鹰招了招手。

"嗨，哥们儿，你好！"我喊道。

"把我一起带走吧——！"我大声喊道。

雄鹰飞走了。人家没时间理我，我在它眼里可能像个废物，不光没用，还是个威胁。好像它也挺烦的，整天这样飞来飞去难道就是为了找口饭吃？

我们到底来干吗？我在想这个问题。找阿布来提，现在找到了，人家和古丽过得好着呢。来旅游，我干吗带着两个女人跑到草原上，我真是吃傻了。我们找到阿布来提以后，普加又成了重点寻找的对象。

苏莉就是为他来的，我们马鞍子生意是她出的本钱，另外她也喜欢普加。她和普加的感情说不清道不明。

我真的不知道苏莉也会来成吉思汗城堡，她是自己开车来的。她现在也够倒霉的，商会会长没竞选上。她把这事都怪在我头上，说我四处造谣她在南方搞传销的事。其实，在这件事上，我是无辜的。我从没有跟别人说起过她在南方搞传销这档子事。都是她为了证明自己到处对别人说的。

"其实我真的比有些饭桶强多了。我是对社会有贡献的人，对于那些受我恩惠的人来说我是一个善人，我捐款做好事也是一种解脱。"苏莉说。

"你的意思是说我们没有钱做好事，是因为我们全是罪孽深重的坏人？"杨秋荣气愤地质问苏莉。

"我们大家都是好人，恶的另一面是善，关于这点我们的老祖宗说得很清楚，人之初性本善，可是我一直觉得人之初性本恶。是生命的成长教会我们善良，但是环境是决定善恶的关键因素。比如说普加，他为了做一件好事，却成了逃亡分子，但是又不能保证他在逃亡的路上不去做坏事。"我对这两个女人说。

"所以我们要尽快找到他，证明他是一个好人。他有我们这些兄弟姐妹，并且我们爱他。"苏莉说。

"你们在这件事上表现得十分虚伪。"杨秋荣喊道。

我离开她们后一个人开车在草原瞎逛。

现在有很多人说我是玩弄女性的高手，这让我背了好多年的黑锅，我一直找不上老婆和这些谣言也有关系。其实我是无辜的，我无辜是因为我在处理男女关系上面比较幼稚而已。都是女人事先给我下了套子，我又是个男人，而且是个控制不了自己感情的男人，关键时刻我总是当投降派。我算不上一个优秀的男人，没钱没权，靠着自己的善良，有两个女人喜欢我。

我一直渴望着跳过这个年龄段，这是因为在我人生的紧要关头，苏莉出现了，紧接着杨秋荣也出现了。要是她们分两个阶段出现就好了。比如，我十九岁的时候苏莉出现，我九十八岁的时候杨秋荣出现，或者我十九岁的时候杨秋荣出现，我九十八岁的时候苏莉出现。苏莉是个有宽容心的女人，还有点文学细胞，她可以帮我写回忆录什么的。

可是她们偏偏在我一个年龄段的时候同时出现，我连选择的机会都没有。

在选择老婆这件事上，我是有点对不住我爸的。小时候我记得有一次，我爸对我说，在选择老婆的时候，要选择眼睛小的，颧骨高的，大腿粗壮的女人。

有关选老婆的标准，苏莉和杨秋荣都不具备。一个外修内敛，含而不露；一个脾气火暴，整天觉得全世界的人都对不住她。她们大腿一个比一个细，又细又长。在古代草原这种女人肯定没人要，而在现代社会却很受欢迎。还有一点她们也比较像，她们长得都比较冷，很少把笑容表露出来，脸色苍白不红润。

从目前的情形来看，我注定成不了大器，但我的未来充满变数。

23

好一朵毛栗子花儿哟，毛栗子开花谁都赛不过它。

我有心呢摘上一朵戴呀，害怕那个看花的人骂哟。

好一朵鲜花儿哟，开开的那个鲜花香了我。

我一天呢不出那个门，陪着那个献花人坐哟。

哗啦啦把门开，毛栗子花儿，开开那一个门的门。

那一个人进来，就是那个亲人来哟。

远处传来歌声，是回族花儿。唱歌的人是大毛，他在找我。我也在找他。他没出过远门，经常走着走着就走丢，这不是他的错。他成为有钱人纯属偶然，我当时在阿拉山口搞砸了，所有的钱赔得精光，后来我妈病了没钱治，大毛借钱给我。我欠他的钱越来越多，后来我的家产自然就是他的了。这是他的第一桶金。还有他家那块宝地马上就要被政府开发了，这是他的第二桶金，这让他彻底成了有钱人。

"我一看到草原就喜欢唱《兰花花》。我的老家和这里一样漂亮。其实我蒙古族民歌唱得也很好听，我小时候和蒙古族人生活在一起。我常听见人唱歌。"大毛说。

"就像普加见人戴假牙一样。"我说。

"普加是谁？我不认识他。"大毛说。

"呃呃。人类就是改变不了狡猾的本性。"死神袋鼠说。

"闭嘴，我让你话多！"我从腰间拿出啤酒罐"哐当哐当"砸了几下。里面传来死神袋鼠的求饶声。

这家伙是死神里的笨蛋，现在连死神界都不要他了。他现在是我的跟班，我没有必要像以前那样怕他。

"你他妈的在干吗？小心砸坏我的车！"大毛叫道。

"你刚才说你蒙古歌唱得也好听？你们的舌头肯定长得不一样，歌手的舌头都是尖的，和鸟舌头长得一样。我舌头是圆的所以我就不会唱歌。连说话都费力气。"我弄不明白，来到草原我们都成了话篓子了。

"我是蒙古族人的儿子！"大毛说，他脸上现出自豪的表情。他是吃百家饭长大的，有资格说这句话。他是在学普加的口气和我说话，虽然他不认识普加。普加经常学领导的口气说自己是"农民的儿子"。因为他们家是全州极少数种地的蒙古族人之一，而且他爸爸是村里的队长。

他理想中的女人是苏莉。可惜人家没嫁给他。

"大毛和普加都有资格说自己是蒙古族人的儿子，是农民的儿子，我是谁的儿子呢？"我在想这个问题。

大毛在家里的时候从不唱歌，那是因为没心情。他整天忙着干活，还要每天数鸡蛋，在每个鸡身上打上记号，他要浪费最好的精力去记住这些记号。可是他喜欢喝酒，一喝晕所有的记忆都不算数，他还要重新来一遍。更重要的是他还要盯着我和阿布来提这俩骚情鬼，因为我们有事没事就爱在他老婆面前瞎转悠，他老婆长得好看又风情。

我偷他家鸡的时候，一般连那只鸡下的蛋一起偷走，这样鸡丢了，蛋也不会多出来。有一次错偷一只公鸡，惹出了好多麻烦。

大毛的歌声很有穿透力，在雨中的草原，像一支箭，顺着雷电径直钻进了我的耳朵里。歌声让我们在迷失的路上相逢了。进入赛里木草原，我们大家全都失散了，因为当时都喝醉了。

都怪死神袋鼠，是他提议喝酒的。也怪阿布来提，他给我们宰了一只大肥羊。

大毛扶着皮卡车撒尿，他喝得太多，站都站不直。一阵风刮过来，我不知道是尿还是雨打在我的脸上，或者我流泪了。天上的确下着暴雨，还有冰雹。大毛显得很开心，当然我也很开心，因为我们找到彼此了。

"我在这里有个朋友，我们在电话里说好了，晚上住他家，咱们继续喝酒。"他对我喊道。

"我不能再喝啦。在家里喝不够，跑到这里继续喝，我都不知道跑到这里干啥来了。"我对他喊道。

"不喝酒，我们又能干什么呢？咱们是不是找草原的麻烦来啦？我家里的活多得像山一样，而我却在这里瞎逛！"

"我们找阿布来提来了。"

"找到了。他现在正和他的新羊缸子美着呢！"

"那我们就找普加。"

"普加是谁？我不认识！"

我觉得有必要向大毛谈谈有关普加的事，可是面对一个醉鬼，我能说些什么呢。这地方太冷，海拔又高，不喝酒增加热量，难道被冻成冰棒？喝酒吃肉是最好的办法。

大毛的皮卡车沿着草地上的车辙印摇晃着往前走。大毛从座位下面掏出一瓶白酒，喝了一大口，然后递给我，我也喝了一大口。人醉了，车也醉了。天渐渐黑了下来，草原上只有一盏孤灯像魂魄似的跳着摇摆舞。

"你的回族花儿唱得真好。你真的是回族吗？"我喝了一口酒对大毛说。我现在开始后悔偷他家的鸡了，为了他家的鸡，我真是煞费苦心，甚至连作家的脸面都不要了。

"是不是回族重要吗？是哪个民族并不重要，关键是你要干什么。你说现在的学生干吗要学英语？有人学了一辈子英语，到头来英国在哪儿都不知道。我儿子这次没考好，就是栽到英语上面了。"大毛接过酒瓶子说。

"我现在只能让我儿子学个牙医。这个行当太挣钱了，我见过一个兽医，他给马打一副假牙就要人家好几百。"他又补充说。

"你的想法真高明，你儿子学牙医，小一点的牙齿人可以用，大一点的就给畜生用，两头赚钱。你还不如让他跟咱们巷子里的王老三学，他的技术不错，普加的假牙都是他做的。费用只是上大学的费用的三分之一！"

"有文化的人就是不一样，我真的没想过人牙和马牙这个问题，我只是想让他学个兽医，给马装假牙。我真服了你。"

"呃呃呃。"传来死神袋鼠的声音。

我和大毛都觉得这个想法很幽默，于是我们开怀大笑。

"我只是想让他看看外面的世界，学习不重要。中国有多大啊，别像他老子活得这么可怜。我再给你说一遍，学习不重要，让别人家的孩子去做大事吧，我只是个小老百姓！"笑过之后大毛说道。

"呃呃呃，要翻车了！"死神袋鼠说。

"你说什么？"我说。

"你说什么？你和谁在说话？"大毛说。

"呃呃呃，告诉你吧，真正要死的不是杨秋荣，是你。"死神袋鼠说。

"那你为什么不早说？我现在已经不相信你了。"

"不相信谁？"大毛问。

"你开慢点，有人说你要翻车。"

"不会吧，我的技术没问题。"

"你哥就这点尊严了。"大毛觉得我没听清，喊道。

"你说什么？"我喊道。车已经失控。

"对着草原，唱回族花儿！我的妈！"大毛喊道。这是我听见的最后一句话。之后我什么也不知道了。

车真的翻了，在黑色草原上打了几个滚，但是又正过来了。发动机没停，车还可以继续走。我和大毛都没事，我们只是瞬间昏迷了一下。

"呃呃呃，大家运气不错。"死神袋鼠说。

我和大毛迷路了，在草原上瞎转。翻车的时候他的皮卡车被砸扁了，车门也卡死了，我们出不来。大毛的脑袋被压在方向盘上，他张着大嘴，样子很痛苦。

"这车谁赔？我没买保险。"他酒醒了一大半。问我。

"我没让你来。酒后开车保险公司不赔。"我对他说。

"是古丽求我来找阿布来提的。"他说。

"那你找她赔。不过她没钱。"我说。

"真倒霉，跑到这个鬼地方来受罪。"他说。

"你刚才还说自己是蒙古族人的儿子。现在却骂草原是鬼地方。"

"这地方东西太贵了，我这几天光在城堡里就花了好几千。还没算这次修车钱。肯定要上万。"大毛心疼地对我说。

"你花钱，我没看见。是不是泡妞了？城堡里那个俄罗斯妞长得很正点。"我嘿嘿笑着说。

"我是那种人吗？不过那女孩长得就像你说的很正点。我只是请她吃过几次饭而已。骗你是这个!"大毛伸出一只手做了一个动作。

"等公家开发了我的大院子，我是不是也要在这里买上一个别墅，住在巴扎别克大叔家对面，气气这个老家伙?"他睡着之前对我说。

天亮了，我和大毛在黑色的草原上瞎转了一个晚上，赛里木湖湖水被渐渐升起的太阳照得通红。我们的车在成吉思汗城堡附近抛锚了。这时候我看见扈河赶着马车从我面前驶过。扈河是草原上真正的死神，死神袋鼠在他面前只有发抖的份儿。

当时的情形是这样的。

扈河的风车响了。载着一路铃声，叮叮当当洒在那条弯曲的小路上，和着黑色泥土。两旁被风拂动的青草，像蛇一

143

样消失了。屻河的黑脸闪着晨曦的亮光，在亮光中世景如粉尘般流动，无声无息，良辰美景一闪而过，都被吞噬在飞沙走石之中了。

他的风车装满哭泣的灵魂。他今晚的收获可真不小，冰冷的脸上露出满意的微笑。世间恶贯满盈的人啊，请不要用慈悲的眼泪来洗刷自己的无辜，看那东方的日出和赛里木草原上初升的太阳，你的眼泪如果能把这红色之光撕裂，那你就可以生还。众灵魂纷纷抛洒泪水，但这没有用。眼泪没有办法凝结成溪流，就像空气没有办法变成石头一样，甚至在落入草地的那一瞬间就已经变成粉尘。

霎时间，屻河和他的风车风驰电掣般地消逝在太阳的光芒之中……

我有和死神打交道的经验，所以并不十分惧怕死神。

那只硕大的鹰开始在我们头顶盘旋，阳光下、草地上掠过老鹰黑色的影子。我甚至能感觉到它的翅膀掠过时扇起的冷风。在那一瞬间我看见了鹰的眼睛，这是我长这么大第一次看见一双活生生的鹰的眼睛，跟画上和电视上看到的完全不同。这是一双狡猾贪婪的眼睛，里面隐藏着一片永远望不到边的沼泽地带，安逸平静中却危机四伏。

我要死了吗？只有老鹰第一个知道这件事。

24

有一天阿布来提对我说，他的一天是这样度过的。

"你必须听，这很重要。"他对我说。

"草原上就你们夫妻俩最幸福，不要强迫别人听不愿意听的事好不好。我很忙，我在找普加。"

"所以你要听，我说的事和他有关系。"

"好吧。你说。"

这天早上，获救的阿布来提一觉醒来，天已放亮。赛里木草原属高原地带，昼长夜短，尤其在六月的夏季里，黑夜就像流星一样一闪而过。实际上，当草原第一只雄云雀开始引吭高歌的时候，阿布来提就已经醒了。

"我不愿意醒来是因为毡房里实在太冷，可能是喝了太多的酒，也可能是我把太多的热量传给了你。"他对古丽说。

"你胡说什么呢？我们应该感谢政府。"古丽现在和阿布来提住在一个毡房里，这是阿布来提的避难之所，他靠着政府的救灾帐篷继续自己的羊皮贩子生涯。

或者这一夜做了太多的噩梦，阿布来提梦见死神铁青着脸赶着风车在雾色苍茫的草地上一路疾驰，晨霭和露珠在风车的碾压下发出骇人的惨叫，哭泣的灵魂伴着欢快的风铃声沿着那条亘古不变的小路融入红色的屏帐之中。他还梦见苏莉的尸体沿着鄂托克赛尔河上碧光粼粼的晚霞倒影漂浮游弋，她的表情流露出无限欣慰，她那长长的头发被水染成亚麻色，宛若一条美丽的丝带，轻柔舒缓地飘逸在许多浮游生物的缝隙里。

这是世间最美丽的景色，没有哀痛，没有欢乐，甚至连一点感觉都没有。其间，阿布来提醒来好几次，每次都是大汗淋漓，全身涌起一层层鸡皮疙瘩。

美丽的梦总是隐藏着无限恐怖，这种恐怖来自你的灵魂。

"我梦见苏莉死了，是被河水淹死的。"阿布来提对我说。

"你为什么会梦见她被水淹死了，而你的古丽却好好的。再说鄂托克赛尔河也不在赛里木草原，它在另一个地方。我们汉族人相信梦都是反的。你们呢?"我对阿布来提说。

"什么?"

"梦见死人。"

"问题是我没有去过鄂托克赛尔河，或者我只去过它的一个支流，那地方放羊的人少，跑上半天也找不到一户放羊的人家。"

"所以她现在好好的。"

"谁?"

"苏莉。你说她被淹死了。"

"是的。梦里面就是这个样子。"阿布来提点了一支烟忧心忡忡地说。他喝了一夜的酒，在赛里木草原，不是干那事就是干这事。喝酒，收羊皮子。然后重复前面干过的事。

阿布来提继续说起他的一天。

早上，他醒来的时候，古丽不在身边，这个女人离开他们家跟变了一个人似的，像一只快乐的小鸟。她现在是这个救灾帐篷的女主人，远离阿布来提妈妈的扫把，一切都是她说了算。所以她很开心，一天到晚总有做不完的事。

"她的身体光光的滑滑的，像和田最好的玉。羊脂玉。"阿布来提对我说。

"烦死了。我就知道你要说这些。所有我们爱的女人我们都可以说她们像玉。之后就不是了。"我对他说。

古丽的身体又滑又凉就像一匹名贵的绸缎，像蛇像玉像五月的鄂托克赛尔河的水。阿布来提想不出更好的词来形容古丽的身体。古丽仿佛是一个盘游在阿布来提身上的浮游生物，他们每次疯狂之后，古丽的脸蛋子就会涌起一层红晕，像被天然的养分滋润过似的非常迷人。这时候阿布来提盯着古丽就像欣赏一件艺术品似的，非常满意。

"你他妈的越说越来劲了。"我有些醋意地对阿布来提说。

这家伙没文化，说起女人却像个诗人，怪不得女人喜欢和他在一起。

可是事情没这么简单，有一天古丽骑马路过巴扎别克大叔家的时候，发现阿布来提的三轮摩托车停在他家的院子里，阿布来提戴着墨镜正和梅花聊得开心。这让古丽心里很不舒服，她一挥鞭，大白马就从他们家的栅栏旁跑过去了。古丽有意让梅花看见自己，是一种示威。可惜梅花不认识古丽，还以为是个游客呢。这一带几乎没有维吾尔族的牧民，维吾尔族人更喜欢经商和种地。

"她可是只凶猛的羊羔，惹上了你吃不了兜着走。"古丽一边搅着皮囊里的酸奶一边对阿布来提说。

"我的事你别管。我们在说生意上的事，她可不是一般的女人，巴扎别克家的事她说了都算。你别把我们想得那么下流好不好。"阿布来提说着掀开毡房里的毛毡往外面草地上吐了一口唾沫。嘴里木木的一点感觉都没有。一股冷风迎面扑来，他打了个激灵连忙把毛毡堵好，然后又一连打了几个喷嚏。

"你变了，不是我以前认识的阿布来提了。你少跟你那个作家朋友玩，你会跟他学坏的。"古丽警告阿布来提。

"你泡梅花，跟我有屁的关系。古丽也太差劲了吧!"我生气地对阿布来提说。

"嘿嘿，她就是这样说的嘛!"

"我是什么人，你还不知道?"

"知道知道。咱们从小一起长大，是好兄弟呢!"

"就是就是。这个女人，她一进你们家的院子我就知道，她不是个省油的灯。"我说。

"我当时和梅花正在谈羊皮子的事，古丽误会我了。梅花跟我一点关系都没有。没关系。"他说着做出一刀切的样子，很像誓言。

"好吧。继续说你的一天。"我对阿布来提说。

那天早上，阿布来提醒来之后，他感觉到嘴里的每个腺体都往外渗着一种苦涩的液体。抽烟喝酒实在是人类一大恶习，不过没这两样东西男人活着也没劲。他一直躺在被窝里懒得出来，尽管饿得要命。这里的天气真让人受不了。有句话是怎么说的来着，"早穿棉午穿纱，围着火炉吃西瓜"，这句话放在草原上一点都不假。所有动物的一天中，全靠中午那点阳光维持生命了。

"老天爷，我们有一句俗语叫狗拉羊肠子，你现在就在拉羊肠子，越拉越长。"我已经吸了好几支烟了，他还没说到普加身上。

阿布来提嘿嘿笑着。

"你笑啥？"古丽问道。她舀了一碗酸奶给阿布来提送过来。

"我做了一个梦。"阿布来提披着被子坐起来，边喝边对古丽说，"我梦见我死去多年的大哥，他的坟地被公家征去修路用。人们都忙着干活没人理会我，有一个头头对我说，他们要赶在雨季来临之前把路修出来，然后他就不见了。我大哥的棺材已经烂得不成样子了，他的尸骨坐在棺材里，只有耳朵没烂，还是原先的样子。他一定是被埋后又活了过来，挣扎叫喊，拼命地敲打棺材，看来当时的情景相当惨。后来我把大哥的骨头拢在一起一把火烧了，这回他是真的死了。"

"你梦见的肯定是你的汉族大哥，汉族人用棺材，咱们用裹尸布包死人。你就瞎说吧。"古丽说。

"真是个怪梦。"阿布来提说。

"你不是梦见苏莉死掉了吗？你这家伙。"我生气地说。

"可能是两个梦搅到一块了。"他说。

大黑狗从毡房外面摇晃着走进来，古丽从干肉中找了一块羊骨头扔给它，大黑狗懒懒地过去闻了闻骨头，然后抬起头表情复杂地看着古丽和阿布来提。它像是有好多话要说似的，古丽和阿布来提被盯得难受就停止了手中所有的活，一起把精力集中到大黑狗身上。它只是一条狗，狗是不会说话的，用不着为它发愁，只是他们在大黑狗的注视下，觉得心里发虚，不踏实，有一种狗男狗女的感觉。

过了好一会儿，大黑狗对他们失去了兴趣，它眼睛红红的，打了一个哈欠后把目光转向了别处。它的尾巴像一条破绳子似的拖在地上，上面沾了许多干草。它已到了暮年，老眼昏花，眼角夹着许多污秽的东西。大黑狗整天无精打采的，一脸愁云。

终于，大黑狗低下头叼着那块干骨头摇晃着离去。

阿布来提和古丽都松了一口气。

"它也快变成酒鬼啦，整天找着吃你们这些醉汉们吐出来的脏东西，越吃瘾越大。"古丽叹了口气对阿布来提说。然后她又开始忙手中的活。她要把牛奶从分离器里分离出来，分离器有两个出口，一头出来的是奶油，另一头出来的是脱脂牛奶。

"哈哈哈，她说的对着呢。那狗是谁家的？"我笑了起来。

"不知道，风暴吹来的。是个流浪狗。吃百家饭的。"阿布来提说。

"你不会是在骂大毛吧？他小时候就是吃百家饭的。"我嘿嘿笑着问阿布来提。

"你真是个勺子。普加说得对，你就是个勺子。"阿布来提说。

阿布来提盯着古丽手里的分离器想，怪不得她做的奶疙瘩一点油花花都看不见，吃到嘴里像是木头渣子，连一点奶油的香味都没有，感情是她把奶子里面的奶油都弄出来了。这样可以卖两份钱，奶疙瘩一份，奶油一份。这个狡猾的女人，学坏了。古丽一到赛里木草原就不打算回去了，她置办了好多东西，还买了好多牲畜，阿布来提的钱都被她掏空了。

"我可不是什么狗也不是什么醉汉，我喝酒从来不吐。"阿布来提说完把空碗还给古丽。

"我在给你说梦，而你却往狗身上胡扯。"阿布来提开始骂他的女人。实际上阿布来提很害怕那只狗，从他一见到它，就觉得那狗像个幽灵似的。这不是个好兆头，你在它面前好像什么都瞒不住，它好像什么都知道似的，真晦气。

阿布来提现在觉得舒服多了，酸奶使他的嘴里分泌出许多清泉般的液体，舌头顿时也变得灵活起来。有了一个好的感觉，阿布来提的思绪也变得活跃起来，他盯着古丽扭动着的腰肢，那里正大面积跟着主人有节奏地左右变换方位，跟随古丽操作分离器的动作跳着优美的舞蹈。她从哪里学到的这手好活？你看她干活的样子，真是迷人极了。阿布来提想把自己的发现告诉古丽，但又怕古丽听后得意忘形钻进被子里撒欢，就忍住了。这回该抽支烟啦，他想。

"你这人真没劲。"古丽说。

阿布来提没理她。

"说你呢！你这没筋的懒骨头，快跟大黑狗差不多啦。除了忙着喝酒找女人你能不能干点别的什么事情给我看看？"古丽双手叉腰，一脸怒气。

古丽唠叨的时候，阿布来提就装作什么也没听见。他正忙着挖鼻孔。他开始恨酒的发明者，要是在草原遇上他，阿布来提肯定会宰了他。

"歪江！"古丽发出一声尖叫。

阿布来提吓得一哆嗦，竟把鼻孔抠出了血。

古丽开始哈哈大笑。

阿布来提气得差点发疯。

"神经病！呸呸呸！"阿布来提骂道。

"你应该用你的拳头对付她。"我开心地说。

"打女人的不是好男人，我看不起打老婆的人。"阿布来提说。

"女人有时候让男人发疯。"我说。

古丽开始做早饭。她把一些干牛粪塞进大铁皮炉子里，用干草叶把它点着，铁炉子的烟筒也是用铁皮做的，直直伸向毡房的顶部，风的吸力很大，只吹了几口气牛粪就呼呼燃烧起来了。

古丽擦了一把被烟熏湿了的眼睛，提起桶子往锅里倒了半锅水。草原上缺蔬菜，早餐一般多是酥油奶茶和一种厚厚的烤饼，但不是馕。草原上的牧民不打馕，这里也没有馕坑。哈萨克族女人用平锅烙一种厚厚的大饼。吃的时候抹上酥油，味道美妙无比。

25

阿布来提的一天还在继续。

我已经没有力气听他说完了。

在家的时候我一年也听不到他说上一件完整的事，在赛里木草原上，他却想把一个上午发生的事用十年的时间来说给我听。没办法，为了知道我的另一个兄弟普加的下落，我必须耐着性子听下去，因为讲故事的人也是我的兄弟。

牛粪的热量很快传遍屋子里的每个角落。阿布来提感到被子里冷得像个冰窖，于是他扔掉手中的烟屁股光溜溜地从被窝里爬出来，古丽就从一边把衣服一件一件扔给他。

"你比草原上的骆驼还壮，像雄鹰。"古丽开始夸奖他的男人。

"草原上的骆驼哪能比得上我阿布来提啊，要不你怎么会爱上我。"阿布来提嘿嘿笑着说。

"是你自己不要脸。说是问个路就赖着不走了。"古丽开心地回忆起和阿布来提相识的过程。

"要不是你留我吃饭，我早就走啦！"阿布来提笑眯眯地看着古丽。

两人在对话的时候，不知不觉已经抱在一起了。

"瞧，又来了。你们都多大了啊，这种事情白天能做吗！"我生气地说。我觉得阿布来提对我说起他一天的生活，本身就是别有用心，还不是想炫耀他和古丽之间的那些破事。

"你们真不要脸。能不能给我说点正事啊，你不是说你遇见普加了吗?"我说。

"别急啊，我还没吃早饭呢，吃过早饭再给你说他的事。"他说。

"好，你快吃吧，别噎着。你在浪费我的时间。"我说。我们在草地的一条小路上遇见，是他不让我走，硬是让我听完他的一天，还说这事和普加有关系。

锅里的水已经开了好长时间了。古丽把一部分开水灌进暖瓶，把另一部分灌进一只大铜壶里。铜壶很精致，样子和咱们以前用过的土火锅一样。只不过土火锅矮小，而铜壶却和一只水桶那么大。用的时候，大铜壶底部事先已经放上燃烧好了的炭火，这样可以保温。在草原上，好的铜壶很值钱，一把需要上千元呢。这是哈萨克族女人喜欢的东西，古丽来到草原之后，就买了一只最大的铜壶。可是她家的客人实在太少，有好东西却得不到客人赞赏，为此古丽很伤心。

干完这些活后，古丽搬来小方桌，在上面铺上餐布，把饼和酥油以及奶皮子一一摆好。她从大铜壶里舀出半碗白开水，在水中加入咸盐，又从炉子上拿过一只小瓷壶，往碗里兑上一点点浓茶，然后又往兑了浓茶的碗里舀上一勺煮开的牛奶。一碗香喷喷的奶茶算是做好了。阿布来提用刀子把金黄色的大饼割成小条，给自己面前放了几块，剩下的全放在古丽面前。这里不能打馕，没有馕坑，古丽只能学着用平底锅烙厚饼子。

阿布来提开始狼吞虎咽起来。

"你不是说巴扎别克大叔是个老头吗，梅花还不到四十。他们俩能在一起吗？"古丽问。

"我在问你话呢，你说梅花会不会嫁给巴扎别克大叔？"古丽又问了一次。

阿布来提没搭理古丽。

"这是生命之火。你不懂。这就像开奥运会，我就是那个举着火炬跑步的人，你也是，我们大家都是。"阿布来提对我说。

"是的，把家里的事搬到草原上来做。你为什么不娶古丽当老婆？"我讥讽地对他说。他这一天真够长的，到现在还没说完。

"她已经是了，只要她愿意，我们现在就可以举行婚礼。"他说。

"好，请继续。"我对他说。

"今天有好多事要做。"阿布来提想，"找到梅花放羊的地方，陪她在赛里木湖边散步。这个环节很重要。巴扎别克大叔家的皮子很多，和梅花搞好关系，就能便宜收购过来。这点古丽是不明白的。她只知道吃醋。"

"后来呢？"我问。

"后来，我就遇到了普加。"阿布来提说。

阿布来提离开毡房不久，有一辆驮了几张新鲜羊皮的摩托车从他身后追过来。

摩托车在阿布来提面前停下。

这是一辆大马力二五〇型摩托车。车子很旧，上面喷的漆早已脱落得不成样子了，根本看不出来是啥牌子。不过发动机的声音听上去还挺不错，轰轰轰的像个叫春的驴，劲头十足。这种车在草原上随处可见，一般是羊皮贩子们才骑这种老式摩托车。

这是一张古怪的脸。阿布来提被这张脸吓了一跳。

骑摩托车的人四十来岁，蓄着半脸黑胡子，阳光下一嘴发黄的牙齿上烟油子星罗棋布，跟出土文物差不多。他嘴唇干得像是涂了一层牙膏，上面还沾了一些类似于青草之类的东西，猛一看如同食草动物一般。他戴了副黑色墨镜，把眼睛遮得严严实实。

"你好，我的兄弟。"羊皮贩子单腿支住摩托车对阿布来提挥了挥手说。

"你是谁？我不认识你。"阿布来提把两只胳膊抱在胸前冷冷地说。他准备转身离去。

"是我，我是普加。臭小子！"羊皮贩子说。

"你——你是普加？"阿布来提大吃一惊。

阿布来提围着那个自称是普加的人转了几圈，仔细看了一会儿，甚至把他的假牙拿下来检验了一下，果然是普加！

"这是怎么回事？"阿布来提张着大嘴半天说不出话来。一切来得太突然，一点思想准备都没有，眼前这个羊皮贩子竟然是他的好兄弟普加。

"嘘——！"羊皮贩子把手指放在嘴上神秘地说。然后他像贼娃子似的迅速朝四处张望了几下，发现没什么可疑情况。

"情况如何？没人找我吧？"普加问阿布来提。

"昨天上午我家来了一个人，个子不高，三十岁的样子。他问起你。"阿布来提说着也学着普加的样子神秘兮兮地四下张望了几下。他掏出一支烟递给普加，普加拒绝了。

"我现在改抽莫合烟了。他怎么会找到你？你们说什么了？"普加问。

"我什么也没说。这人知道你在这里，还知道我们是好朋友。他喝了一碗茶就走了。他不像公安局的人，有点像老太太家的人。"阿布来提说。

"你不会出卖我吧？当年把你们弄到阿拉山口做生意，你们都赔光了，你不会恨我吧？"普加问。这个问题一下子把阿布来提给噎住了。这是个敏感的话题。

"我是这样的人吗？生意好不好，大老板是不是，那是老天的事情。我们是好兄弟，我恨你有啥意思！"阿布来提说。他很生气。

"好好，你真是个儿子娃娃。你是我的好兄弟！你帮我好好打听着，有消息快快给我说。我要走了，去另一个地方。"普加说着一脚油门，摩托车跑得不见影了。

"我会和你联系的……"普加在风中给阿布来提甩过一串话来。

"唉，做人咋就这么难啊！"望着普加消失的背影阿布来提深深地叹了口气。他觉得自己今天心情特别不好，本来生意上的事就已经够让他心烦的了，现在生意不好做，草原上的羊皮贩子太多了。牧民把皮子卖得比金子还贵，阿布来提多次想改行干别的，可是除了皮子生意，他又会干什么呢？

好时光已经过去了。现在他只能这样，有时候也怀念过去当大老板的美好时光。要不是在阿拉山口翻了船，没准现在自己还是一个真正的大老板呢。

"为什么大家都说我恨普加？生意倒闭和他没关系，我从没恨过他。可是大家都说我恨他。"阿布来提难过地想。

普加来找他，是个意外。他有那么多好兄弟，为什么偏偏看上他，找他肯定是有原因的。唉，普加真够倒霉的，那天要是他没遇上那个老太太，人家也不会死在他的车里。没有这档子事，普加现在还不知道在哪里风光呢。他也想帮普加，可是他不知道从什么地方帮他。

"就这么多？"我说。

"就这么多。"阿布来提说。

"我听了一上午鬼话。你真的不知道普加去哪里了吗？"

"真不知道。骗你是毛驴！当时他像风一样，转眼就不见影子了。"

"你现在去哪里？好像普加不是你的兄弟似的，你一点也不关心他。你是不是还在恨他？"

"我为什么要恨普加？"

"你还忘不了在阿拉山口做生意那档子事，你觉得是普加把你害得赔了钱。"

"你要是这样认为的，我也没办法。你不是也赔光了吗，难道你不恨他？"

"我没恨过他。"

"我看出来你恨他，你还恨大毛，恨我，恨苏莉，恨杨秋荣，你恨所有的人。"

"你要这样认为，我也没有办法。你去哪里？"

"你管得真多，我要去找梅花，我想把巴扎别克家里的皮子便宜点买过来。"

"商人！"

"你说什么？"

"我说你是商人。"

"没办法。我不挣钱，我的爸爸妈妈还有弟弟妹妹吃什么？现在一个烤包子都三块钱了。"阿布来提无奈地说。他的脸在草原上变成了古铜色，一脸浅浅的络腮胡子，双眼皮隐藏在浓密的眉毛里，再加上一米八几的个子。我有点明白女人为什么喜欢他了。

阿布来提向我做了一个挥手的动作便向湖边走去。今天他没开三轮摩托，他在遛弯。看着他的背影，我吐了一口唾沫。不过我没让他听到。

26

"巴扎别克大叔可是个老江湖。我们小心点。"黑子对我说。

"明白。那天在城堡里我就看得出来。他故意用马鼻子试探我。但是我没上他的当。"我说。

我们现在在去巴扎别克大叔家的路上。黑子开车，他开的是大毛的皮卡车，大毛回成吉思汗城堡了，他对这件事情没兴趣。他不认识普加，更不想见巴扎别克大叔。

大毛回城堡的另一个原因是他认识巴扎别克大叔。小时候他在牧业队吃百家饭的时候，在巴扎别克大叔家吃过几天饭。巴扎别克大叔那时候还年轻，饭量也很大。他把家里的好东西都藏了起来，还和大毛争着吃，大毛吃不上肉，整天吃些糊糊之类的东西，又不能离开他家。因为他必须在一户人家住满一个星期才能换到另一户人家。所以每次在巴扎别克大叔家吃饭，对他成长中的身体都是一种虐待。再次见到巴扎别克大叔，他把自己的矮个子、黄眼珠、板牙还有肠胃不好的问题都归罪到这个可怜的牧羊人身上了。大毛是个记仇的人。那天在成吉思汗城堡遇到回城的巴扎别克大叔，大毛一眼就认出了他，虽然二十多年没见过了。巴扎别克大叔早就把这事忘记了，还热情邀请我们去他的别墅做客。

当然，巴扎别克大叔那天没认出大毛是因为那年月吃百家饭的孩子太多。

"老家伙坏得很。"大毛说，接着又给我们重复他小时候遇到的事，还让我们小心点。他说巴扎别克大叔家的狗厉害得很，小时候咬过他。

"一个人为什么要恨另一个人？就因为小时候给他吃面糊糊？那时候哪家不是穷得只剩一条裤子！我们小时候我爸就把好吃的东西挂在高高的房梁中间，有一次我弟弟实在饿得不行，就去偷那里面的馍馍，结果从梯子上掉下来把腿摔断了，现在走路还能看出来。"黑子一边开车一边对我说。

"就是，那时候有面糊糊吃已经不错了。我小时候也好不到哪儿去。我记得有一天晚上，我爸带我们去挖病死的猪，我们一家全部染病，差点死掉。幸好抢救及时。"

"你们家是食腐动物。"黑子说。

"你们家才是呢。那时候我们都饿疯了，病死的猪也不放过。人家下午埋进去我们晚上挖出来。后来防疫站的人就把死猪扔进厕所里了。这样谁也吃不上了。"我笑着说。

"咱们去哪儿？"黑子问。

"去巴扎别克大叔家。"我说。

"你觉得他能告诉我们普加藏在哪儿吗？"

"不知道。你不是说他是个老江湖嘛，说不定普加真藏在他家里呢。"

"普加也太狡猾了，这次藏得滴水不漏。我动用了所有关系就是查不出来他藏在哪里。这里的牧民我都熟，都买我的账。"

"你面子是大。金矿老板都要给你投资拍电影。"

"别提了，那个老板跑掉了。这件事搞得我很没面子，对我的影响很大。你当时怎么想起拍电影这个馊主意来的？你不知道我听了你的设想，激动了好长时间。"

"所以你把我甩了，想自己做件大事。你那阵子真的没和杨秋荣在一起？"

"我发誓，我没和杨秋荣在一起。我和她就见过一面，就是那次我们一起在她的酒吧。"

"我们不谈这个了。"

"是你先说的。"

"好了，我错了。我不想得罪你。兄弟里面就你对我最好。"

"到了。他家的狗跑出来了，你小心点。"

我们来得不是时候。巴扎别克大叔不在家，有个南方老板想买他城堡里的别墅，他谈判去了。梅花在，今天她没去放羊。

梅花在洗衣服。她不仅要给巴扎别克大叔放羊，还要给他们家洗衣服。他们不住在蒙古包里，是住在砖房里，而且还有个院子。黑子告诉我巴扎别克大叔的房产很多，在成吉思汗城堡里有别墅，在县里、在州里都有楼房。大小汽车也有好几辆。他雇了好多人为他干活，梅花承包的他的羊群只是他财产里的一部分。

"怪不得现在城里的房子这么贵，西部有这些放羊的'巴依'，东部有那些种棉花的'地主'，我们这些城里人最可怜。"我说。

"就是，我的房贷到现在还没还完。这点工资真是少得可怜。"黑子说。

梅花不是本地人，她来自巴音布鲁克草原。那地方很远。她现在在巴扎别克大叔家里打工。我们来到成吉思汗城堡的时候，梅花还没有随转场的羊群过来。巴扎别克大叔对黑子说，梅花在他家已经一年多了，人漂亮也能干。

"我要娶她当我的老婆。"巴扎别克大叔说。

我们来拜访巴扎别克大叔，主要是因为普加的事。他是一位好客的牧羊人，我们带着几瓶酒去看他，他很高兴。他一高兴就为我们杀了一只羊，我很感动。他为我们杀羊，这说明我们是他的尊贵客人。其实巴扎别克大叔看重的是黑子，乡里领导来他家做客，他很荣耀，这种荣耀将会持久地保持在他的话题里。

梅花没有住在巴扎别克大叔家里。她住在一个石头房子里，离巴扎别克大叔家不远。石头房子后面是一个大羊圈，梅花和巴扎别克大叔家的两百只羊住在一起。每天清晨，天蒙蒙亮的时候，梅花就骑着马赶着羊出发了，去很远的地方，要经过一座山，还有好几个沟壑。她把羊赶得远远的，中午不回来吃饭。我见过她的食物袋，一壶水，一些奶酪，还有少量的饼子，这些东西是梅花一天的食物，都是在巴扎别克大叔家里事先准备好的。

梅花现在是巴扎别克大叔的雇工。这是现实，虽然巴扎别克大叔想娶她当老婆，但是没迎娶之前，梅花还是要给他放羊。

黑子是他们乡的科技副乡长。不管他去哪个牧民家里做客，都会被热情招待。草原上一半牧民是蒙古族人，还有一半牧民是哈萨克族人。现在草原上的牧羊人不比从前，家家都有发电机和电视接收器，人人屁股后面都挂着手机。移动和联通在这里抢生意，信号比城里都强。国内国际上的事，他们和城里人一样清楚。这些事里面都有黑子他们的功劳，他们乡是率先在全州给牧民家里推广太阳能的。总之，黑子给这里的牧民做了不少好事、实事，人们一提起他都很尊敬。

梅花放羊回来得早就去巴扎别克大叔家里吃上一顿晚饭，顺便把第二天的食物带回来；如果回来得晚，巴扎别克大叔就亲自把吃的东西放在另一个雇工巴音格楞那里，由他负责交给梅花。巴扎别克大叔会在巴音格楞的屋子里待上一会儿。要是梅花回来得太晚，他就骑马去找梅花，这是他最乐意干的事。

有钱的牧羊人巴扎别克大叔对赛里木草原以外的事情并不陌生，对州里的情况好像比我还熟悉。他在州里也有好多朋友，每当他谈起州里的朋友，我就烦。

这些年我唯一交往的领导就是科技副乡长黑子，但是我对他的工作内容一点也不了解。总觉得他很忙，整天像燕子一样飞来飞去，今天一个工程要让放羊的人富起来，明天一个项目要让种地的人富起来，一个月回不了几次家。

黑子和我不一样，他是干大事的人。我有钱的时候就请朋友吃喝，我的朋友全是一帮没有出息的"艺术家"。我没钱的时候就跑到杨秋荣那里欠账，实在不行就在自己家里喝。现在苏莉又成了我最大的债权人，我只好让她牵着鼻子走。我的城市生活从来没有功利心，我自己孤独地待在那个深宅大院里，实际上就是不敢面对现实。

"老家伙对梅花有意思。"黑子悄悄地在我的耳边说。

今天是发工资的日子，巴扎别克大叔除了宰了一只肥羊外，还给梅花买了一件新衣服，样式跟城里的女人穿的一样时髦。他还准备好了这个月的工钱，全是崭新的票子。放一只羊每月十块钱，放两百只羊梅花一个月就能挣上两千块钱。这不算低，就是在城里一个普通打工者也赚不到这么多呀，管吃管住还能拿两千块钱。关键是这钱没地方花，这里是大草原，手里有钱干着急，所以这里的人都觉得自己是个有钱人。我有些羡慕梅花了。世界上最轻松的活莫过于和畜生打交道了，蓝天、白云、美丽的草原，还有高山、松涛和流水。萨特说，他人即地狱。这话一点不假。畜生只会亲近人类，它们不会说话只会咩咩叫，甚至你宰它们的时候也看不出有什么怨言。

而人类却比畜生可怕多了。在城里，我最厌倦的就是和人打交道了，他们在谈笑间就会出卖一个平日关系很好的朋友。

今天是个好日子，尤其是梅花，当她从巴扎别克大叔手里接过一叠红色的人民币的时候，粗糙的脸上立刻泛起质朴的红晕。

那天晚上，我们几个人盘腿坐在铺着毛毡的土炕上开怀畅饮。我们聊草原上的事，聊外面的事。肉还没煮好，一瓶子白酒已经下肚。

黑子毫不收敛话多的毛病，他的白唾沫炸过两次。大家已经习惯了，谁也不在乎。

梅花哼着一首欢快的蒙古族歌曲给我们烧茶煮肉，我们说到激烈处，她也竖着耳朵听听，听我们这些大老爷们说的事。她做的面条真是好吃，我吃了两大碗，吃过之后又后悔了，一会儿香喷喷的手抓肉上来，我也只有干瞪眼的份。

梅花看上去很满足现在的生活，风吹日晒的牧羊生活，让她知足。灯光在欢乐中荡着秋千，梅花的身影在墙壁上晃来晃去，美丽的裙摆就像赛里木湖涟漪的湖水。一切疲倦都已消失，年轻的生命就像茂盛的水草。所有的气味都充满着生命的张力。昏暗的灯光放大了女人身上所有的曲线，男人所有的心思都被融化在舞蹈着的曲线里面了，让人心旷神怡。她是属于草原的，这种女人只有在草地上行走的时候，在蓝天白云下放牧的时候，在羊群欢乐的叫声中才好看。

我们又打开一瓶白酒，凡尘杂事已经被我们抛到放羊的路上了。我们开始关心眼下的快乐。我们喝酒唱歌，唱到高兴之处就开始跳蒙古舞。橘黄的灯光照亮了巴扎别克大叔鲜红的鼻头，他的眼睛在梅花身上扫来扫去，目光里充满狼性和霸气。在他眼里，梅花就像熟透的苹果，如果一直挂在树上就会惹来麻烦。

这天晚上，巴扎别克大叔和梅花不停地唱酒歌敬酒，后来我们都醉了，我在奶酒里面掺了白酒，喝下去宛若洪水猛兽，只一会儿工夫就把自己搞得不省人事。

我和黑子本来是到巴扎别克大叔家里找普加的，有人看见普加来过他家。可是巴扎别克大叔狡猾得很，他用赛里木草原上最肥的羊、最美的酒、最动听的歌，把我们两个彻底放翻了。在这美好的夜晚，我们当了投降派，醉得一塌糊涂。

27

第二天早上，我们醒来的时候，发现躺在城堡里。

"昨晚我们都说了些什么？"我问黑子。他趴在炕沿上正在呕吐，样子十分狼狈，边吐边说对不起。杨秋荣捏着鼻子用盆子给他接呕吐物。

苏莉在洗毛巾。

"是不是男人都这样！"杨秋荣叫道。

"普加喝酒的时候就不吐，还有阿布来提，他也不吐。"苏莉说。

"哼。"我冷笑一下。普加上次在我家喝酒吐掉的假牙，还是我从那堆脏东西里面找到的。

"我没和你说话。你真贱！"杨秋荣说。

苏莉很生气，把一条热毛巾甩在我脸上出去了。

"杨秋荣你能不能对苏莉好一点。咱们吃的、用的、住的，所有的费用都是她出的。你知道城堡里的东西有多贵吗？我真不知道那个家伙怎么把你给弄来了！"我在骂杨秋荣，也是在骂死神袋鼠，当时是他附在杨秋荣的身上，把她弄到草原来的。

杨秋荣气得说不出话来。

"当时她快要死了，我也是不得已才这样做的。"死神袋鼠在啤酒罐里辩解说。

"你今天说这个要死，明天说那个要死，你这张臭嘴！"我骂着抓起啤酒罐向墙上扔去。我听到死神袋鼠在里面发出的惨叫声。死神袋鼠现在什么都不是，他甚至连杨秋荣都控制不了，是个彻头彻尾的废物。

没人关心我的举动，他们已经习惯了。

"你有暴力倾向。"大毛说。

"他有暴力倾向，我小时候就看出来了。他爸用鞭子抽他的时候，他总是咯咯咯咬着牙盯着他爸看。那眼神真吓人。"黑子说。

"我不像你，总是跪在地上说我该死、我错了、我下次再也不敢啦！可是你坏就坏在是个两面派，过后照干不误。"我对黑子说。

"打得好。如果没有小时候的鞭子，你们早被枪毙了。"大毛插话说。

"我那是权宜之计，给我爸面子。"黑子说。

"你爸后来像个神经病，总是在巷子里把我拦住。他和你说什么没有，这是我最想知道的。"我对黑子说。

"他说你不是你爸的种，你妈嫁过来的时候已经怀上你了。我爸还说，那个人肯定是个作家，不然你怎么会写小说呢。"黑子说。

"这我信。"大毛说。

"我呸，你爸真坏。我见了他还叔叔长叔叔短地问好。说说昨天晚上的事吧，我们在巴扎别克大叔家里都干了什么？"

"你一晚上都在谈你的马鞍子。你想把所有的马鞍子卖给巴扎别克大叔。"黑子对我说。

"我咋成商人啦？后来呢？"

"后来，他只好买了一副。"

"我的天，这个老家伙！家里还有一大堆！我发誓以后再也不做生意了，我不是做生意的料。"我决定回家后就和阿布来提爸爸去巴扎上卖，那里维吾尔族人多，说不定他们要，那马鞍子放在驴身上比较合适，因为驴个头小。

"问题出在普加身上，我不认识他，但他不是一个可靠的生意人。他把你给骗了。"大毛说。

"就是，他把你扔在半路上不管了。当年也是他把你们叫到阿拉山口的。你吃过一次亏竟然还会上当。"黑子也说。

"你们真是瞎说，我和阿布来提从来没有恨过普加。我们自己把生意搞砸了，跟他有啥关系呢。"我点了一支烟说。

"你说了一晚上马鞍子，还不让我们插话，为这事巴扎别克大叔差点拿鞭子抽你。"

"求你再别提马鞍子的事了，换个话题。要不咱们谈拍电影的事吧。"

"你还醉着。"黑子说。

"这次是真的。"我说。

这时，老奶奶其其格路过我们窗前，她手搭凉棚从外面看着我们。她的表情很忧伤，稀稀拉拉的几根银发随风飘舞。她是我们的房东。老奶奶其其格一辈子没做过生意，她一直恪守传统，认为经商有悖伦理道德。所以，当苏莉选择她家的时候，她非常高兴，不要苏莉一分钱。她长年一个人生活太寂寞太孤独，需要人陪伴。老奶奶其其格是第一批进驻成吉思汗城堡的人，当时这里房子多得没人要，随便住，谁先住进去就归谁。苏莉来之前，我们都住在一个马厩里，和一群马住在一起。我们在城堡里找不到住的地方，这里都被外地游客住满了。

后来，苏莉来了，我们就搬进了老奶奶其其格的别墅。这里除了清静安全之外，地势也相当好。它离赛里木湖很近，躺在二楼的卧室里，早上一睁眼就可以看到美丽的赛里木湖。日出和日落，湖面一天的光景，尽收眼底。湖里面一群一群的天鹅也不怕人了。苏莉常陪着老奶奶其其格去湖边散步。她们俩很少说话，也很少用肢体语言，而是用眼睛交流情感。她们每天沿着湖边的鹅卵石走啊走啊，只有无聊的人才可以长时间盯着她们的背影看。

"呼呼呼！"外面传来几声枪响。场面一阵混乱，人喊马嘶，伴着小孩的啼哭声。这时有一个马队从门前奔驰而过。

"怎么回事？"杨秋荣问道。

"是土匪打过来了。快把灯关掉！"黑子一下子从炕上坐起来喊道。

"这里只有蜡烛。现在是白天。"死神袋鼠说。

"不可能，我听见是枪声。"大毛说。

"那咋办啊？"杨秋荣开始哭了。

"要不把你送给土匪头子当压寨夫人吧。这样我们大家就把命保住了。"我对杨秋荣说。

"去你的！"杨秋荣叫了起来。

马队又转了回来。马的嘶鸣和马蹄踏在石板上的声音，清清楚楚，就好像发生在我们跟前似的。我们听见砸门的声音，还有一个当官的"这边，那边，通通放火烧了"的喊声。大家顿时产生了一种身处兵荒马乱时代的恐惧。

我们全部钻进被子里。我和大毛抱成一团，这家伙有口臭。

声音渐渐远去。一切又恢复如前。苏莉拿着一个摄像机走了进来。

"我在拍电影。"她说。

"开矿的跑掉了，你又来了。"我说。

"我快被你吓出心脏病来了。你以为有钱就什么都能干？我不会让你成功的！"杨秋荣非常气愤。

"我认为有必要在城堡里搞一块地，把黑木耳种上。杨秋荣这下有事干了。"黑子兴奋地说。

"我是给片酬的。只要参与，人人有份。"苏莉说。

"得了，你肯定又想什么坏点子了。"杨秋荣的语气有所缓和。

"我现在需要一个人扮演成吉思汗。"苏莉说。

我和黑子还有大毛，都想扮演这个角色。

"我可以女扮男装。"杨秋荣说。

最后我们决定抓阄，谁抓上谁演。结果大毛成功胜出。

我们给大毛换上蒙古族人的古代衣服。大毛被关进牢房。牢房是松木做的，像个笼子，在城堡的最高处。当年把成吉思汗关在这个位置也许是天意，这个位置既能看到城堡里的浮华世界，又能远眺赛里木湖宽广宁静的湖水。

"这要关多长时间啊?"大毛抓着牢笼可怜兮兮地问苏莉。他被关进去的时候还被黑子踢了一脚。

"不知道。"苏莉说。然后大家回去吃早餐。

不到半上午，大毛开始砸牢房的门。

"放我出去!"他喊道。

大毛喊了一个上午。

没人理他，我们开始玩牌。摄像机镜头一直对着大毛，苏莉不用出屋，她用监视器盯着大毛看。大毛的各种镜头，全是特写。他像只猴子在里面跳来跳去。而电影里面的成吉思汗，却稳如一座山。后来大毛叫得有点惨绝人寰，黑子就跑过去用刀把子敲他的脑袋。

中午开饭的时候，我们给了大毛一块饼子，一碗清茶，一块骨头，上面几乎没肉。是黑子把饭送过去的。

下午大毛没叫，晚上他也没叫。晚上我们没给他送吃的。电影是这样拍的，我们把镜头推进，推进，一点一点推进，最后在大毛的眼部定格停下来。然后我们调出电影里成吉思汗坐牢时的面部表情。成吉思汗的眼睛很小，几乎眯成一条细缝儿，眼睛里面是黑色的，漆黑一片。他的眼睛像一个宇宙黑洞，世界万物都在这黑洞里翻滚挣扎，仿佛几百年的事情他都能预测到，但是表面上看他的表情是那样平静，甚至带着微笑。只有雨水悄悄地洗刷着他的泪痕，还有淡定的表情。

我们再看大毛的眼睛，瞪得滚圆滚圆的，充满惊恐、哀愁、绝望和沉沦。他的眼球现在变成灰色的了，里面一圈一圈的根本看不到一点智慧的光泽。

"我现在明白了。"我说。

"明白什么？你欠我的酒钱，还花着另一个女人的钱！"杨秋荣说。

"杨秋荣你又在捣乱，你把一个神圣的主题又弄砸了。"黑子责怪说。

"我明白圣人和普通人的区别了。杨秋荣，你就是一个贱人。我不就是欠了你一点酒钱嘛，你总是没完没了。你的酒吧倒闭是你自己总是喝多造成的。你给所有的人赊账！"我很生气，这种场合不宜发火，要是在别的地方杨秋荣死定了。

"你们是不是要打架？"黑子问。

"我不打女人。"我说。

"你打别的女人。"苏莉说。

"我打谁了？说清楚。"我感觉受到了两个女人的攻击。

"我不说。"苏莉笑了起来。

"哼，狗男狗女！"杨秋荣说。

第二天我们把大毛放了出来。大毛出来后一句话也不说，开车走了。他回家了，他家有山一样的活，有花一样的老婆，在家里他很开心。

"要是把这个家伙关上十年，没准就能变成圣人。"黑子说。

"我们成不了圣人是因为我们对这个世界没有耐心。"苏莉说。

28

赛里木草原离太阳最近。不管在什么地方，只要你伸出手来，就能捧上一捧鲜艳的阳光。每天总有那么几个时辰，草原的景色非常美丽。

有个男人向她走近了。梅花感觉到了。这个男人有一张古铜色的脸，浅浅的胡须里散发着英俊和潇洒。

"你学会吹牛了。从小到大我从来没感觉你有多帅。你是个邋遢鬼，我从没见你领子干净过。"我说。

"那是你的看法。男人身上所有的东西都是女人喜欢的。"阿布来提笑着说。

那个男人的脸，英俊得像用刀子削出来的。是他的爸爸和妈妈一刀一刀削出来的，一点多余的地方都没有。这张脸每个女人见了都会动心。他穿着一身灰白的牛仔服，虽然破旧但很干净，高高的个子像篮球运动员，身材健壮肌肉富有弹性。梅花第一次见到他的时候就被他深深迷住了，可以说瞬间就喜欢上了他。他是一个饱经风雨的男子汉，他的眼角两条深深的皱纹，无时无刻不在向你展示着一种来自生活的经验，这种经验就像一把大伞，女人都渴望得到它的保护。

每当梅花看见他远远向她走来的时候，就会感到一阵眩晕，她甚至听见了自己的心跳声。

"呸，你就往死里吹吧。这是草原，反正也没人听见。你凭什么就断定人家喜欢一个羊皮贩子。"我对阿布来提说。

"不想听就算了。不过你也别想知道普加的事。"阿布来提对我说。

"好吧。"我很沮丧，这天的好心情肯定又被搞砸了，遇见阿布来提是我最大的错。这个羊皮贩子。

男人身上强烈的气味儿开始包围梅花，后来融进空气里，随风飘向远方。也许在草地的尽头，有一个女人，假如她的嗅觉也像梅花这样灵敏，她会闻见这种气味的。在草原上，有人常常跟着野兽的气味走，直到追踪到它们。需要有时是相互矛盾的，在城里，人们身上的气味化学成分太多，有时候根本就搞不清楚他们来自何方，在你的周围有许多陷阱等着你，一不留神就栽进去了。草原上也有陷阱，只不过和城里的不一样。那是女人为男人准备的，或者是猎人为野兽准备的。

草原上的陷阱是美丽的。即使是为野兽准备的，也不一定就是死亡陷阱，而飘向远方的气味也不一定全都是野兽的，人和兽的气味有时候同样迷人。

"打住吧，你身上全是羊膻味儿，你把自己当成花匠了，整天生活在玫瑰园里？我闻着都想吐。"我讥笑着说。

"你恨所有的人。我说得没错。"阿布来提说。

天边一轮巨大的太阳正在慢慢向上攀爬，太阳不吃不喝也没有苦恼，唯一不满足的就是感到自己太冷太孤独，于是它就拼命地燃烧自己。草原的太阳与别处不同，你可以闻见它散发出的浓烈的青草味儿。要不了多久，一群一群的蝗虫就会寻着青草味儿扑面而来。

"你没事吧？"男人关切地问。

"如果你感觉不好，我可以送你回家。"他的眼睛里闪着真诚的关怀，那是一个大哥哥的眼神，和爸爸的目光也很接近。来到草原上的人，如果你是来这里过生活的，这里是很寂寞的。

"你没事吧？"阿布来提又问了一遍。

"没事。"梅花说。

"想想爱你的古丽，把你肮脏的心挪开吧。"我说。

阿布拉提来了，梅花的羊群全散开了。他打搅了人家放羊。

"没事，我只是感到有点累。"梅花说。她的思绪又回到一个点上，集中在这个男人身上。他的身上散发着浓浓的烟草味儿，是地道的男人味儿，就像脚下的草地，纯自然的气味儿。

"你别打扰人家放羊，丢一只半个月工钱没了。"我说。

"那是你的想法。"阿布来提说。

"我只是有点怀念老家的草原。我们那里有条河，可好看了。"梅花说。

"我们那里也有条河，叫博尔塔拉河。小时候我和邻居家小孩经常在河里洗澡，回来他妈打他，我妈打我。有一次我的好伙伴差点在里面淹死，是我救了他。"阿布来提说。

"造谣。"我说。

天上有一只雄鹰在盘旋，它在寻找一只土拨鼠。鹰也有老的时候，它不开心是因为没有老花镜。它和我一样不开心。

阿布来提现在正讲得起劲，让他说吧。

男人像太阳一样微笑着看着她。她能感觉到他呼出的气息，有一股淡淡的青草味儿。

"阿布来提，我走了，你来当作家吧。青草味儿也出来了！"我转身就走。

"好好好，我的好兄弟我的好邻居，你别走，我不说了还不行吗？"阿布来提拉住我。

我们开始吸烟。我们俩都有些累，就坐在草地上。时间过得很慢，我看见那只老鹰俯冲下来，它在草地上跑来跑去，样子像鸵鸟。它不需要老花镜照样可以抓到土拨鼠。

"你知道我们家不是穷得上不起学，是我小时候不愿意上学，我现在很后悔，要不我也当作家了。"他吸了一口烟说。

"黑子小时候不好好上学，他爸用鞭子抽他，我好好上学我爸用鞭子抽我，你不好好放羊你爸用鞭子抽你。"我笑着说。

"都是好爸爸。现在谁要用鞭子抽儿子，法院会找他麻达（新疆方言，意为'麻烦'）。"他也笑了。

阿布来提笑了，可梅花没笑。那天阿布来提跟她套近乎的时候，她觉得不能再对这个人好了。

"我在他们家是干活的长工，说话不算数。你找他说。"梅花说完打了一个口哨，大黑狗跑了过来，它带来一股凶气，原来它是潜伏在古丽身边的间谍。它真正的主人是梅花。

阿布来提觉得没戏了，心一下子从天上掉在草地上。他不知道问题出在哪里了。

"为了几张破皮子，你自己在玩浪漫。太累了。"我真心有点可怜阿布来提了。

"是不是我们的语言没有对接好。我说维吾尔语，梅花说蒙古语。要是我们当时都说哈萨克语就好了。"他说。

"人家梅花是巴扎别克大叔的人，我知道你对她玩浪漫只是为了几张破皮子。你只爱古丽一个人，是不是？回家吧，你的羊缸子在等你呢。"我对他说。

"我刚从家里出来。我们打架了。"他说。

"日子过得没意思就打架？这和普加有关系吗？"我说。

"有。"他说。

"那你说！"我说。

这段时间生意不好，阿布来提心情不好。他现在很少出远门收皮子，有好多天听不到那辆三轮摩托车发动机的声音了。最近阿布来提把心思都放在巴扎别克大叔家的皮子上，巴扎别克大叔家有好多羊皮和牛皮。他往巴扎别克大叔家跑得很勤，有时候巴扎别克大叔在家，对他爱理不理的。有时候巴扎别克大叔不在家梅花在家，梅花对他很热情，但她说了不算，还是要等巴扎别克大叔回来才行。

就在这时候普加来找他了。

这次普加化装成了一个收酒瓶子的人。他蓬头垢面地推着一辆破自行车，一边挂着一个破筐子。为了逼真，这次他只装了一颗门牙，他现在也只剩这一颗门牙了，其他的都扔掉了。反正现在也用不着它们了。

"有酒瓶子的卖！"普加阴阳怪气地在古丽的蒙古包外面喊道。他的四川话很到位，语言方面他有天赋。

里面正在打架，普加就等着。

顺便说一句，灾情过后，阿布来提就把政府的救灾帐篷退回去了，他认为在他最困难的时候政府出手援助了他，他不能占国家的便宜。他现在住的蒙古包是从巴扎别克大叔家租来的，为了讨好巴扎别克大叔，他特意把租金提高了一点。这让古丽很生气，因为这个蒙古包很破旧，到处是洞，晚上外面一刮风他们就像睡在草地上一样冷，能把人冻死。两家现在住的倒是很近。

普加在外面等的时候，阿布来提正和古丽打得一塌糊涂。为什么打架没听清楚，好像是为了一个女人。古丽说得很难听，撒起泼来也了得。被古丽逼急了阿布来提就骂她，古丽回敬阿布来提，于是阿布来提大打出手。普加在门外喊"有酒瓶子的卖"的时候战争已接近尾声。前面已经打了好长时间。古丽不愧是女中豪杰，吹拉弹唱样样在行，在阿布来提的猛烈进攻下，沉着应战巧妙躲闪没吃多大亏，倒是阿布来提头上碰了几个大包。

"有酒瓶子的卖！"普加又喊道。

蒙古包里面先是一片寂静，随后一个男人用沙哑的声音问啤酒瓶多少钱一个？普加回答说五毛。矿泉水瓶子呢？里面又问。普加说三毛。阿布来提觉得价钱高得出奇就从里面钻了出来，他心情不好，没正眼看那个收酒瓶子的家伙，只在余光里觉着收酒瓶子的家伙像个怪物似的。

阿布来提的酒瓶子全都散布在蒙古包周围的草丛中，他手里拿着一根细长的树棍像工兵一样在青草里探来探去，发现一个酒瓶就捡起来把它扔在一堆羊粪上。羊粪堆十分柔软，酒瓶子砸在上面不易破碎。那个收酒瓶子的怪人嫌阿布来提找得太慢就来帮阿布来提一起找。

"是我，臭小子！"普加压低声音对阿布来提说。

阿布来提吓得差点从地上蹦起来。

"别大惊小怪！"普加吐了一口痰说，然后他鬼鬼祟祟地四下张望了几下。

阿布来提呆呆地望着普加，他一句话也说不出来。

"继续找你的酒瓶，有人在注意我们。"普加说。

于是阿布来提就装模作样地在草丛里找来找去。

"兄弟，你这样来找我是很危险的，要是被别人看见就全完了！"阿布来提十分不满地对普加说。

"对不起，我这是没办法呀。现在很多人在找我。"普加声音里有痰。

"你站出来跟他们说清楚就好了。你这样藏来藏去不是办法。"

"问题就在这里，我不能站出来。老太太家里的人找我，我没钱。公安局的人找我，这里面麻烦最多。是不是我以前坐牢的时间不对，他们还想抓我回去。"

"你到底在里面待了几年？"

"一年。"

"你自己给我们说是五年。"

"我提前四年出来了。"

"放出来的?"

"不是。"

"啊,你是逃犯?"阿布来提叫了起来。

"啊,普加是逃犯!"我也叫了起来。

"骗你玩呢。"普加对阿布来提说。

"那天你骑着摩托刚走,公安局的人就来了,在我家坐了一个上午。他们是来找你的,不知道是什么事情,他们不说。他们三个人,一直喝奶茶,一个上午两桶水半块茶叶三公斤奶子喝掉了。他们没穿警察衣服,骑马来的。他们要是开警车来会把老百姓吓坏的。"阿布来提对普加说。

"他们的样子看上去像游客。"阿布来提又补充说。

"他们都说了什么?"普加问。

"没提你。我知道他们特别想说出你的名字,可是他们又不想让我知道他们在找你。他们只是问我雪灾的事。"

"然后呢?"普加问。

"然后呢?"我问。

"他们说有个别受灾群众把政府的救灾帐篷拿去换酒喝了。还说刮大风的时候,好多牧民家里的羊皮子都飞走了。他们还问我最近为什么不出去收羊皮子了,还让我少喝酒,外面都是空酒瓶子。"阿布来提说。

"然后呢?"普加问。

"然后呢?"我问。

"他们很奇怪我和古丽的生活方式,说维吾尔族人中像我们这样的从来没见过。然后他们还问了我的收入情况，还有个人财产。问我有几套住房，是不是只有一个身份证。还问了好多，走的时候还没问完。"

"明白了。"普加说。

"明白了。"我说。

"明白了是什么意思?"阿布来提问。

"不知道。"普加说。

"不好说。情况不明。"我说。

29

　　阿布来提帮着普加把酒瓶子装进自行车上的筐子里。这时古丽也从蒙古包里走了出来。当着她的面，普加把卖瓶子的钱递给阿布来提，两人配合默契，没有引起古丽的怀疑。阿布拉提转手把钱交给了古丽。

　　"卖了这么多钱，看来你要多多喝酒。"古丽气呼呼地说。当着外人的面，打架的事不能表现出来。她想回家，这里没意思。可是回家又有什么意思，让阿布来提妈妈拿扫把疙瘩追着跑？唉，她想起了自己的母亲，便落下几颗眼泪。寻母之路遥遥无期，这里只是她的驿站。

　　"瓶子多了惹祸。我过几天还来。"普加话里有话，意思是有人把救灾帐篷拿去换酒喝，公安局的人正在追查，但是阿布来提这个笨蛋听不出来，硬说公安局的人是来找普加的，搞得普加也一头雾水，拿不定主意了。公安局的人找谁都没有好事，这是事实，所以普加就信了。

　　"这次别忘了问他住哪里，手机为什么老关着。"我对阿布来提说。

　　"你住哪里？把手机号留下，我瓶子多了给你打电话。"阿布来提对普加说。

　　"我住大草原。"普加嘿嘿一笑走掉了。

　　"这家伙在和我们玩躲猫猫。"我对阿布来提说。

"是的，他嗖一下就不见影子了，比上次还快。要不是古丽出来，我肯定不让他走。他没听完我要对他说的事，因为那天上午公安局的人走了，下午老太太的儿子又来了。这次是三个人一起来的。"

"他们只说有事，什么事没跟你说，是这样吧？"我对阿布来提说。

"是这样的。你怎么知道？"阿布来提问。

"这件事你究竟知道多少？我现在真的有点不相信你了。"我对他说。

"不相信就算了，我又没请你听。不过普加走的时候悄悄塞给我一千块钱，说是给我的辛苦费。"阿布来提说。

"一千块？他哪来的一千块？"

"他说是卖马鞍子挣的。我想还给他但是他跑掉了，钱也被古丽拿走了。"

"我呸，那是我的钱！好吧，至少一半是我的。等我找到他再说！"我现在开始恨普加了，他手里有一百副马鞍子。他拿我们做生意的钱去讨好别人，而且是给阿布来提。

下午，我和阿布来提来到巴扎别克大叔家里。巴扎别克大叔和梅花正在城堡里度假，他在弹琴唱歌。

巴扎别克大叔看见我们就停下了。他的别墅里有不少客人，他们在喝酒唱歌，我们一进来，全场安静了下来。我们落座后才发现全是熟人，杨秋荣帮梅花干活，苏莉拿着摄像机瞎拍。镜头一会儿对准这个一会儿对准那个。

"你是我尊贵的客人。"巴扎别克大叔说着递给我一杯白酒。我半跪着按蒙古族礼节抿了一下还给他，他接过酒也象征性抿了一下还给我，然后我举杯一口喝了下去。巴扎别克大叔又高又壮，坐在那里像一尊铜像。

"你也是我尊贵的客人。虽然我的皮子不卖给你，朋友的关系还是有的。"巴扎别克大叔也递给阿布来提一杯酒。阿布来提也按照蒙古族礼节还礼。他喝的时候还敬天敬地并且往自己额头上抹了一点酒。

"巴扎别克大叔，您在草原上德高望重，草原上的人都为您祝福呢。"我点了一支烟说。

"呵呵。谢谢你，我的孩子。"他捋着花白的胡须乐得什么似的。他到底有多大岁数啊？草原上的人是不能以长相看年龄的。老人看不出来实际年龄。

"要是您举办一场那达慕大会就好啦！这样您的名字就可以传遍整个赛里木草原了。"我开始给他敬酒。

"呃呃呃，这话说的！"死神袋鼠说。

"这是草原牧民的幸事，我赞同。"黑子说。

我们三个碰杯喝光。

"这要花很多钱呢。"大毛不知从哪里钻了出来说道。

"你不是回家了吗？"我对他说。说实话，我被他吓了一跳。

"我又回来了。这次我想扮演那个士兵。我想看看下一个被关的人是谁。"他说。他的板牙现在有点发白，好像漂洗过。

"我们现在不玩这个游戏了。你白来了。"我对他说。

"那不行，不能这么就算了。"大毛和我碰了一杯酒。

"唉，这就是伟人和小人的区别。"黑子说。

"你不是恨巴扎别克大叔吗？你小时候受过他虐待。"我说。

"他说他认错人了。"黑子说。

"是的，按年龄推断不是他。"大毛说。

"呃呃。"死神袋鼠掐了我一下。

我从对面拿过一瓶酒，假装给大毛倒了一杯。趁人不注意把酒瓶子从桌子上拿下来，放在我的位置旁边。我还拿了一块饼子，上面蘸了一些酥油。我听见死神袋鼠在喝酒。他现在是我的跟班，我是老板。他不吃饼子，抹了酥油也不吃。他在等肉。

"你光吃不拉。从没见你上厕所。"我对他说。

"呃呃。那是你的看法。"死神袋鼠说。

我用手指弹了一下啤酒罐，里面传来求饶声。

"你这个家伙狡猾得很。"巴扎别克大叔对我说。

"为什么这样说我。我是个诚实的人。"我笑着说。

"你是个狡猾的人。你想让我举办那达慕大会，是不是你想卖你的马鞍子啊？"

"你咋这样想问题呢。我只是觉得，像你们有钱人，啥都有了，房子车子草原羊群，你们要那么多钱干吗呢？不如拿出来干点别的，你们要想办法花钱才行啊。你们一花钱，穷人就少了。"唉，怪不得人家都愿意和年轻人打交道，和老家伙交朋友占不上便宜。巴扎别克大叔是狐狸里面最聪明的狐狸。

巴扎别克大叔学着我撇了一下嘴："你以为我是羊脑子，我们放羊的人不比你们城里人傻。"

"不过我真的有这种想法。"我说。我现在穷得想哭。幸好苏莉没有逼婚，否则我就死定了。我是不会和杨秋荣结婚的，她的脾气太坏。

"你的马鞍子才几个钱，举办一个那达慕大会要花十几万元呢。我脑子可没进水！"巴扎别克大叔说。

"你要这样想我也没办法。"我喝了一口酒说。大家开始大笑，我也跟着他们笑，他们都为巴扎别克大叔识破一个阴谋诡计而高兴。

"不过这件事情可以考虑，我联系几家大户一起搞。你的马鞍子还是很有希望的。"巴扎别克大叔举起酒杯。

"要是那样最好。谢谢你！"为了表示感谢，我端起一杯酒一口喝掉了。

"别听他的，他在骗你。"死神袋鼠说。他醉了。

这时候肉煮好了，梅花把它端上来。巴扎别克大叔开始分肉，他从羊头开始，给这个一块耳朵，给那个一块嘴唇，和我们分鱼差不多。什么高看一眼，什么唇齿相依之类的。分来分去所有的人都能得到他的祝福。

阿布来提坐在角落里一个人喝酒。他的样子有点闷，平时喝酒他话很多的。今天他心情不好，和古丽打架的事，还有普加来找他。遇上我也是其中之一。

"我觉得那些公安局的人不是来找普加的。"他说。

"他们为什么不问普加的事，总是问你的事。"我对他说。

"问我什么?"他问。

"有人拿救灾帐篷换酒喝。还有身份证的事。"黑子说。

"你怎么知道?"阿布来提说。然后看着我。

"我什么都没说。我发誓。"我对他说。

"草原上的人都知道了。风把这件事像种子一样给吹散开了。"大毛说。

"我们家总是丢羊皮子，这也是我不卖给你的原因。还有一个原因，我不告诉你。"巴扎别克大叔说。

"我发誓，我没做过违法的事。"阿布来提说。

"发誓没用。你有麻烦啦!"大毛对他说。

"问题还是出在普加身上。"大毛又补充说。

"你为什么总是盯着普加?"我说。

"因为他不认识普加。"黑子说。

杨秋荣和苏莉在一起，还有梅花。她们三个女人也在喝酒，因为肉煮好了，菜炒好了，她们没事干了。苏莉不喝酒，梅花在看她拍的东西。杨秋荣缠着苏莉喝酒。苏莉不喝酒，杨秋荣很生气，她已经差不多醉了，做饭的时候她悄悄喝掉大半瓶。

"瞧不起人，是吧?"杨秋荣拿着一杯酒威胁苏莉说。她还吸烟，这让巴扎别克大叔很好奇。她刚扔掉一支烟，巴扎别克大叔马上又给她一支，还亲自为她点上。

"我从来不喝酒。谢谢你。"苏莉说。

"就因为你有钱？看不起我不要紧，不给面子让我收不了场。你知道我很要面子的。"杨秋荣说。

"丫头，酒可以胡喝话不能乱说，有钱人犯错误了吗？我们有钱人做的好事比你们多，我捐了一个学校。"巴扎别克大叔说。

"他是我们县的人大代表。"黑子说。

"好吧好吧我的错，行了吧！"杨秋荣气呼呼地说。

大家的目光全部聚集在两个女人身上。苏莉没办法就喝了一杯。梅花马上又给她倒了一杯。

"在草原不喝酒是不行的。这里太冷了，你会生病的。"梅花对苏莉说。

"好事成双。"杨秋荣又递给苏莉一杯酒。那个酒杯，实际上是一只碗。

苏莉为难极了，她环顾四周，可怜兮兮的。可是大家都用鼓励的目光看着她，苏莉有些绝望。杨秋荣开始催她，男人们也开始为她助威。

"喝下去！喝下去！"大家开始鼓掌。掌声很有规律。

苏莉在呼喊声中眼睛一闭把一碗酒喝光了。

掌声响起。

"你是女人里面的这个！"巴扎别克大叔竖起大拇指说。

这时，门被推开了，老奶奶其其格走了进来。全场起立，大家表情肃穆谦恭。老奶奶来到苏莉面前，苏莉像见了亲娘似的扑在她的怀里失声痛哭。老奶奶狠狠瞪了巴扎别克大叔一眼，他吓得连忙垂下大胖脑袋。

她们俩相互搀扶着离开了巴扎别克大叔的别墅。

30

早上，巴扎别克大叔来看我。他要和梅花回草原上的家，那里离成吉思汗城堡很近，大约八十公里。这次他没骑马，开车来的。城里的生活其实也没什么意思。他总是抱怨城里的人太多，空气不好，好多东西是假的。他不吃城堡里的羊肉，每次回城堡都从草原上带一只羊。自己养的羊，吃着放心。他总是这样说。

"年轻人，还好吧？"他问。

"凑合。就是冷。我怎么会在这里？"我说。我冻得浑身发抖。

成吉思汗牢房前面是一个木制吊桥，很窄，人站在上面要找到平衡才能站稳。

巴扎别克大叔双手抓着吊桥上的粗绳子和牢笼里的我说话。今天风很大，还有点雪花，巴扎别克大叔冻得不停地打着喷嚏。梅花没上来，她在城堡广场的皮卡车上。

"昨天晚上你们抓阄的时候，本来又是大毛抓上了，可是你自己硬是跑了进来，十匹马都拉不住。"巴扎别克大叔笑着对我说。

"不会吧！"我说。

"呃呃呃。他说的没错，是你自己硬让他们把你关在这里面的。"死神袋鼠说。

"你喝多了，我一块肉都没吃上，现在还难受。"死神袋鼠补充说。

"我想问你一件事，你昨天晚上说的是真的吗？"巴扎别克大叔说。

"昨天晚上我说什么了？"我用舌头舔了一下嘴唇。

"你说再过五十年，草原上的狼都死光了，所有的羊都变成了懒虫，要我们用抬把子抬着去吃草。两个人抬一只羊，二百只羊就要用四百个人抬着。它们把跟前的草吃完，我们就要抬着它们换个地方继续吃。我要雇四百个梅花才能解决她现在一个人就能干的事情。这就是没有狼的草原？"

"我没说。"

"你抓住我的脖子说的。我们马上就要打起来了，是副乡长把我们拉开的。"

"看来我要戒酒了。"

"没关系，我只是问问。我只是想知道，那一天真的来了，那四百个人住什么地方呢？他们吃什么喝什么呢？我半天就倒闭了。这样的事不会发生的，草原上的狼现在还很多，我的羊也很勤快。"

"你一大早跑来看我，就是为了这些破事？"

"不是。我只是想看看你被关在里面是什么样子。"

"是的，我从你的眼睛里看出来了。狼的事我是瞎说的。这个问题说起来很复杂，我不是科学家。若是真的发生了，咱们也看不到那一天了。"

"你们这个游戏很好，成吉思汗是我们蒙古族人最崇拜的大英雄。希望你们不要亵渎他的英灵。"他说。

"不会的。我们就是想体会一下当年成吉思汗被关在这里都在想什么事情。"我说。

"好吧。我走了。下次我也在里面住一下。"巴扎别克大叔说罢挥手向我告别。

他们开车走了，回到家梅花还要拿起羊鞭子。这就是牧人的生活。

"我饿。"死神袋鼠说。

"我也饿。每次吃肉的时候我都想用袋子装上几块，可是那么多人又不好意思，现在的人吃东西特浪费，好好的肉人没怎么吃就喂狗了。我一般见到肉都是第二天才想象它的滋味。第一天我在想象没肉吃的滋味。"我说。

"以前我在总部的时候，总是饿肚子，现在也是这样。我何时才能不饿肚子呢？"死神袋鼠说。

"那你就赶紧托生吧。生在有钱人家就不饿肚子了。"我笑着对他说。有时候这个家伙也蛮可爱的。

"我们太贪酒了。一见到酒啥都给忘了。"死神袋鼠说。

"你是在说你自己吧。有烟没有？"我问他。

"有，最后一根了。"他说着把烟从啤酒罐里递出来。可是我没打火机，又还给他了。

杨秋荣从下面爬了上来。她还没完全醒酒，穿的裙子和靴子是草原上蒙古族女人常穿的那种样式。她打算在城堡里开个洗脚屋，想在里面碰到个有钱人。

"出事了。"她喊道。

"我正烦着呢，别理我。"我对她说。

"昨天晚上，你住进来以后，他们几个从那个老汉的别墅回去后还一直在喝酒。天快亮的时候，阿布来提说湖里有鱼，有一天他闲逛的时候看见了好多鱼。"杨秋荣说。

"那又怎样？"我说。

"他们几个就开着车去湖里抓鱼了。"杨秋荣说。

"那又怎样？我在想一件伟大的事情，你别用这些破事烦我。"

"他们被渔政的人发现了。"杨秋荣见我不理她，就走了。

31

现在已经没有什么事情可以代替一天的寂寞了。这里海拔高，气候多变，一天要下好几场雨。

每次下雨的时候，我都在计算时间。所有的雨都是在赛里木湖对岸形成的，它们向成吉思汗城堡一路走来，像一个赶场的羊群，乌云飘过来之后是一场阵雨，然后是彩霞，然后又是乌云。雨迎面扑来，生生打在我的脸上。而我紧紧抓住牢房窗户上的松木，任由冰凉的雨水洗刷我的灵魂。

一场雨过后，草原开始疯长，紫色黄色的花朵把草原染成一幅巨大的油画。不下雨的日子就刮风，风从成吉思汗城堡经过的时候都忘不了跟我打个招呼，然后呼啸着离去。风是自由的，它不停地为我传达远方亲人的消息。不刮风不下雨的时候，我坐在牢房里，闭着眼睛，任由高原紫外线无情地照射，我的脸上一层一层地往下脱皮，由白变红再由红变黑。现在我开始有感觉了，感觉自己已经开始变成一座敖包了，敖包上面堆满石头，它上方的蓝天上挂着各色哈达。高原的风把哈达吹得呼啦呼啦直响。虔诚的人们围着敖包诵经祈福，他们不停地往敖包上扔着石块，每块石头代表着一个美好的心愿和祝福。有的人往功德箱里放着大额钞票，有的人以酒当歌，用酒的芳香祭奠先人。歌声很远，把一个个遥远的梦想传递给每一个渴望幸福的生灵。

天，那个蓝啊，我从没见过这么蓝的天。

我凝思着，想体会成吉思汗那时是用什么样的心境来迎接寂寞中的苦难。电影就是在一个傍晚的霞光中开始成吉思汗一天的牢狱生活。他像一头熟睡的狮子，风雨变幻的岁月如草原三月的季风。他一生中最美好的时光都是在屈辱中度过的，他的敌人为了羞辱他，把他作为奴隶流放。为了摧毁他的意志，又把他关进一个很小的笼子里。他被囚在一个不属于自己的笼子里，每天都被饥饿、死亡和疾病包围着。然而，他在远眺赛里木湖最深远的地方，那地方是鹰的故乡。他的心如雄鹰一样在蓝天翱翔，这使得他一次一次得到重生。

可是，沿着英雄走过的草地，我的思路却没有他那样宽阔。我想结束现在的生活，回家后找上一份稳定的工作，和领导搞好关系，拉点赞助出本小说，算是交代。这一生当不了大作家是因为我没有当大作家的基因和胸怀。我天生不爱媚俗，写的东西很多人说看不懂。有人为了羞辱我，故意把我的作品拿去评文学奖，然后让我垫底。今天打电话来说已经通过初选，进入了第二轮，明天打电话说进入第三轮了，最后评委再把我的作品狠狠羞辱一番。没这回事还好，有了就睡不好觉，我这个人修养不到家，不会淡定处事。

我什么也不是。

后来我开始画画，好不容易画了一匹蒙古马，又被人说成是骡子什么的。当不了作家，画画也不行，又没手艺，这就是我目前的处境。

我决定回家后，做点简单易行的事。比如娶妻生子，这个谁都会。我只是一个小人物，注定没有生长在王侯家中的命运，也没有经历过那么多的仇恨，所以我注定干不成大事。

在苏莉和杨秋荣之间，我拿不定主意，我不知道该娶谁。苏莉年轻的时候总爱跟男孩子混在一起，后来人家都说她是女流氓，其实她不是。她后来去南方，完全是因为我。当时我们在谈恋爱，她的另一个恋爱对象普加被关在监狱里，她和我谈恋爱又打不起精神来。她在两个男人中间举棋不定，后来干脆跑到南方去了。

她现在生意做得有声有色，是个很有影响力的女老板兼慈善家。不过她的第一桶金的确有点来路不明，很有可能是在南方时积累的。

苏莉有钱，人长得漂亮，现在钱的来路也让人放心，只是遇事处心积虑，这样的女人挺可怕，不能娶。可是我欠了苏莉那么多钱，要是她向我逼婚咋办呢？她对我一直有意思。三百副马鞍子，普加手里有一百副，他是蒙古族，草原就是他的家。他可以边卖边花，甚至还给了阿布来提一千块辛苦费，而我家里的两百副马鞍子简直就是废品，我去哪里卖啊。找不到普加，苏莉开始步步紧逼。我现在都不敢看她的眼神了，这女人深藏不露。

杨秋荣，我们虽然同居过，难道这就是要和她结婚的理由吗？再说我们在一起的时间很短，还天天打架，受伤的总是我。我对她其实不很了解，她为人不行，又沉不住气，是个火暴脾气。她也不是当老婆的料。更重要的是，她没来新疆前有过一个孩子，现在阿布来提家还放着一个，而她自己也像个孩子，不具备当母亲的条件。我要是娶了杨秋荣当老婆，大大小小的，我要面对三个孩子，老天！难道这就是婚姻？我还没有经历过这一切就已经给别人当了爸爸，还是饶了我吧。

我还认识别的女人吗？

阿布来提有一天来看我。他感冒了，不停地咳嗽。

"你为什么不吃饭呢？"他说。

"我不饿。"我说。

"我饿。"死神袋鼠说。我踢了他一脚。

"给我说点什么吧。"我对阿布来提说。

我现在很寂寞，把之前的事都想了好几遍，也总结出两个结论。第一个结论是，人是动物。第二个结论还没想好，大概意思是，生命的诞生是在一个极其偶然的情况下发生的。有一天，一个雄体遇到一个雌体，他们十分偶然地做了一件事，结果使雌体诞生了一个东西。

如此说来，任何物体都是有生命的，比如石头，经历了几百万年的磨损，由最初的一座山变成了现在的一块小石头，它的消亡也许还要再经历几十万年。然而它的粉尘去了哪里呢？也许变成粉尘的石头已经变成了另外一种物体继续存在。用这个办法来解释生命就简单了。

"你的意思是说，我们不出现也会有别人出现。我们不出现是因为我们在另一个地方活着。是这个意思吗？"阿布来提说。

"也许吧。不知道。也许我们变成了一只羊，或者一块石头。"我说。

"你这个问题麻烦得很。你的意思是说，现在和你说话的人不是我，那么我是谁呢？一只羊还是一块石头？这样的话，我的爸爸妈妈、弟弟妹妹都不是我的。"阿布来提说着扔过来一支烟。

他还给我带来一瓶酒。我还没喝，已经被死神袋鼠喝得差不多了。他酒风比较好，喝多了也不闹事。

"你是阿布来提啊。就是说你是一个人，这很重要。名字叫阿布来提。名字只是一个符号，还有你是维吾尔族，也是一个符号。你可以有信仰，但你不可以不活着。生命才是真的。但是，比起一块石头，我们也就是一眨眼的工夫就没了。"我说。

"那，我们去了哪里啊？"他问。

"不知道，也许我们变成了另外一种物体，然后继续存在。"我说。

"我们变成什么？一块石头，还是一只羊？我的邻居是不是在这里面变成傻瓜了？不过你说的有道理，我回去就和古丽结婚，我们要生好多小巴郎子，我变成石头以后，他们就是我生命的延续。"阿布来提说。

"我都被你弄糊涂了。这件事要一个人慢慢想，别人在跟前我想不出来。我们还是不谈这个问题了吧，因为我还没想好生命到底是怎么回事。"我喝了一口酒对阿布来提说。酒还剩一点，再不喝就没有了。

"我的弟弟来电话说，我们家的院子公家马上就要开发了，同乐巷没有了。你家的院子要是不卖给大毛，你马上也成有钱人了。"阿布来提笑眯眯地说。

"我们不谈这个。说说你们那天的事吧。"

"什么事？"

"就是你们被人抓住的事。光屁股。偷鱼。"

"提不成。我们那天冻坏了。你看我手上，还贴着胶布呢。我已经打了一个星期的吊针了。"

"谁让你们跑到湖里偷鱼啊！然后呢？问题咋样解决的？"

"黑子和他们谈了一个小时，答应帮人家种那个黑黑的东西，那个东西你们叫什么？我说不上来。"

"木耳。"

"对对，木耳。黑子答应帮水产管理站的人种木耳，人家就把我们放了，还请我们喝了酒，并煮了一锅鱼给我们吃。"

"这家伙本事真大。"

"我们也不谈这个了吧。说说普加，最近见到他了没有？"

"我就是为这件事来的。不过我还是想先给你讲讲梅花的事，还有那只大黑狗的事。这些都和普加有关系。"

阿布来提告诉我，他今天很生气，生巴扎别克大叔的气。昨天下午，巴扎别克大叔来到他的蒙古包喝茶，他们喝茶的时候古丽开始给他们煮肉。天气很好，没有下雨。近来几乎天天有雨，到处都湿乎乎的。

"姑娘，我有一件事想和你说一下。"巴扎别克大叔对古丽说。

"尊敬的巴扎别克大叔，有什么事您就尽管说好啦。"古丽边烧火边对巴扎别克大叔说。

"你的白马卖给我，多少钱你说。"巴扎别克大叔捋了一下胡子，可是没捋上，他已经把胡子剃掉了，这样看上去很年轻。看来他准备向梅花求婚了。

"我这里的东西你想拿什么就拿什么，一分钱不要。大白马不卖。"古丽说。这匹马是古丽从昭苏买来的，当时她去那里找妈妈，有人说在那里见过一个流浪的维吾尔族老太太，样子和她妈妈有点像。妈妈没找到，却买来一匹马，因为当时昭苏草原上刚结束一场赛马会。

古丽说："这马我三万块钱买的，三千块钱找汽车运回来的，但是我不能卖。"她说着把风干肉放进锅里。

"古丽真有钱，一匹马三万块，还用汽车拉回来。"我说。

"三万块的马算便宜的。有的马二十万，五十万，一百万，好马给多少钱人家都不卖。"

"巴扎别克大叔是老江湖，他能看上，肯定没错。"我说。

"你们在草原住不长，你们不擅长养马，好好的马也会让你们养坏了。你三万块钱买的我给四万，你三千块拉回来的我给四千块。行不行？"巴扎别克大叔说。

古丽还是不愿意卖。

"你们真是勺子。卖掉马一辆车就回来了，以后你开着车去收羊皮子，那个三轮摩托车太辛苦了。"我对阿布来提说。

"我说了不算。古丽说了算。"他说。

"那你价钱说一下我听听。"巴扎别克大叔还是不死心。

"卖吧。这个价钱可以呢。卖掉马我们买汽车。"阿布来提对古丽说。

　　"你当不上大老板就是因为你的眼睛小得很。我这个马刚买上就有人出五万块。"古丽说。当时的气氛不太好，巴扎别克大叔的脸色有些黑。为了缓解当时的紧张气氛，阿布来提不得不拿出一瓶白酒。然后大黑狗也进来了。

32

"我不想喝酒，因为头一天喝得太多。"阿布来提对我说。

可是，他说这没办法，因为古丽和巴扎别克大叔为了一匹马闹得不高兴。一个要买，一个不卖，而且巴扎别克大叔当时口气强硬，有点不讲理的意思。巴扎别克大叔现在是他的东家，第一次来他家做客，不煮肉有点不太尊重人家。

"我以为你们家的马最多也就值一个小比亚迪，现在看来是一个大比亚迪。为什么钱总往你们这些人身上跑？"我气呼呼地说。

"因为你是做大事的人，小钱看不上。"阿布来提笑眯眯地说。

"关键是你们有钱。那匹马现在一千块给我，我也拿不出来。"

"你马上也有钱了，你的马鞍子一卖掉钱就来了。"

"我现在不想谈这件事。我们还是说古丽的大白马吧，最后成交了没有？"

"巴扎别克大叔生气走掉了，肉也没吃。但是他出去转了一圈又回来了。古丽也走掉了。她骑着大白马一下子就不见影子了。"阿布来提说。她骑大白马的样子巴扎别克大叔一定看到了，因为进蒙古包的时候，他的样子很古怪，他一直不把手放下来，肯定刚才他摸过那马，手上还有它的温度。

阿布来提说，古丽走后，他和巴扎别克大叔开始吃肉喝酒。巴扎别克大叔对阿布来提说，要是古丽把大白马卖给他，他把所有的皮子都卖给阿布来提。不仅他把皮子卖给阿布来提，还要带着阿布来提走完整个草原，让所有的放羊人把皮子都卖给阿布来提。他还要告诉阿布来提普加在哪里。这两个条件相当诱人。不过说来说去，巴扎别克大叔还是想劝阿布来提早点离开这里。

"我为什么要离开这里?"阿布来提问。

"因为草原上就你们一家是维吾尔族人。大家都在关注你。"巴扎别克大叔说。

"这我相信。不过我在这里过得好好的干吗要离开，就因为我是维吾尔族人?"阿布来提给巴扎别克大叔倒了一杯酒说。

"不是。"巴扎别克大叔笑着说。

"我在这里收皮子，给你们带来了多大好处！没有我，你们拿着皮子像兔子一样到处找买家。这样你们就没有时间放羊了。"阿布来提点了一支烟说。

"你说得很对。按流行的说法，大家分工不同。"巴扎别克大叔表示赞同。

"知道就好。来，我敬你一杯。"阿布来提说着举起酒杯，两个男人哐当一下碰了下杯。

"好多放羊的人家里丢了皮子，他们都怀疑是你偷的。公安局的人来我家三次，我都拍着胸脯向他们保证，东西不是你偷的。"巴扎别克大叔对阿布来提说。

"公安局的人也找过我。因为他们知道我们是兄弟，所以他们第一个来找我。"我对阿布来提说。

"你骗人吧。"阿布来提不相信。

"我对他们说皮子是你偷的，帐篷也是你拿去换酒喝掉了。这点我可以做证。因为小时候我们一起偷过西瓜。"我说。

"你真不是东西，还好兄弟呢。这样子丢人的事你还没忘记。"

"我不这样对他们说不行。因为他们天天来找我，这样我就没办法在这里待下去了。因为我要想问题，我不喜欢陌生人来打搅我。"

"是在想人为什么要活着的问题吗？"

"不是，是人干吗要活着的问题。"

"呃呃，你是在跟我说话吧？"死神袋鼠说。然后又传来呼噜声，他已经醉了。

"你被关在这么小的一个地方，你在什么地方拉屎、尿尿？"

"我不吃饭，也不喝水。"

"你已经疯了。我能不能进去看看？"阿布来提说。

"不行！"我说。好多人都想进来看看牢房的内部结构，都被我回绝了。

"好吧。"阿布来提说。

阿布来提对我说，巴扎别克大叔第二次进来的时候，大黑狗也跟着进来了，他们没有一起进来。巴扎别克大叔先进来，过了一会儿大黑狗才进来。这很重要，因为这表明他们之间没有关系。但是一切证据表明，大黑狗是巴扎别克大叔家的，至少是巴扎别克大叔派到他们家里的间谍。它一直监视着阿布来提的一举一动。它表面上和古丽很亲近，天天来阿布来提家睡觉，但是它的心却在巴扎别克大叔家里的梅花身上。

大黑狗依然是没精神的样子，它的尾巴上照样沾着好多干草叶儿。它把自己伪装得很严实，让所有的人都觉得它快不行了。还有，大黑狗觉得自己是这个家的一部分。古丽和阿布来提都被骗了。其实，只要一离开古丽他们，它就一路撒欢地往巴扎别克大叔家跑。这一切阿布来提看得十分清楚，因为他领教过。那天在湖边的情景，他永远也忘不掉。他没法接近梅花，是因为大黑狗警惕性特高，它横在梅花和阿布来提中间，它不会让他们的气息有任何相交的机会。其实，大黑狗是巴扎别克大叔派来的，它不仅监视古丽和阿布来提，还负责监视梅花的一举一动。到了晚上，它还要负责看守主人家的羊群，不让狼群有任何非分之想。所以，大黑狗每天过得相当辛苦。

大黑狗摇摇晃晃进来之后，先是在蒙古包里四下张望着，仿佛在寻找什么。它在寻找古丽，因为古丽出去了，它有些失望。它的目光在巴扎别克大叔身上停留了一会儿，然后又转向阿布来提。

"所有的人我都不怕，老天爷最清楚我阿布来提是个什么样的人。"阿布来提对巴扎别克大叔说。

"是的。我就知道你是个好人。"巴扎别克大叔说。

然后，场面有些沉默。

阿布来提和巴扎别克大叔当时都很无聊，或者因为大白马的事，两个人没话可说，都想寻找一个共同的话题。这时候大黑狗进来了。大黑狗的到来引起了蒙古包里两个男人的极大兴趣。巴扎别克大叔给大黑狗扔了一块骨头，阿布来提也学着做了一遍。大黑狗一身酒气，不知道又吃了哪个醉鬼吐出来的东西。

"这个狗在草原上流浪好多年了，我们从冬窝子过来的时候它就在，我们回去的时候它还在这里。夏天的时候这里人多骨头多，冬天的时候这里没有人，不知道它吃什么。"巴扎别克大叔对阿布来提说。两个人很快就把一瓶子白酒喝掉了，没办法，阿布来提又拿出一瓶。

"它吃野兔子。冬天这里的野兔子没事干都跑出来晒太阳。"

"你骗人吧。"

"我见过这样的狗，它们把干草放在兔子洞外面，兔子一出来就被吃掉了。"

"我活这么大年纪，第一次听到这个说法。你肯定在骗我。"

"我还以为它是你们家的狗呢。有一次我看见它和普加一起从你们家出来。普加当时喝多了，搂着它亲来亲去，我本来想过去和他说说话，可是一看这只狗在吃他嘴里流出来的东西，就没过去。一想起这件事，我就想吐。"阿布来提说。

"他们都说这只狗天天吃酒鬼吐出来的东西，不过我一次也没有看到过。你天天喝酒，吐的东西是不是很多呀。"

"我喝酒从来不吐。你们家客人多，天天喝酒唱歌，好吃的东西多，下面来不及出来就从上面出来。你和普加是亲戚吗？他们都说他藏在你的家里。"

"这只狗不行了，太老了，活不过这个冬天。我听说你特别恨普加，是这样吗？"

"大家都这样说，我也没办法啊。"

"普加不是我的亲戚，也没有到过我家。我们关系就那么回事，见面也就问个好。那天黑子乡长问我普加是不是藏在我家里，我怎么会把普加藏在我家里呢？你肯定是那天喝多了，认错人了。"

"不会的，我那天没喝酒。我看见这只狗吃他嘴里流出来的东西的时候，把他的假牙也吃掉了。是普加从它嘴里掏出来又戴上的。"

"别说了，我有点难受。"巴扎别克大叔开始咽口水。他的舌腺不停地往外渗水。

"好吧，那天他是在我家里喝酒来着。"巴扎别克大叔说着就用手把嘴巴捂住了。从胃里翻出来的东西，又被他强行咽了回去，他觉得自己还可以顶住。

"我的小兄弟，我知道你想要干什么。可是你说的全是废话，我不会上当的。"巴扎别克大叔喘了一口气说。

"你说他哪来那么多假牙，我上次见到他的时候，他说他把假牙全扔掉了。那天他从狗的嘴里把假牙掏出来以后，还数了一下，一颗不少，他很开心。然后他在衣服上把假牙擦了一下重新戴上。"

巴扎别克大叔从炕上跳下来箭一样飞了出去，阿布来提听到呕吐的声音。

阿布来提的目的终于达到了。这是对巴扎别克大叔的报复，因为他在向古丽买马的时候表现出来的霸道架势，让阿布来提很不舒服。

大黑狗听到这种声音一下子把头抬起来，眼睛里立刻闪出亮光。它从地上爬起来，向门外跑去。巴扎别克大叔从外面回来的时候，他和大黑狗擦身而过，谁也没理谁。

"太恶心了。这样的事你不必说那么清楚。我没见过大黑狗，你肯定在骗我。你的汉语水平越来越好啦，我准备学蒙古语，这里蒙古族人多，维吾尔语用不上。再说我长得也像蒙古族人。"我对阿布来提说。

"巴扎别克大叔吐完酒回来，他觉得很没面子。因为他的酒量是出了名的。其实我那天根本没在他们家门前见过普加，我是骗他呢。"阿布来提开心地说。

"我就想看看他吐酒的样子。"他又补充说。

"呸，说来说去，你到底在说什么呢！"我觉得阿布来提又在浪费我的时间。

这时有一辆大巴车开进了成吉思汗城堡。有很多人围了过去，牵马的、赶马车的，小贩们在兜揽生意。广场一下子热闹起来。好多游客一般是先找个地方住下来，然后看一场在城堡里拍摄的电影。看完电影之后再细细游览成吉思汗城堡，之后他们再去城外看草原或者游览赛里木湖。

"你现在的名气越来越大了。"阿布来提说。

"我听不懂你在说什么。"我说。

"好多人拿着报纸找到这里，他们都是为了看你。"他说。

"是的。前天州里的电视台还采访我了。"我说。

"我想把你这里承包下来，你现在这个样子有点浪费。杨秋荣在下面开了一个洗脚屋，生意好得很，有好多老板去她那里洗脚。我也去过一次，可是那娘们不给我洗。你这里可以卖门票，参观一次三十块。"阿布来提点了一支烟笑嘻嘻地说。他还说他准备和苏莉合伙干，广告词都想好了。

"你们想干什么？把我当猴子给人看？你要这样做我跟你绝交。"我跳了起来，阿布来提这招太损了。

"那有什么，苏莉说，电影上有的故事，我们都要感受一下。现在是创新时代。"阿布来提说。苏莉开始向我动手了，她是大老板又不缺钱，我说过，这女人深藏不露。

"你们不会这样做吧？"

"我们不会这样做什么？"

"卖门票。把我当猴子让人参观。"

"实际上我们已经这样做了。门票三十元，团体票减半。"

"那我有提成吧？"

"没有。"

"我可以入股吧？"

"也不行。我们的承包费就是管你三顿饭。不过你最近又不吃东西，所以三顿饭也免了。"

"老天，难道就没有说理的地方了吗？"

"明天开始试营业。"

"你走吧。你不在家的时候没准巴扎别克大叔又要去买马，古丽拿不定主意，一辆大比亚迪就没有了。"我对阿布来提说。

"你说得对，说不定他会去。不过我要问你一件事。"

"说吧。有话请讲，有屁快放。"

"你说的那件事是真的吗？"

"我说什么事啦？"

"你说我们不出现也会有别人出现的。我们不出现是因为我们在另一个地方活着。就算我的爸爸妈妈不生我，我也在另一个地方存在。我在哪里呢？我现在都不知道自己是谁了，我和古丽在一起是真的吗？还有我的爸爸妈妈、弟弟妹妹，他们都是真的吗？你说我的名字只是一个符号，可是真的阿布来提在哪里呢？"

"我咋会给你说这些，我又不是哲学家。我现在有一个不好的预感，巴扎别克大叔正在去你家的路上，他带了好多人，这次古丽卖也得卖不卖也得卖！"

"那我走了。我还会再来看你的。"阿布来提说着跑掉了。他现在除了来城堡挂吊瓶，哪里也不去。还有，自从他发现古丽的大白马值好几卡车羊皮子之后，睡眠也不太好了。

除了巴扎别克大叔和阿布来提，没有人会这样问我问题。巴扎别克大叔关心的是他的羊群，因为他知道我说的至少有一部分是事实。在这之前，我记得有一个老诗人来到赛里木草原，他年轻的时候在这里工作过。他离开后写过一篇随笔，大意是，他站在草原的中央，望着湖水，他流泪了。他年轻的时候，草原和他一样年轻，现在他老了，草原比他老得还快。他年轻的时候写的是欢快茂密的草原，那是真正的草原，而到了人生暮年，他写的是忧伤。草原比他衰老得还快，以前青草跟腰一样高，现在的青草比鞋底子还薄。草原持续荒芜，温室效应以及超载放牧，都是草原衰老的原因。巴扎别克大叔不停地在扩张着他的牛羊，他也知道最终他们会用抬把子抬着羊去吃草。这一天的到来，对一个生命来说是一件很漫长的事，可是对宇宙来说，也许就只能用一眨眼的工夫来形容了。

还有我的好邻居阿布来提，他是一个真正的哲学家，他所思索的事情，正是他能看到却无法解读的事情，我们一起遇到的窘境，正是来自生命的尴尬。不过他要和苏莉一起卖门票的事，听上去不像在骗我。看来我有麻烦了。

我正在胡思乱想的时候，大毛来看我了。

33

"你为什么不吃东西呢?"大毛问。

"我这里成了贵宾室了,你们一个接一个地来。"我对大毛说。大毛不错,扔过来一条烟。

"你真行,在里面待了这么多天。"大毛笑着说。

"这是功夫。不像你,在里面喊了一天。"我笑着说。

"我当时太丢人了,要是不出来就好了。我要是坚持到现在,也不会后悔得肝痛。"他说。

"我这人你也知道,没文化,是个一等一的粗人。只有一米的眼光。"他笑着又补充说。

大毛的板牙笑起来很好看,自从他知道大院要被公家开发以后,脾气比以前好多了,见谁都笑。这家伙以前死坏死坏的,他家的活多得像山,所以日子过得很累。他累极了就喝点酒在我家门前瞎逛,嘴里还不干不净地乱骂。有一次他见苏莉在我这里,就拿起一块石头把窗户玻璃砸了一个洞。当时我在画画,苏莉在看书。他讨厌苏莉,看不起杨秋荣,在他眼里她俩都不是好女人。或者说,和我来往的女人都是坏女人。

"我听说他们要把你这里承包下来,你这里现在是城堡最重要的景点,要不游客大老远地跑来干吗?我真笨,我咋就想不到这一招呢?让这些家伙抢先了。"大毛说着直拍脑袋。

"你不是做生意的料，一辈子干粗活。你不该回来，在家里多好啊，再说你家里的活像山一样多。"我对大毛说。

"同乐巷马上要被政府开发了，我的果园子、菜园子、葡萄园子马上就没了，他们说要把围墙推开一个口子，直接把铲车开进来。干也白干，不如玩。"他说。

"你这人就是有钱了也闲不住。闲了会生病的。"我说。

"就是就是。所以我又回来了，看看这里能不能做点什么事情。和你们这些人在一起脑子有灵感。要不我在这里买上一群羊放，这活简单。"他说。

大毛告诉我，我关在笼子里的这段时间，城堡变化很大。先是温泉县公安局在这里设了城堡派出所，这里现在有警察了。接着税务所也来了，所有经营场所和个体户都要缴税。几大银行也都在这里开办了营业网点。

"你看这个手机，最新版的。手机不要钱，联通和移动在城堡里搞活动抢着给人送手机。"大毛从屁股后面口袋里掏出一部手机对我说。他说，今天搞活动的时候，他差点被两个公司的业务员撕成八瓣。现在这里的房价又开始涨了，有眼光的人都想办法在这里投资。

"这个社会真的不一样了。以前我给阿布来提那小子家里装电话花了六千块，后来又给他买手机，哪个不花我好多钱。现在可好，手机白送，存话费还送你清油、大米或者自行车。"大毛摸着手机，不禁一阵感慨。

"没有免费的午餐，人家早就给你算好了，就等着你们这些傻货上当呢。"我说。

看来这个地方待不下去了。哪儿都安静不了，心定不下来在哪儿都一样。以前我总觉得草原是一个令人神往的地方，这里有寂静广阔的赛里木湖，有草地、雪山和洁净的空气，是净化灵魂最好的地方。现在看来不是那么回事。就拿这个城堡来说，电影拍完后就成了一座空城，好多年不见人影子，只有鸟在里面做窝，现在却繁华得不得了。与人相近的是人还有属于人的附属品，而与心相近的事物永远是那么遥远和陌生。现代社会进步得让你无处躲藏。

"还是你有眼光。"大毛说。

"我有什么眼光了，我要是有眼光，我家的大院子也不会是你的了。"我说。

"你当然有眼光了，现在城堡的房价跟金子似的，唯独成吉思汗牢房还没人要。现在你占着就是你的了。"大毛坏坏地笑了一下对我说。

"我可没想过这件事。我只是想体会一下被关在这里面的感受。你别把一件神圣的事说脏了行不行。"

"我觉得你这个人一点都不诚实，这一点我和巴扎别克大叔的看法是一致的。你别拿什么神圣的事来糊弄人。那天晚上你肯定装醉，明明是我抓上的。"

"你抓上什么了？"

"抓上什么了你自己心里明白！"

"你到底想说什么？我看你才不诚实呢。"

"那天晚上咱们抓阄的时候，明明是我抓上了，可你硬是要把自己关进来，十匹马都拉不住。可见你是一个多聪明的人啊。"

"我当时真的没想那么多，就是想进来体验一下。你不一样，上次你叫了一整天。"

"这个想法不错。把牢房的产权也体验到自己口袋里了。你的运气真好，不花一分钱这个牢房就是你的了。"

我气得说不出话来。

"嘿嘿嘿。心虚了吧，我就说嘛，有文化的人一肚子坏水，他们还不信。"大毛说。

"把你的烟拿走！"

"别这样，这烟我是诚心送你抽的。我也只是说说而已。我来找你是想和你商量个事。"

"不听！"

"我的好兄弟，你千万别发火，咱们是最好的邻居。你困难的时候，我是怎么帮你的，连名字都和你换掉了。你开个价，把这个牢房卖给我吧。你不是做生意的料，你是做大事的人，这个牢房对你一点用都没有。"

我把那条香烟给他扔了出去。

"你这个坏蛋，骗走了我的院子还想骗我的牢房，门都没有。你哪儿好哪儿玩去。"我骂着大毛。

"给他吧，他说得对。发火没用。"死神袋鼠说。

"问题是，当初我真的没有像他说的那样卑鄙。我头脑简单得很，到这里面来就是想体会一下成吉思汗当年的心情，这事虽然发生在几百年以前，但是我觉得我们在很多地方的感受是相通的。在这里我每天都可以感觉到一种鹰的志向。"

我对死神袋鼠说。

"你在跟谁说话呢？他们都说你疯了。"大毛说。

"老鹰也要生活，你不可能每天一个人待在这里不做事。"死神袋鼠说。

"这地方早晚是他们的。不是他们的就是别人的。大家都是兄弟，别为这件小事翻脸。咱们离开这里吧，我身上都长虱子了。你已经得到你想要的东西了。"死神袋鼠又补充说。

"我出五万，一口价。你要是愿意咱们就签合同。这可是白白捡来的钱啊。"大毛一脸真诚的模样。他把那条香烟又塞进了牢房。从他的眼神我可以看出来，这个价已经是在割他心头肉了。

我的头发已经很长了，脸被太阳晒得像个黑锅，羊皮袄也被风和太阳还有雨水弄得不成样子。湿的时候我感觉自己泡在一块海绵里，羊皮袄晒干后变得非常小，紧绷在我的躯干上，我成了风干肉。我在这里每天静坐八个小时，上午四个小时，下午四个小时，风雨无阻，晚上不加班。我觉得上苍一定会眷顾一个孱弱的生灵，为我指明今后的人生方向。我承认自己以前是个无良青年，我干了好多对不起良心的事情。我不祈求自己成为一个风云人物，但求未来成为一个对社会有用的人，承认现实，满足现状，哪怕听我爸的话去学一门手艺。

"你现在越来越像一只狒狒。你就算晒成肉干，也不会成为一头狮子。"黑子有一次来看我时说。

我像狒狒吗？有人说我像掉进胶水里的狒狒，出来后又像刺猬，但是我觉得自己就像一头睡着的狮子，啥也没听见。

"你错了。就算我的样子像狒狒，也有气吞山河的理想。不像你，当了副乡长就开始堕落。"我对他说。

"你是个狡猾的人，巴扎别克大叔说的没错。你包藏祸心。"黑子这样评价我。当时我在打坐，够不着他。

在我静坐的这段时间，有好多人前来拜谒成吉思汗牢房，人们怀着崇敬的心情来，又怀着崇敬的心情离去。人们从吊桥上扔进来好多东西，除了各种水果，还有香烟、白酒、啤酒和进口干红。有人还把百元大钞用橡皮筋绑在石头上扔给我。人们把对英雄的崇拜都集中到我身上了，在他们眼里我也许什么都不是，但是人们需要有一个偶像。他们千里迢迢来到遥远的西部草原上，就是为了满足一种心愿。

假如我真是一只狒狒，他们也不会计较，对我一样的好。

我在牢房的日子不错。

"我求你了，没事干我会死掉的。要不我再给你加一万，看在邻居的分上。"大毛说。

"好吧。一口价，十万。你要愿意我现在就离开。"我对大毛说。

这个价钱我也不知道是如何开出来的，可能我当时正在生气，周围的人那么卑鄙无耻，为了钱什么事都可以想出来。可是，我何尝不是这样一个人呢？现在还欠着苏莉十万块。我拿什么还她呢？马鞍子生意肯定没戏了，我不是做生意的料，这辈子注定发不了财。

说实话我没指望大毛会答应这个价码，但是他答应得很爽快。他还怕我反悔，说一出牢房他就去银行打款。这笔生意比较划算，卖给大毛总比让阿布来提和苏莉他们把我当猴子给游客看要强上百倍。

这个牢房目前很结实，是用松木和红砖仿古代模式搭建的，出门后是活动室，也就是木笼子，里面还有一间小卧室。全部加起来也不到三十平方米。这里是城堡的最高处，可以俯视城堡的大街小巷，所有风光尽收眼底。还可以远眺赛里木湖和周边草原、雪山、森林，是个地道的"海景房"。

可是我不是这个牢房的主人啊，以前这里荒废着是因为所有的人都很忌讳这个地方，因为它高高地耸立在那里，压得人喘不过气来，有人甚至想把它拆掉。特别是晚上，好多人听到过恐怖的叫声。我住进来后，人们都承认了这一现实，所有的人都认为我是这个牢房的主人。越来越多的人开始认为成吉思汗牢房是城堡最重要的组成部分之一。大毛有自己的一套计算办法，这里面还有巨大的利润空间。

我是不是向他要的太少了？

"我可不可以随时回来住几天？你知道我这个人很率性，哪天喝多了又跑回来了。"我对他说，声音里有祈求的成分。

"当然可以，这是你的家啊，我要是换一个演员大家还不一定同意。大家已经习惯你现在的这个样子了，宣传册上都印着你现在的照片。我不同意黑子的看法，你一点也不像狒狒，我觉得你还是像松鼠，和你画里的蒙古马一模一样。"大毛笑着说。

"你真会糟蹋人。"我对他说。

"住一天给你十块钱，这对生意也有好处。要不你长住这里算了。这里的空气真是太好了，闻着不吃不喝都可以长生不老。"

大毛家的鸡屎味儿让我痛苦，每每想起这个味道就忍不住想吐。

"你不会哪天又后悔了吧？万一这里又变成空城，到时候你像以前一样恨我。"

"不就十万块钱嘛，我现在不差钱。我现在是有钱人，十万块对我来说就像十块钱一样简单。"

"你发誓？"

"我发誓！我大毛有一天要是后悔天打五雷轰！"

"不行，这要写进合同里。你这家伙翻脸太可怕了。"

"没问题。"他说。我所有的问题在大毛看来都不是问题。这就显得我有些婆婆妈妈的了。

这也许是一种最好的解决办法。这地方本来就是大毛的，要不是那天我喝多了强行占据了成吉思汗牢房，大毛也没必要花这么多钱啊。可是不把牢房卖给大毛的确有点说不过去，这家伙对我下手的时候心狠手辣，我家那么大的一个院子他吞并的时候眼都不眨一下。现在大家都承认这里归我所有，连大毛自己也默认了。

谈好条件，我允许大毛走进牢房，他现在是这里的新主人了。他有权参观一下，明天这里就是他的地盘了。

34

自从来到成吉思汗城堡之后，我和苏莉、杨秋荣很少单独在一起。我们三个现在都相互忌讳，大家都想忘掉过去。杨秋荣开了一家洗脚屋，生意不错。她要开始新生活。苏莉整天拿着摄像机在城堡里瞎转，没事就和其其格老奶奶黏在一起，看来她也想开始新生活。

杨秋荣和苏莉是死对头，刚开始我还以为是我的原因，后来才知道，杨秋荣天生就和苏莉这种人过不去。不知道是谁造的孽，这次偏偏又让她们俩在一起。她们俩前世有仇，现在又偏偏遇上同一个男人。以前在州里的时候，她们谁也不认识谁，她们相互指责仅限于猜测和假想。她们一前一后走进了我的生活，我好比是她们中间的院墙，把她们远远地隔开了。那时候我的日子还好过些。

可是绝对不能因为我和她们之间的关系就认定我是玩弄女性的高手。前面我说过，我在这方面幼稚得很。

我从小就养成了一种优柔寡断的毛病，在大是大非面前总是表现得肉头肉脑。苏莉在南方的时候把我害得不浅，回来后请我吃了一顿饭，我就变成了投降派。还有那个杨秋荣，她在别人面前狠狠羞辱过我，后来她被房东赶了出来，我心一软就把她领回了家。到现在我也不知道那个男孩是谁的。古丽他们都说长得像我，真是天大的误会。

我开始注意苏莉的时候，年纪已经相当大了，年少的时候我是个闷骚型的，整天把自己锁在爱情的牢房里。改革开放以后，我才把它当回事。那时候苏莉已经和普加好了很多年了。

　　苏莉家里不同意普加，要不是后来发生的事，苏莉和我真的就没有关系了。

　　但是在我和苏莉好的时候，我真的不认识杨秋荣。还有，我喜欢苏莉的时候，她和普加在一起。我只是在暗恋苏莉。有一阵子苏莉和普加关系挺好的，我们只是偶尔在电影院遇见过一两次，每次都是普加带着她。我们随便打个招呼就过去了。

　　那时候普加也不太和我来往了，这家伙喜欢打架，走到哪里都让人不放心。我记得有一年我们在一个老师家聚餐，那天玩得挺开心的，全是年轻人，还有几个女孩。当然女孩里面少不了苏莉。后来不知为了什么事，普加就跟人打起来了，刚开始在人家的家里打，后来又打到院子里，再后来普加就把一个家伙的腿打断了。

　　从那以后，只要是喝酒的事，我很少和普加一起去。其实我和苏莉的关系仅限于儿时，有一阵子关系还算可以。

　　儿时我经常帮阿布来提割羊草，有时候就把苏莉带上，带上她的主要原因是她父母在州食品厂工作，每次她都给我们带些面包干。成形的不多，基本上是面包屑，有时候还能吃出石头来。我们经常把苏莉丢在玉米地里，然后装神弄鬼吓她。上小学以后，我和苏莉就不怎么来往了，我们在两个学校，见了面也只是笑一下而已。长大后我们对她家的面包干也失去了兴趣，这是因为大家日子慢慢好起来了。

有人说苏莉是女流氓其实是有道理的。

上高中那会儿她就和普加出双入对地黏在一起，普加天天在校门口接苏莉，然后她就跟着他看电影或者去喝酒，一直玩到实在没有玩的地方才回家。

从小到大，普加为了接苏莉几乎没好好上过学，天天骑辆破自行车在苏莉的学校周围瞎转。普加在外面瞎转的时候，苏莉也没有心思好好听课，后来她连大专都没考上。

那次普加喝酒把人腿打断，其实和苏莉也有关系。有个小伙子喝酒的时候就多看了苏莉两眼，普加就不高兴了。苏莉天生就是个招惹事的女人，因为她太漂亮了。和别的女孩不一样，苏莉第一眼让人看着心痒，第二眼让人发狂。每次普加和别人打架，十有八九都是为了她。喝酒的时候喝着喝着就打起来，看电影的时候看着看着也打起来，坐公交车坐着坐着还是会打起来，全是因为别人多看苏莉两眼而打起来。普加那时候特自私，恨不得用头巾把苏莉的脸包起来。

"我和苏莉注定成不了夫妻，就是从那天晚上开始的。"有一次普加对我说。

"恋爱是一码事，结婚是另外一码事。你比我强，你轰轰烈烈爱过，我不行，我是个肉头。"我对他说。

"那天晚上你也在。所有的人都跑光了。你和苏莉也不见了。等我醒来的时候发现自己躺在派出所的地下室里。我记得有人用棍子把我打晕了。"他对我说。

"你当时已经疯了，见谁都打。后来警察没办法就用电棒把你弄晕了。"我说。

"原来是这样。我一直以为是别人用铁锹把子把我打晕的。"他说。

"后来我们都不知道去哪儿找你，一年后才知道你被判了五年。我们都很难过。"我说。

"在我人生最关键的时候，却被关进了监狱。我被关进去以后才知道，有好多人放鞭炮庆贺。后来我像瘪三一样被放了出来。"

"你在监狱里又和别人打架，听说又加了两年。实际上你总共在监狱里待了七年。"

"实际上我只在里面待了一年。另外六年我在一个矿山工作，到现在我都不知道那个矿山在什么地方。"

有一年在阿拉山口，我和普加喝酒的时候，我们谈起当年的情景。那时候他成了有名的狗贩子。有天晚上他请我喝酒。谈起苏莉，普加哭了，他认为是自己毁了苏莉的一生。因为苏莉就是跟他学坏的，有人叫她女流氓也是跟他在一起的时候开始的。出狱后普加一直没去找苏莉。过了好长时间，普加才在一次酒桌上见到苏莉，那时候他已经结婚好几年，而且已经是两个孩子的爸爸了。他的老婆和苏莉长得也有点像。

普加入狱后，苏莉度过了人生中最痛苦的一段时光。那时候我天天陪着她。

"你和别人打架的时候，警察赶到了，你们又和警察干上了。我拉着苏莉跑啊跑啊，在黑夜里，我紧紧握着她的手。"
我对普加说。

"那时候我一点主见都没有，在这之前，我什么都是听普
加的。他做什么总有他的道理。"我和苏莉好上以后，她对
我说。

"是的。我把她宠坏了。"普加说。

"他把我宠坏了。他被抓起来以后，我感觉自己就像一个
白痴，一棵大树被人砍掉了，我失去了庇荫之所。我得学会
自己成长。"苏莉对我说。

"就算你有天大的本事，你在监狱里面也只能干瞪眼。时
代进步得太快，社会要重新洗牌。"我对普加说。

"是的是的。女朋友也洗到你的口袋里面了。"普加苦笑
着说。

"不进我的口袋，也要进别人的口袋。这是命运的安排。"
我笑眯眯地对普加说。

"你捡了一个大漏。你像强盗一样，人家辛辛苦苦把地种
好，收麦子的时候就被你们这种人抢走了。"普加说。

"是你自己放弃了。"我说。

"我在监狱里天天思念苏莉。有一次出去劳动，我竟然对
站岗的武警说，报告苏莉，班长要出去！"普加苦笑着对
我说。

我和苏莉好上以后，朋友们都劝我和她结婚，因为大家
都觉得这件事对我有利。

我把自己关在城堡的监狱牢笼的时候，有一天苏莉给我

送来一些吃的。她是从牢房后面的一条小路攀岩上来的，这条小道很隐蔽，平时也没人注意它的存在。她主要是怕被杨秋荣看见。大家现在都是普通朋友了，可是杨秋荣还是耿耿于怀，杨秋荣前世和她有仇。

其实最没资格说三道四的就是杨秋荣。我把自己关在城堡的牢房里，实际上跟她也有关系。

不知道为什么，自从我们来到成吉思汗城堡之后，人际关系变得简单起来。刚开始我们是来找阿布来提的，实际上是他在迎接我们，那天晚上他在他的救灾帐篷里杀了一只大肥羊，为我们接风。我们还喝了好多酒，闹了一晚上。古丽从来不喝酒，那天晚上也醉了。

阿布来提那天很开心，因为他卖掉了两卡车羊皮子。他现在在草原上是有名的皮货商，不用像以前那么辛苦地一家一家去收皮子。他基本上不用出门，那辆三轮摩托车已经好多天没有发动了。

每天都有一些人把羊皮、牛皮送到他的门前。等他门前的羊皮、牛皮像山一样的时候，他打一个电话，就会从外面开来几辆卡车把皮子拉走。现在很多大皮货商只认他。卖掉皮子，阿布来提再打一个电话，就会从温泉县开来一辆银行的运钞车，车里面还有安保人员，荷枪实弹。现在银行生意难做，竞争非常厉害。接到阿布来提的电话，银行的人就火速赶来，有时候还给他带来好多蔬菜水果。阿布来提留下本钱，把利润全部存进银行。

后来他的存款业务转移到城堡里，他又成了几家银行的抢手货。

35

前面我说过，杨秋荣有一段时间她人间蒸发，再次出现在我前面的时候，我和苏莉正在交往。在认识杨秋荣之前，我和苏莉之间的关系很单纯，我们所有的接触仅限于拉拉手而已。我最多是在喝高以后忍不住拍拍她的肩膀，或者拨弄一下她的长发。

前面我所说的，苏莉让男人第一眼心发痒，第二眼心发狂，是真的。我们好上以后才发现苏莉是个性冷淡，她对那种事没热情，但是她偏偏长着一副让人发狂的模样。她就像一个美丽的陷阱，掉进去的男人真是欲哭无泪。

所以当我在苏莉那里遭到冷遇之后，自然会怀念和杨秋荣在一起的日子。

说到这里，我自己都有些糊涂了，我要说的是，在我认识杨秋荣之前，就已经和苏莉好上了，但在这之前我和苏莉没任何实质性的关系。苏莉是在普加入狱之后和我好上的。

我现在和两个女人彻底分手了，过着一种自由自在的生活。

如果没有杨秋荣的存在，我还能忍受苏莉的出现。杨秋荣像个受伤的小刺猬，处处与人作对。

后来死神袋鼠缠着我不放也和杨秋荣有关。如果当时我们对这件事无动于衷就不会有这么多麻烦事了，那样杨秋荣早就死掉了。

杨秋荣大难临头，谁也救不了她，但是我和死神袋鼠还是蹚了这个浑水，差点把自己也陷入万劫不复的地步。死神袋鼠是这件事的最大受害者，现在连个归属地都找不到，天天跟着我受罪。

"呃呃呃。我被开除了，既不是人又不是死神，我现在是什么物种呢？"有一次他喝多了对我说，死神袋鼠一喝多就变得多愁善感。想不出更好的办法，他只好喝酒麻醉自己。

"你还有翻本的机会。"我总是这样安慰它。

"走着瞧吧。"他说。

死神袋鼠现在是我的跟班，靠我养活。我现在的样子之所以像狒狒，是因为我把三分之二的营养给了死神袋鼠。本来是满满一大杯酒，我还没送到嘴边一多半已经被他喝掉了，像闪电一样快。肥肥的一块大骨头，我还没啃上几口，上面的肉就被它一瞬间私吞了。都来不及反应，我手里就剩下一块白森森的羊骨头了，连骨髓都被他吸干了。为此巴扎别克大叔对我很有意见，吃肉的时候故意让梅花把肉放得远远的，我要站起来走到对面才能拿到一块肉骨头。这样的事只能做一两次，第三次就不好意思再起身去拿了。

现在有人说我是海量，其实真正喝到我嘴里的酒，少得可怜。还好，死神袋鼠对其他东西没兴趣。

杨秋荣不仅恨我，她还恨所有的人。

有一阵子我差点离家出走，终究没有勇气离开她，每次我都当了投降派。关键是我们都喜欢喝酒，一喝高了就喜欢胡整，胡整的时候偏偏又非常刺激。遇到杨秋荣这种女人，在大是大非面前我总是下不了决心，最后都是以投降派的下场结束一切。后来是她先跑掉了，这让我得到了解脱。

"你知道，我这个人，没什么文化，出身又苦，小小年纪就被人贩子卖给别人做老婆。可是也不能让你这样诅咒啊。"有一次她喝多了对我说。

"我怎么啦。你真是个二百五。"我说。

"作为一个死人，我现在和你在一起，而你却把我埋在你爸爸坟墓旁边。死就死了吧，凭什么要和一个老头子埋在一起啊，你什么意思!"她在我屁股上捆了一巴掌。

"这件事给你说不明白。我在保护你呢。"我疼得闭上眼睛说。

"这就是所谓的保护，让一个糟老头子保护?"她说着又在我另一半屁股上捆了一巴掌。比前面的还狠。

"你们这些有文化的人都该统统杀掉，没见过这样糟践人的!"她边骂边打，这次是两个屁股蛋子一起打。我开始告饶。关于死神袋鼠，还有她总是死不掉的原因，我真的解释不清。不如忍痛挨揍吧。

我承认，在我爸坟墓旁边给杨秋荣修了一座假坟，这的确有点过分。因为当时我恨死杨秋荣了，确实有公报私仇的嫌疑。这也是我和死神袋鼠给她帮忙，让她脱离了其他死神的追杀，算是安慰一下自己。

我是个报复心很强的人，小时候和阿布来提打架吃了亏，我就给他家的羊喂农药，他家的羊没死是因为那其实是一瓶普通的水。后来阿布来提知道了这件事，再也没敢和我打过架。

前面我说过，杨秋荣被我领回家的时候已经怀孕了。这件事我根本就不知道，是大毛和阿布来提他们发现的，他们在很长一段时间死盯着杨秋荣不放，然后花花也加入了他们的队伍。

"你的羊缸子库尔萨克（维吾尔语，意为'肚子'）里面巴郎子有了。"有一天阿布来提悄悄对我说。那时候大毛和我是死对头，我们基本不来往，但是他们对这件事很着急，随后就派阿布来提跟我讲。

"你们这两个大老爷们真没劲，我在她跟前一个指头没动，哪来的巴郎子？"我对阿布来提生气地说。

"我们有经验。不会骗你的。"阿布来提说。

大毛和阿布来提他们都以为杨秋荣肚子里的孩子是我的，到现在也是这样认为。后来杨秋荣果真生了一个孩子。孩子生下来的时候不哭也不闹，一点动静都没有。

杨秋荣生小孩的具体情况是这样的。

那天我们都很开心，锅里煮着一只老母鸡，鸡还没煮好杨秋荣就觉得肚子好难受。我以为她要拉稀，就建议她去厕所。

过了一会儿，杨秋荣回来了，用卫生纸包了一个东西给我看。

"这是什么？"我问她。

"我生了，是个男孩。"她说。

"在哪儿，我怎么没看见？"我对她说。

"你装傻啊。给我拿碗温水来！"

我拿来一只大铁碗，我在铁碗里面加了些鸡汤，听少数民族老人说，小孩子生下来后用羊骨头汤洗澡是最好的，那样孩子身体好，不容易得病。这件事发生得太突然，又是在晚上。我到哪里找羊骨头汤呢，所以我想到了用鸡汤给杨秋荣手里的东西洗澡，老母鸡的汤当然也很有营养，比清水好多了。这个称之为东西的东西哪里称得上小孩子啊。

"慢点，小心别把他淹死了。"我对杨秋荣说。

"淹死更好，省得他长大问我要爹。"杨秋荣说。

"他也太小了吧？我认识一个当兵的，是个哈萨克族，名字也叫巴扎别克。他儿子生下来只有一公斤，我以为他是世界上最小的孩子。现在看来我错了。"我对杨秋荣说。

"我第一个孩子生下来的时候比他还小，现在都快一米八了。那年我才十八岁，唉，提不成。现在十八岁的孩子都在干啥呢？我被人贩子卖到大山里，那里就一户人家。"杨秋荣说。

"那山太大了，像迷宫一样。我走了一年才从山里跑出来。"她补充说。

"你和第一个儿子再也没有联系吗？"我问杨秋荣。

"有啊，他只有没钱花的时候才打电话给我。他还威胁我说要来新疆找我。我换了好几个电话号码他都能找到我。有时候走在大街上遇到一个大小伙子，只要人家多看我两眼我都会发疯的。"杨秋荣说。

"说不定他已经来新疆了。昨天我就看见一个小伙子在我们这里瞎转。他跟你长得特像。你真有福，这么年轻就两个儿子了。"我笑着说。

"我的生活一团乱麻，有时候我自己都懒得去想。"她说。

"他爸爸是谁呢?"我问杨秋荣。

"你啊。你看你们两个长得多像呢。"

"啊呸，你开啥国际玩笑呢，我们的关系是纯洁的。我从没动过你，哪来的孩子啊!"

"咱们是神交，有时候你看一眼喜欢的女人，也会让人家怀上的。"

"我喜欢过你吗? 是你自己没地方去。我这里就是你的旅馆，不高兴的时候你就没影子了。我怎么认识的都是你这样的女人，太复杂了。"

"那你找苏莉去吧。她比较简单。"

"你们全都不是省油的灯。你真的不知道他爸爸是谁?"

第二天我翻墙去了阿布来提家，我把那个小东西塞进他妈妈手里，转身就跑掉了。后来这小子在阿布来提家像吃了化肥一样，长得飞快。

36

杨秋荣在城堡开的洗脚屋，生意火爆，她请了几个帮手，自己做起了老板。每天骑马的人排着长队，秩序井然。这些人都是苏莉雇来的群众演员。苏莉拿着摄像机忙前忙后地拍，后来黑子也加入进来了，他拿着一只大喇叭不停地指挥着。我在牢房里面关着的时候，黑子就开始帮苏莉拍电影了，他在这方面也是个狂热分子。他们把拍到的东西上传到网上，居然很受欢迎。刚开始苏莉他们只是瞎拍着玩，后来她发现，这也是一个产业。现在有好多老板找她商谈广告业务，为此，苏莉又购进两台大型摄影机。

黑子在城堡的广场中心搞了一块试验田，里面种的全部是黑木耳。这里的气候很适合这个品种的木耳生长，它是真正的绿色蔬菜。每次黑子拍戏的时候，都要指挥群众演员从他的试验田经过，骑马的、抬轿子的全都不放过，否则就不给钱。这样苏莉的镜头里不想出现黑木耳都不行，黑子也为乡里节省了一大笔广告费。他们拍的小电影上传到网上以后，温泉县的黑木耳销量激增，乡里成立了合作社，大规模推广木耳种植技术。县里表扬了黑子，乡里决定给黑子放假专门拍电影，为此还拨出一笔专项资金。黑子成了真正的制片人，连苏莉都要听他的，因为他现在是最大的股东。

其实这东西种在乡里也就那么回事，但种在城堡里就身价百倍了。乡里种出来的质量跟这里的差不多，口感比城堡里的还好，但是大家偏偏就认为城堡里的黑木耳是野生的。

苏莉要付两份钱，一份给群众演员，一份给杨秋荣。杨秋荣的洗脚屋也是道具的一部分。

这段时间杨秋荣很开心。她挣了两份钱，一份是来洗脚的人给的，另一份是苏莉给的。有些群众演员拿着苏莉给的劳务费，跑到杨秋荣那里去洗脚。他们第一次洗脚是因拍电影免费的，第二次洗脚是个人掏腰包，晚上回家的时候口袋里什么也没剩下，白忙活一天。

有了这层合作关系，杨秋荣和苏莉的关系大大改善了。两人现在基本上算是同谋，前提是苏莉必须围着杨秋荣和她的洗脚屋拍摄，否则杨秋荣的脸立马就会黑下来。这让苏莉十分头痛。杨秋荣认识了一个内地来旅游的老板，两人关系不错，快到了谈婚论嫁的地步了。她一有钱仇恨就少了，脸上的笑容也多了。

有一天，苏莉跑来看我，她想重新写这个剧本，想让我出山。她说，拍了半天，竟然不知道拍的是什么。所有的镜头全都零零散散的，镜头里面的黑木耳倒是一天比一天大。还有杨秋荣的事，这也让她头痛不已，她想换个场景，可杨秋荣不让。不知为什么，苏莉很怕杨秋荣。

其实，苏莉经常来看我，一般都是晚上来。我们基本上在木笼子里见面，卧室容易滋生邪念，我们都忌讳在里面说话。这是因为我们刚刚建立起来的纯洁关系是很脆弱的。

"哈哈哈，我才不相信你的鬼话呢。男人和女人之间是没有纯洁的友谊的。除非她长得像你们说的那个叫什么东西来着? 那个像猴子一样的东西。"阿布来提拍着脑门对我说。

"狒狒。"我说。

"对, 就是狒狒。你和狒狒可以讲友谊。"他说。有一次他来看我, 当我谈起和苏莉之间的事的时候, 他笑得差点憋过气去。

"我现在一点那种想法都没有了。以前在州里的时候, 我天天想这种事情, 现在在草原上不想了。"我对他说。

"猎人出去打猎, 遇见一只狼砰砰砰, 碰见一只狗熊砰砰砰, 看见什么都砰砰砰。你的子弹早早打完了, 遇见真正的狗熊就没有办法了。你现在就是这个样子, 老天爷就给你这么多子弹, 你提前用完了。"阿布来提笑着说。

"我命苦得很, 竟遇见你们这些家伙。我辛辛苦苦给你们讲这些事, 我想高尚一点咋就这么难呢!"看着阿布来提我十分气恼。他现在和古丽在蒙古包里幸福得像什么似的, 哪能体会到我的苦恼呢。

大部分时间, 我和苏莉就坐在牢房木栅栏里看星星, 这里是欣赏星星的最佳地点。我们把天空划分了十个区, 每次数一个区。我用苏莉的望远镜观察星海的变化, 她在本子上记录。这里的天空多么辽阔啊, 星星多得就像大毛家苹果园里的苹果, 我闻到了它们的气息, 它们在向我招手。

"第一区, 流星两颗, 星星一百颗。北京时间凌晨四点十五分零六秒。"我对她说。

"第一区, 流星两颗, 星星一百颗。北京时间凌晨四点十五分零六秒。"她重复。

　　然后是长久的沉默。后来她离开了牢房。我回头看见了月光下的广场上其其格老奶奶瘦小的身影。

　　"奶奶叫我回家。"她起身向我告别。

　　"你当真把她当亲奶奶了？搞得跟真的一样。"我就反感苏莉这一点，大家都是成年人了，让人像犯人一样盯着很不舒服。老奶奶看人的样子挺吓人的，眼睛直勾勾盯着你。我从不敢和她的目光对峙一分钟以上，一分钟以后我就开始想起自己做过的好多对不起别人的事来。我招谁惹谁了？苏莉遇见她真是找对人了。

　　"第八区，月亮两个。"我对她说。这是另一次。

　　"明明是一个月亮。你眼花了吧。"她开始笑。

　　"天上一个，湖里一个。是两个，没错。把时间记上，北京时间凌晨两点三十分零秒。"我说。

　　"北京时间凌晨两点三十分零秒。"她重复说。

　　月光下，有一个苍老的身影颤颤巍巍地向城堡土牢方向走来，身后拖着一个长长的影子。她拄着拐杖，在城堡中央的广场停下，她在等苏莉回家。现在苏莉出去做什么事情都要向她交代得清清楚楚。

　　"其其格奶奶来接我了。"苏莉说。

　　"你觉得我们现在这样还有意义吗？"有一天苏莉起身准备回去的时候，我对她说。

　　"你觉得怎么样才有意义呢？是我们之间，我们和城堡之间，还是我们大家之间，或者我们和赛里木湖、和草原之间，我也在寻求一种存在的意义。"她说。

"我也说不清楚，有时候就是觉得在哪里都没意义，在家里和这里，时间一长就觉得无聊。我开始厌倦这种生活了。"我对她说。

"这就是我想寻找的答案。我想让你重新写一个剧本，就是想表明一个想法，其实我也不知道自己到底想干什么。也许我想说，人活着，信仰是很重要的一件事。"她说。

月光中，我看见苏莉美丽的眼睛。

大毛全面接收了我的牢房生活，他还买了一台自动售票机。为了省钱，他把自己关在里面，学着我的样子一坐就是一整天。每天只有几十个散客来参观，生意不好的时候一个游客都没有。有时候还有人逃票，他的收入刚开始并不好。

他有些急躁，老毛病又犯了。白天为了生意只好忍着，到了晚上一数钱，就学狼叫。收入多了少叫几声，收入少了就可以叫一个晚上。他的声音十分吓人，整个城堡几乎成了鬼魅世界。

这种声音很受商家和游人的欢迎，宣传手册上又有了新的噱头，现在人们大老远地跑来就是为了听大毛的叫声。可是他叫也白叫，只有傻子才给他掏钱。有时候我们被他的叫声吵得睡不着，就起来打牌喝酒。城堡里已经打烊的生意被他吵醒后又重新开张。好多商店被砸开，酒的销量比白天还好。大家边吃烤肉喝啤酒边听大毛的叫声，店家还瞎编了好多传说，把游客听得一愣一愣的。

我们都习惯了这种声音。有天晚上大毛没叫，我们不放心就跑去看他，结果发现他喝醉后睡着了。

我们大家都鼓励他坚持下去。叫声也是一种资源，只是还没找到和人民币的对接办法。

"这是真的吗？"大毛隔着牢笼的木栅栏可怜兮兮地看着我说。

"叫声也可以当钱卖？你拿了我十万块钱，你要对我负责。"他的语气里开始有威胁的成分了。

"当然是真的。因为你的叫声使城堡现在有了夜市，如果你坚持下去，肯定会找到一个挣钱的办法。"我对他说。

"这我信。有文化的人脑子里想的也和别人不一样，你要是骗我的话当心我的十万块啊！我做鬼也不会放过你的。"这家伙又开始翻脸了。

有一天我和苏莉开着车在草原上瞎转，苏莉拉着我找蒙古包。我们买他们的酸奶喝，然后我们通过酸奶寻找蒙古族人和哈萨克族人在生活上的微妙差异。

我们一家一家品尝酸奶，遇到有奶酒的人家也买着喝。现在是市场经济，与以前的日子不一样了。以前你来草原，白吃白喝，人家把你当远方最尊贵的客人，现在没有人民币啥都吃不上。当然这只是商业方面的，最关键的是现在草原上的游客多了，不稀罕了。以前放牧的时候，一个夏天也见不到一个陌生人。现在情况变了，一到旅游季节，草原上的游人密密麻麻。早上还在遥远南方的家里吃早餐，晚上说不定就已经睡在北方草原的毡房里了。听说我们这里也要修一个飞机场，已经开始论证了。

巴扎别克大叔在这方面就很有眼光，他不做生意，对牧民经商保持中立态度，认为只要不违背人的良心和道德底线，有钱赚当然是件好事。所以当人们一窝蜂涌向成吉思汗城堡的时候，他也忍不住买了一套别墅。后来城堡的房价一路攀升，尝到甜头后，他就在县里州里，甚至还在乌鲁木齐也买了楼房，这些房产全部在增值中。还有他的羊群，它们的繁殖能力都是令人十分满意的。他在黑子他们的指导下每年秋天都往母羊的屁股里注射种苗，成功率大大高于自然交配。

巴扎别克大叔从种公羊身上提取种苗的方法也很好玩。他事先做了一个跟母羊很像的架子，是用软松枝编的，纯手工制品。然后在假母羊屁股上抹上一点发情母羊的尿，种公羊就闻着气味傻乎乎地爬了上去。巴扎别克大叔藏在母羊的肚子下面拿着一个酒瓶子接着。

总之，巴扎别克大叔很满足现在的生活，要是能把梅花娶到手，他的人生算是完美无缺了。他老婆死了好多年，他一个人带着几个孩子过，把他们一个一个养大成人。所以巴扎别克大叔是一位慷慨热情的牧羊人。到他家做客的人他全部当成最尊贵的客人来接待，宰羊喝酒从不收一分钱。

37

"你吃得太快了，这样是不对的。城里人是不是都这样？
像是没见过羊肉！"巴扎别克大叔对我说。

"难道你想让我像其其格老奶奶那样把一块肉吃上一天？
她只有三颗牙。是你请我的，我又没说要来。这么多客人面
前你这样说我，我的面子没有了。"我对他说。我有些生气。
这种事已经发生过好几次，刚开始我忍着不发作，还有些不
好意思。后来我脸皮厚了，他说他的我吃我的。

"不让你吃吧，你说我们小气，白白坐了一天连肉也没混
上。到蒙古族人家做客的最高待遇，就是能吃上手抓肉。让
你吃吧，你总不能一下子把所有的肉都吃了。好的地方全让
你一个人吃掉了，剩下的谁吃？当然，我不应该这样说你，
传出去对我的名声也不好。我不是一个小气的人，赛里木草
原上谁不知道我巴扎别克是个很大方的人。"他说道，问题是
他从没见过像我这样吃肉的人。

巴扎别克大叔还说，我让他很尴尬。以前我没有出现的
时候，客人来了半只羊都吃不完，现在一只羊都不够吃。他
还说他已经观察我好长时间了，我吃肉喝酒的时候像野兽，
全然不顾别人的想法。

"你的意思是说我像个讨饭的，这辈子从没吃过肉？在州
里我天天吃羊肉，我一天吃的羊肉比你一个月吃的还多。"我

对他说。

"问题是你吃骨头的速度太快了。咔嚓咔嚓，像是在吃甘蔗。一会儿一个，一会儿又一个，连骨头都不剩，我真想看看你的牙是什么东西做的，这么结实。你到底想干什么啊？我虽然好客，你也不能这样啊！"巴扎别克大叔抱怨说，别的客人还没怎么吃，肉就没了，酒也光了。

"他的意思是，你像一只胃口很好的牛，是个反刍动物。所有的好东西海麦思（新疆方言，意为'全部'）先吃下去，回家后边看着电视，边把胃里的东西反刍上来仔细咀嚼，羊肉、骨头、辣子、茄子、西红柿、黄瓜，还有揪片子，分门别类，细细品尝。"黑子对我说。

"再来上一点小酒，继续喝。"阿布来提说。

"太恶心了。这种事你们也能想得出来。巴扎别克大叔，下次你到州上找我，我发誓一定让你吃个够。"我对巴扎别克大叔说。

"我不会去看你的，我要去看你还得带一只羊做礼物，这样更吃亏。"巴扎别克大叔气愤地说。

我现在和苏莉在草原上瞎转，喝酸奶的时候发现每家外面都挂着好多风干肉，这让我感觉酸奶里面都充满肉汤的香味儿，于是我的胃里开始产生饥饿感。我现在一看见肉就想吃，甚至看到活羊都想扑上去咬几口。

我总是为吃肉发愁。

我们从一家蒙古包出来的时候，苏莉已经喝醉了，车开不成了。她像一团泥巴，路都走不成。我把她抱上车的时候，感觉她全身酥软得像一个无脊椎动物，抱在怀里让人产生无限联想和冲动。奶酒后劲大，入口平淡香气浓郁，有的人喝醉了好几天缓不过来。后来我觉得苏莉当时是故意装醉，她想让我抱她。

自从那次在巴扎别克大叔的别墅喝了酒以后，苏莉现在有事没事也喜欢和杨秋荣一起喝上几口。

"酒可以让人快乐，忘记烦恼。"杨秋荣对苏莉说。

"酒还可以让人乱性，但我喝多就睡觉，从不胡来。"苏莉说。

"是谁说我酒后胡来了？要是让我抓住他，非撕烂他的臭嘴不可！"杨秋荣恶狠狠地骂道。

有一次杨秋荣喝多了跑去找我算账，半路上又改了主意，她想把她的新男朋友介绍给我，好好羞辱我一下，于是又返回去找她的男朋友。找到男朋友后杨秋荣又改变了主意，她这次决定去牢房和我好好干上一架。她就这么来回折腾，到天黑也没有想出更好的办法。

苏莉喝醉后不想回城堡，她看见一只老鹰在天上飞翔，就让我开车去追。我把车开得飞快，草原像一条柔软的曲线，我们沿着起伏的草原追逐着那只雄鹰。鹰在蓝天上飞翔的时候，草地上就有一个巨大的黑影，太阳把雄鹰的影子照射在我们的越野车上，刚开始我们超过了它，后来它又超过了我们。

"我好舒服，就是没劲儿。没想到奶酒也这么好喝。咱们走的时候再买上一壶路上喝就好啦！"她还想喝。

"呵呵，你已经醉了。"我对她说。

"我们干吗来了？"苏莉靠在我的肩膀上说。

"咱们跑出来瞎玩啊。喝酸奶，还有奶酒。你喝醉了。"我说。

"不是啊，我是说前面我们干吗来了？"她说。

"找阿布来提。"我说。

"可是找到了。他根本就没丢。"她说。

"那就找普加。"我说。

"普加在哪儿呢？"她问。

"不知道。"我说。

"你在牢房这些天，我经常开车去找他，连个影子也没找到。"苏莉说。

"他有易容术，我们谁也找不到他。"我对她说。

"哦。"

"我觉得今天给咱们卖酒的那个蒙古族男人有点像普加。他给我打酒的时候总是斜眼看我。"我对她说。

"你这一说，他还真的有点像普加呢。你当时为什么不检查一下他的假牙呢？普加身上现在全是假的，只有假牙是真的。"她说。

"你想让我找死啊。万一不是，该我满地找牙啦。"我笑了起来。

苏莉和我说话的时候，就把脑袋靠在我的肩上，整个人都快和我坐在一起了。她不停地眨巴着眼睛，长长的睫毛在我的脸上扫来扫去让我很难受。从她嘴里呼出的奶酒的气味有一种淡淡的草香味儿。我的心跳有点加速，嘴巴开始干燥起来。可是一想起那天的事，就是我发现苏莉是个性冷淡那次，我一下子就没了情绪，心跳立刻慢了下来。

"你让我没办法开车了。"我生气地说。她靠在我身上，我没办法换挡，只好把车停下来。

我刚把车停下，苏莉就把舌头塞进了我的嘴里。我们亲了一会儿，她的呼吸很急促，手也在我身上乱摸，我把她推开了。

"你这是性骚扰。我在这方面是很严肃的。"我对苏莉说。

"严肃个屁，你啥东西我不知道？我现在真正知道我最恨你什么地方啦。"她说着又开始亲我。

"你说你恨我什么地方？说对了我就亲你。"我推开苏莉说。

"你是一个爱情骗子。一个彻头彻尾的骗子。"她说。

"还有呢？"我说着开始亲她。

"你是个好男人。"她说。

"你爱过普加吗？"我问她。

"爱过。"她说。

"你跟他上过床吧？"我问她。

"没有。"她说。

"不会吧。上过也没关系。我只是问问。"我对她说。说实话关于这个问题我真的不介意，我真的只是随便问问。

"真的没有，骗你是毛驴。普加比你想象的高尚。所以你才是个龌龊的人。这点杨秋荣说得没错。我现在知道你有多可恨了。"苏莉说。

"巴扎别克大叔还说我是个不诚实的人呢。他泡梅花是诚实的，我多吃了一块羊骨头就不诚实，世界上还有这样不讲理的人。"一想起巴扎别克大叔对我的羞辱，我的气不打一处来。

"都怪你，你这个吃货。我的好名声都毁在你的手里了！"我开始敲打啤酒罐。里面传来死神袋鼠的求饶声。

"呃呃呃。没办法，我总是吃不饱。我也恨自己，可是一闻到肉香味儿，就管不住自己的嘴巴。"死神袋鼠哭着说。

"一个堂堂死神，落到这般地步，你也不害臊！"我说着又砸了一下啤酒罐。

"你在干吗啊！我的车又没招惹你。你要是对我有意见就看着我的眼睛说话，你是在和我说话吗？他们都说你有病，这回我信了。"苏莉说。

我的情绪转不回来，刚才一点点冲动早被死神袋鼠气得没影了。苏莉和我说话的时候我一句也没听进去。

"你为什么不娶我做你老婆呢？"苏莉说。

"不知道。"

"你喜欢我吗？"

"喜欢。"

"你爱我吗？"

"嗯。"

"那你为什么不娶我？"

"不知道。"

"是因为我以前和普加好过？"

"不是。"

"是因为我的名声坏？"

"不是。"

"那你就娶我。"

"不行。"

"你是个骗子。杨秋荣说得没错！"

"你少跟她来往，瞧瞧你现在都成什么样啦！喝酒吃肉你一点也不含糊，哪天把吸烟也学会了才好呢。"我对她说。今天苏莉在我面前本性大曝光，阿布来提说的没错，男女之间没有纯洁的友谊，除非她长得像狒狒。

"烦死了！你再说我就跳车死给你看！"苏莉说着想从车上跳下去，被我一把拉住了。她哭了起来。

酒这东西就这么好吗？好好一个女人，醉了像摊烂泥不说，还真的把自己当成了女流氓。

38

阿布来提打电话来说，他看见普加进了巴扎别克大叔的家，这次他把自己化装成一个远房亲戚，好像从好远的地方骑马过来的。阿布来提藏在一堆石头后面用望远镜监视着，他让古丽给我打电话。

接到古丽的电话后，我们赶紧开车过去。杨秋荣不来，她对这事没兴趣，再说她不认识普加。大毛更没时间，再说他也不认识普加。他正和一些商户谈判，他有好几天没学狼叫了，夜市生意一落千丈，商户们的生意受到严重影响，他们找到大毛，愿意出钱让大毛继续学狼叫。

"你们觉得咱们这次会抓到他吗?"黑子说。

"啊呸!普加又没犯罪，你凭什么抓人家!"我说。

"就是。你应该说，我们这次会不会找到普加。"苏莉说。

"好吧，我错了。"黑子说。

黑子在开车，不过他对普加并没有好感，他总觉得普加人不善。小时候他就不喜欢普加，因为普加总欺负他。长大后他对普加也没有好感，总觉得普加以前是流氓后来是劳改犯，现在又是无业游民。至于普加每个月做一次好事这件事，他也觉得很可疑。

草原上的风，带着高原强烈的紫外线，在越野车的冲撞下，发出呼呼的叫声，像魔鬼的哨声。

"还不一定是普加。阿布来提现在的话很可疑，他总是谎报军情。这次百分之百又是他在骗我们。"我说。

"普加为什么不想见咱们呢。他知道我们都在找他。"苏莉说。

"做好事也用不着躲啊，现在这种事网上天天都在传，电视上也经常报道这种事。医院的结论也很清楚，老太太家的儿子们是不会占上便宜的。"苏莉又说。

"就是，可公安局的人找他不见得是好事。"黑子说。

"公安局的人是在找用救灾帐篷换酒喝的人。"我说。

"还有偷皮子的人。"苏莉补充说。

"政府应该出面表彰普加才对。让一个好人四处躲藏，有家难回，以后谁还敢做好事。"我对黑子说。

"这事不归我管。普加是博乐市的人，应该找市政府才对。要是州上领导出面效果更好。"黑子说。

"这事要是在媒体上炒作一下就好了。你们天天拍那些无聊的破电影，怎么就没想着去传播一下好人好事啊！"我对黑子说。

"就是，我怎么没想到呢？你总是在关键时刻给我灵感。我要把普加安排在木耳地里，他边除草边对着镜头说，我是被冤枉的，自从吃了李植芳栽培的黑木耳以后，我觉得自己不冤枉了。值！"黑子为自己的想象无比兴奋。

"你这人本来就很无趣，自从你开始吃那个李植芳种的黑木耳以后，变得更加无趣了。"我对黑子说。

"我赞同。"苏莉说。

"哼，想起这个家伙我就来气，他凭什么拿卖马鞍子的钱给阿布来提当辛苦费？这是我出的钱。"我气愤地说。

"确切地说是我出的钱。我是大股东。"苏莉冷冷地说。

她现在对我十分冷淡，酒醒后又回到吃斋念佛的心境里面去了。前面发生过的事一笔勾销，这是女人冷酷的一面。

"我知道你是大股东。我账上现在有钱，随时还你。"我对苏莉说。我银行里存着卖牢房的十万块钱，腰杆子硬了好多。

"你真有本事，只有大毛那种白痴才上你的当。"苏莉说。

"我呸，你是说我是个大骗子？大毛现在都快发了，我还后悔把牢房卖给他了呢！"我吐了一口唾沫说。

"你们总是这样吵来吵去的，干吗不结婚，回家吵不是更好吗？你们吵给谁看啊！你们和普加一个样，都是骗子。"黑子说。

"你们为什么不可怜可怜我呢，工作了十几年，还是个副乡长，工资那么一丁点，一个月回不了几次家，房子贷款还有一大堆没还上！我容易吗我！"他喊道。

"你说谁呢？谁是骗子？"苏莉有些不高兴了，她对黑子说。

"你把那个破电影都拍成啥了，以后在我面前说话小心点。你上次叫我狒狒，连阿布来提都学会了，还没找你算账呢！"我也生气了。我对黑子最近的表现很有意见。

"好吧好吧，又是我错了，行了吧。你们二比一，烦死了。"黑子说完猛踩油门，越野车一下子从草地上跳了起来，我和苏莉在剧烈的颠簸中抱成一团。

阿布来提已经等得不耐烦了，打了一路电话。古丽和他在一起，我有好长时间没有见到古丽，她比以前更黑了。人一黑牙齿就显白。不过一看模样，就知道她现在生活得很舒心。

"你们慢得和毛驴子一样。再不来人就跑掉了。"他对我说。

"美女，又见面了，还好吧？"我对古丽说。

"不错啊，你呢？听说你最近发财了。"她说。

"造谣。你哥现在穷得马上要饭了。"我笑着对她说。

古丽和苏莉不太熟，两人相视笑了一下算是问安。

"进去多长时间了？"黑子问。

"快两个小时了。"阿布来提说着把望远镜递给我。

巴扎别克大叔门前果然拴着一匹马，灰色的。

"马的嘴巴上吊着一个草料袋。他们一定走了很远的路。"我对阿布来提说。

"你啥眼神啊，普加是骑驴来的。"阿布来提觉得我很可笑，连马和驴都分不清。

"它嘴巴上吊着一只大袋子，我哪里知道它是驴还是马啊！"我说。

"你下次画画的时候，就画两只眼睛，然后再画一只大口袋就行了。这样省事。"古丽笑着对我说。

"这个办法不错，他不用去美院进修了。"苏莉说。

"难道咱们就在这里等他出来吗？他要是不出来，我们要一直等下去吗?"我说。

"不知道。"阿布来提说。

"我只负责把这件事告诉你们。剩下的事你们自己商量吧。"阿布来提又补充说。

"那当然,人家给了你一千块好处费。"我讥讽地说。

"你的意思是说我给你们打电话还有错了?"阿布来提生气地说。

"烦死了。你们今天吃枪药了?"黑子也生气了,语气里明显在向着阿布来提一方。

"他出来了。"苏莉说。

"怎么办?快想想办法啊,他在解驴的绳子呢。"古丽说。

那人从巴扎别克大叔家出来,他走到吃草料的毛驴子跟前,盯着它看了一会儿,然后开始整理驴身上的行头。整理好之后,他把布口袋从驴脑袋上取了下来。

明明是一匹马。

"我以为它是一头毛驴,它的个子也太小了。"阿布来提不好意思地用手比画着说。

那人翻身上马。

我们全部从石头后面站了出来,大家站成一排把路挡住了。这里只有一条路,这条小路直达巴扎别克大叔家。那人坐在马背上摇来晃去的。马走得很慢,有气无力的样子,马背上的人和它一样的表情。骑马人走近了,他发现我们挡在他面前,他抬起头怔怔地看着我们,表情有点纠结。

"朋友,你好。哪个地方玩去啦?"黑子用蒙古语对来人说道。

此人戴着一顶毡帽，看不出年龄，穿着一件棉衣，脸部消瘦。他的眼珠是黄颜色的，普加是黑色的。

"你现在去哪里？我们一起喝酒唱歌，好吗？"苏莉说。她用的是汉语。

此人还是没说话。他看着我们大家，他的脸是黑红色的，上面布满皱纹，眉毛也很浓，眼白很明显。他的嘴唇很厚实，上面长了一点点胡须。

"想办法让他说话，这样我们就可以看到他的牙齿了。"苏莉说。

"为什么要看他的牙齿？"古丽问。她只在我家大院见过普加一次，当时她趴在墙头上也只是看见了普加的背影。

"因为只有他的假牙是真的。"苏莉悄悄对古丽说。

"你和巴扎别克大叔是亲戚吗？"我问来人。

他还是不说话。一点表情也没有。

"他们不是亲戚，你没看见马在晃脑袋吗。"苏莉说。

"你认不认识一个叫普加的人，我们在找他。"黑子问道。

"那么你就是普加喽。"黑子又说。

他还是不说话，也没有任何表情。

"你凭什么给我们打电话说这个人就是普加。"我对阿布来提说。

所有人的目光都转向阿布来提。

"当时我感觉他特像普加。"阿布来提说。

"哪里像？"我问。

"说不上。"他说。

"毛驴子！"所有的人一起骂道。

"咱们现在选一个代表，想办法看看他的牙齿是不是真的。这是唯一的办法。"黑子提议。

大家又把目光集中在阿布来提的身上。

"这是侵犯人权的。"阿布来提叫道。

"我说别管闲事，你就是不听。"古丽埋怨道。

这时，那人用腿夹了一下马肚子，马开始往前走。我们用人墙挡住了它。马开始闻大家身上的气味儿，然后每个人的脸都被它用舌头舔了一下。

"噫，好恶心。"苏莉说。她掏出一张纸，在上面吐了几口唾沫在脸上一个劲地擦。

"你这样擦来擦去更恶心。"黑子对她说。

"这事就算结束了？"我说。

"不可能。谎报军情是要受惩罚的。"黑子说。

"同意。"苏莉说。

"那你们说咋办吧？"阿布来提无奈地说。

"宰羊。"我说。

"喝酒。"黑子说。

"好吧。算我倒霉。"阿布来提说。

我们让开一条路，那人夹了一下马肚子，马慢腾腾地从我们身边过去了。走远后，那人回头向我们看了一眼，面部的表情是一种坏笑。

39

阿布来提为我们宰了一只羊，这让他感到十分委屈。他觉得自己和普加一样，好事总是伴随坏事一起来。

"比如说，普加免费载老太太去找儿子，这是件好事。可是老太太死在了他的车上，这又成了坏事。我给你们打电话是好事，可那人不是普加又成了坏事。"他说。他打发古丽去请巴扎别克大叔。

阿布来提现在已经在草原上混得相当不错了，他和大毛都开发了第二战场，家里的活谁也没心思干了，大家都等着政府把院子开发掉呢。他们现在都是有钱的闲人。

"我们是兄弟啊，宰只羊还把你心疼的。"黑子说。

"我们的羊在草原上不值钱，在城里跟金子一样。城里卖的羊大多是育肥羊，我宰的羊是真正吃草的。"阿布来提说。

"不是羊的问题，是这件事很奇怪。我明明看见那个人就是普加，可是出来以后就变成另外一个人了。"阿布来提唠叨着补充说。他拿着一把刀出去宰羊了。

宰好羊，肉进锅，阿布来提打电话通知人来收他刚宰的羊的皮子。我们都被他弄糊涂了，明明他自己就是个大的羊皮贩子，外面的羊皮堆得像山一样高。

"我把自己的羊皮卖给另一个收羊皮子的。我挣了第一份钱。"他向我们解释说。

"然后第二天这张羊皮还会卖给你。你挣了第二份钱。"苏莉说。

"对头。第三天这张羊皮又被更大的一个老板买走了。我挣了第三份钱。"他说。

"要是你把这张羊皮直接扔在外面的羊皮堆里，你只能挣一份的钱，我说得对不对？"我问阿布来提。

"你的脑子很聪明。要不然多出一个羊皮子，我没有办法记账。"阿布来提说。

"你搞一个小金库，把多出来的羊皮子放在里面就行了。这个小金库不要让你的羊缸子知道。这么简单的事让你这个羊皮贩子搞得这么复杂。"黑子说。

"然后，腐败产生了。"苏莉说

"腐败就是这样产生的。"我说。

我们现在为一张羊皮子展开热烈讨论。阿布来提在这方面是专家，苏莉虽然也是个商人但是她从没经历过这样的事情。古丽没时间参与我们的讨论，她忙着清洗羊杂。梅花也过来了，帮着古丽倒水翻肠子。她现在不去放羊了，巴扎别克大叔雇了一个男的放他的羊群。大叔觉得让一个女人干男人都干不下来的活，是要受到老天惩罚的。当然，梅花就要当他的新娘了，这才是主要的原因，人最坏的地方就是那张嘴，说什么都有理。

阿布来提也懒得理我们，他在外面忙着收拾羊头羊蹄子。他要干的事很多。对他来说，我们说的事听上去十分可笑。以前他跑大车的时候，都说他在赔钱，可是他们家的房子是从哪里来的呢？他跑大车那几年他们家盖了好多间房子，这就是利润。

"一张羊皮能产生多少利润呢？"苏莉问黑子。自从我拒绝娶她当老婆以后，她对我表现得十分冷淡。

"不知道，但我可以算出来。若我是阿布来提，我现在把那张羊皮卖给你，羊皮就算五十块钱加上小肠十块，一共是六十块。"我抢过话头对苏莉说。

"第二天，我再把这张羊皮以八十块卖给你。我在中间挣了二十块。你赔了二十块。"她说。

"这么说我把皮子卖给你实际上我赔了二十块钱。第三天我再把这张皮子一百块钱卖掉，用挣来的二十块钱去补第一次赔的二十块。实际上这张皮子一分钱没挣。阿布来提就是这样做生意的吗？"我嘿嘿笑了起来。

"谁说没挣啊，你卖皮子的时候没有把小肠算进去。羊的小肠十块钱，这就是利润。"黑子说。

"我要是算进去了呢？"我对黑子说。

"得了吧。咱们这样算不对。他们有自己的一套算法，要不然阿布来提的生意为什么越做越大？你看他的三轮摩托车放在那里都生锈了，他现在用不着到处去收羊皮子了，每天草原上的小贩子会把他们的羊皮子集中到他这里来的。"苏莉说。

"就是说阿布来提自己的羊皮转了一圈是干净的，虽然赔了或者不挣钱，至少没有产生腐败。"我说。

"算啦算啦，我们别说羊皮子的事了吧，我现在一脑子糨糊。我也算是生意场上的老江湖了，可是就是算不清楚阿布来提是咋挣钱的。"苏莉开始挠头。

我和黑子开始坏笑。

这时候巴扎别克大叔来了，他还提了一壶奶酒。巴扎别克大叔进来后，有只大黑狗也跟着进来了。我终于看见了传说中的大黑狗了，长相一般，甚至看上去有点不太像狗。阿布来提说的没错，巴扎别克大叔和大黑狗进来的时候装着互不认识。

大黑狗站在那里，样子老成持重，它把我们所有人一个一个地看了一会儿，然后卧在火炉边开始打盹。它有的是耐性，吐酒的人至少还要好几个小时以后才出现。

阿布来提很讨厌这只狗。每次他去湖边找梅花谈生意的时候，它总是在一个恰当时机出现在他们中间。后来他发现这只狗不是巴扎别克大叔家的间谍，而是受古丽指使来监视他的。

他觉得自己是个胸怀坦荡的人，他找梅花纯粹是生意上的事。每次找巴扎别克大叔他总是往梅花身上推，而见了梅花她又说自己是巴扎别克大叔的雇工说了不算。他就这样两头折腾。

他是一个羊皮贩子，这是他的工作。

有一次他离梅花很近，几乎超出了男女之间正常的界线，这时候那只万恶的大黑狗就出现了。阿布来提恨大黑狗是因为它羞辱了他的道德底线，这让他很没面子。

巴扎别克大叔穿了一身新衣服，扎了条领带，指头上还戴着两个大戒指。整个人也看上去很精神。

"土豪金。"黑子小声嘟囔着说。

我现在和巴扎别克大叔之间的关系不像以前那么随便了，可以说很微妙。他进来后和每个人握手问好的时候，我看出他的表情有点复杂。他在和我握手的时候，我能感觉出来他的手对我的态度。而且，他很不情愿和我坐在一起。

巴扎别克大叔的到来改变了我们的话题，他成了我们的中心。锅里的肉汤开始翻滚，蒙古包里弥漫着诱人的肉香。

闻着诱人的肉香，死神袋鼠开始呜咽，他饿得难受死了，不停地掐我。

"受不了啦，给我弄点吃的啊。"死神袋鼠说。

"闭嘴。"我说。

我把啤酒罐往桌子腿上磕了一下，里面传来痛苦的叫声。

"我还没说话，为什么让我闭嘴？"巴扎别克大叔问我。

"我是在说自己闭嘴。我知道你对我有意见。上次在你们家本来我不想吃肉的，可是我觉得那样你会不高兴的，会认为我看不起你。后来你又说我吃得太多，当着那么多人的面，让我下不来台。"我恭恭敬敬地给巴扎别克大叔递上一支烟说。

"这件事我都忘掉了，你还记得。他们都说你是一个叫什么来着的人？我汉语水平不好。两个字，就两个字。"巴扎别克大叔拍着脑门说。

"龌龊。"苏莉说。

"对对对，就是这两个字。啥意思我不太明白，但觉得这两个字送给你比较合适。"巴扎别克大叔得意地吸了一口烟对我说，他找到了报复我的机会。

"巴扎别克大叔说你是一个狡猾的小人。"黑子说。他明显也在报复我。我不知道在什么地方得罪了他。

"兄弟反目，看来今天我要倒霉了。"我说道。

"你摊上大事了。"黑子笑着说。

"我在县里开人大会议的时候，大事情我们都要举手表决，这是民主。今天吃肉之前我有个想法。"巴扎别克大叔喝了一口茶说。

接着他说出了一个恶毒的计划。最近一个时期大家都觉得我的行为十分古怪，突出表现在吃肉方面。一见到肉就发狂，不顾兄弟情义，不顾文化人的体面，让朋友们深感痛心。自言自语大家尚可忍受，饕餮行为令所有人愤慨。巴扎别克大叔说出了他的计划，我看到所有人的脸上都闪现着兴奋的表情。

"同意的请举手。"巴扎别克大叔说。

所有的人都举起手来。阿布来提、古丽、梅花他们也放下手中的活，兴冲冲地从外面跑进来参加这场闹剧。我看见阿布来提举起那只血糊糊的右手。场面很庄严。

"好。请放下。"巴扎别克大叔说。

"不同意的请举手。"他说。

没人举手。只有大黑狗把前爪举起来挠挠耳朵。

"畜生不算。鼓掌通过！"巴扎别克大叔说完带头鼓掌。

掌声响起来。全是叛徒。

"你们太卑鄙，太无耻，为了锅里的肉，还不如一个畜生有同情心！"我骂道。

"肉煮好之前，你还是我们的好兄弟。桌子上的凉菜你可以放开吃。"黑子笑着说。

"呸，凉菜有啥吃头！能给我一杯酒吗？外面冷。"我说道，语言里有乞求的成分。

"这个不行。本来是一个很严肃的事情，酒一喝就成玩笑了。"巴扎别克大叔说。

"给他一杯吧，怪可怜的。"苏莉说。

"我同意。"古丽说。

还是女人心软。

"好吧。就一杯。"黑子开始用茶杯给我倒酒，倒好后他把茶杯推到我面前。

唉，喝吧，谁让我倒霉呢。众怒不可违。我刚把茶杯端到嘴边，酒闪电般地被死神袋鼠喝掉了。一股气流呛得我剧烈咳嗽起来。

"这就是我们最担心的事，我们还没看见你喝，它就没了。"巴扎别克大叔说。

"你是怎么做到的？"阿布来提问。

"杯子里的酒，消失在一瞬间，你是怎么做到的？"苏莉问。然后她把摄像机对准我。

"你们杀了我吧。"我说。

"呃呃呃。这酒还不如你自己烧的好喝。"死神袋鼠说。

40

　　我现在被我的兄弟姐妹们绑在蒙古包外面的拴马桩上，阿布来提绑我的时候怕我溜掉，事先把我用细绳子捆了一次，然后再往木桩子上捆绑，绑一圈打一个死结。这绳子是他捆羊皮子用的，油腻腻的，散发着臭味儿。苏莉怕我感冒，捆绑的时候还用一个薄棉被把我裹起来。远远看上去我像一个木乃伊。

　　"兄弟，不要恨我，这是民意。"阿布来提一边捆绑一边对我说，他的样子很内疚，觉得这样做很不人道。

　　"这下我算是看清了，这就是兄弟！"我对他说。恨归恨，我很配合他的动作，这样可以少受罪。既然是民主表决，我不能让别人看笑话。

　　"你在里面我们啥也吃不上，好东西都让你一个人吃掉了。这不公平。我们也是为了你好，你一个人吃那么多肉，身体会受不了的。知道什么是三高吗？"阿布来提又说。

　　"问题是我现在饿得要命。"我对他说。

　　"你们太自私了，干出这样龌龊的事，天理不容。哪怕是让我吃上一点再绑起来也行啊！"我又对他说。

　　阿布来提笑了一下，他向我做了一个抱歉的姿势，转身回蒙古包了。大家都在等他。

　　很快，我就听到了吃肉喝酒的声音。分肉的时候他们之间十分客气，都让对方吃最好的肉。喝酒也是一样，为了让别人多喝一杯，宁可相互间争得脸红脖子粗的。我只能眼巴巴地咽着口水。我知道他们吃不了多少肉，酒一进肚子，再好的肉也吃不下了。

可是我要是在场，就是另外一种情况了。

"呃呃呃。你打我吧，是我害了你。"死神袋鼠泣不成声地对我说。

"唉，打你有啥用呢，再说了又不是你的错。"我咽了一口唾沫对他说。虽然巴扎别克大叔他们做得不太人道，但毕竟是我的错，我一见到肉就没有办法控制自己的行为。

"我有个老哥也叫巴扎别克，不过他是哈萨克族。我每次去他家看他，他都要给我煮肉吃。他煮肉的时候，几乎不离开锅台，从开锅撇血沫子再到撒第一把盐，到最后羊肉出锅，他一直都守在锅台跟前。"我对死神袋鼠说。

"呃，那样子煮出来的肉一定很好吃吧？"死神袋鼠问。

"那当然，他说煮肉的时候要带着无比感恩的心情。要感谢锅里的羊，是它把美味的身体无私地奉献给吃它的人。有时候他也放上一个西红柿，或者切上一个皮牙子在里面。他说，你想要肉汤带点辣味儿，就在里面撒上一点辣椒面儿。这样又是另一种味道。"我说。

"那场面一定很感人。呃呃。"死神袋鼠说。

"要是锅里的肉不太多，还可以放上些恰玛古或者胡萝卜、青萝卜。要是有新下来的土豆更好吃。清炖羊肉有好多做法，蒙古族人、哈萨克族人、维吾尔族人和汉族人做出来的味道都不太一样。"

"呃，我要流口水了。"

"肉下锅的时候，我们开始打电话叫朋友，他老婆就开始做凉菜，等朋友陆续到齐了，桌子上已经有十来种凉拌菜了。凉拌菜很好吃，哪个民族风味的都有。"我说。

"呃，一个很能干的老婆。"死神袋鼠说。

"我老哥有一个远房亲戚在州酒厂上班，赶上夜班的时候他就偷偷灌上一矿泉水瓶子原浆酒，他把那酒藏在胳肢窝里，他每次夜班都偷出来一瓶子酒。"

"那又咋样，只是一小瓶酒啊。"

"大家都不知道这酒为什么有那么好的口感，谁都不信这是我们州酒厂烧出来的酒。我经常倒上一小杯，慢慢品，当然边喝边听音乐。"

"呃，唉。羡慕嫉妒恨。"

"后来，我老哥的亲戚把偷出来的酒倒在一起，就变成了一大塑料壶酒，足足有十公斤。"

"我的妈呀，这么多！我现在明白积少成多是什么意思了。"

"有一天，我老哥的远房亲戚就把这壶酒送来了。那酒有七十度以上，喝下去像火箭一样。"

"像火箭一样是什么意思？刚才那杯是低度酒，不好喝。"死神袋鼠说。

"不知道。这种事只能自己体验。"我对他说。

天色渐渐暗淡下来了。太阳在云中飞快穿梭，草地上被分割出一块一块的颜色，黑暗袭来，我看见扈河驾着马车开始在草原上游荡。叮当的铃声顺着风传向远方，马车渐渐走远了，今晚不知哪个亡灵会进入扈河的布口袋。远处的山峰被染成红色，而森林却被黑暗吞噬了。

"死亡之声远去了。你可以说话了。"我对死神袋鼠说。强龙压不过地头蛇，死神袋鼠一见到草原上的死神，吓得就想尿裤子。

"呃呃呃。我不是害怕。我现在的身份越来越可疑了。有时候连我自己都不相信这是真的。我怎么会成为现在这个样子？对你们人类来说，放弃生命就意味着结束，而对我们来说什么也不是。我们既没有生命的权利，也不可能放弃。我是什么呢？"死神袋鼠浑身颤抖地说。

"你只是需要一个归宿。我现在拿你怎么办呢？"

"不知道。混一天算一天吧。只能这样了。"

"不要放弃，你以前是一个多么令人畏惧的死神啊，瞧瞧现在，你都成什么样了？"

"这不是我的错，是你们自己已经没有可以敬畏的东西了。你们调侃生活，戏说生命，不敬天、不畏地，就是说你们缺少信仰。"

"我现在跟你学得也差不多了。"他又补充说。

"你要这样认为，我也没办法。所有的人都有信仰，只是你没发现。"

"他们不会什么都没给咱们剩下吧？留点骨头也好啊。"死神袋鼠说。

"你长点志气好不好？坚持住，你就会感觉到人和动物之间的区别。"

"我冷。"

"我也是。你刚才还喝了一茶杯，我什么都没喝上。"

"还饿。"

"我也是。我最近吃不上一块完整的骨头，都被你抢走了，你说饿的时候我都替你脸红。"

他们开始唱歌。蒙古族歌曲，维吾尔族歌曲，汉族歌曲。男声，女声。巴扎别克大叔还拉起了马头琴，琴声中，他和梅花合唱祝酒歌。然后是热烈的掌声。

有一个黑影从蒙古包里走了出来，走近了才看清是苏莉。她拿着一瓶酒和一盘子肉。她有些上头，走路的样子像面条。她嘴里叼着一支烟。

老天爷，她开始吸烟了，杨秋荣在她身上施了什么魔法。

"哈哈哈哈，你的样子真好玩。在想什么呢？"她把酒瓶子在我面前绕来晃去，还把肉盘子端到我的鼻子下面让我闻。

"这次我不和你抢，咱俩一人一半。"死神袋鼠说。

"你就这点出息！怪不得你是死神队伍里的孬种。"

"你和谁说话呢？你说话的时候看着我的眼睛好不好，要不然就是你心里有鬼。"苏莉说。

"我的饥饿感都是从喝你的鸡汤开始的，你也有责任。要是当初你给我的是一根胡萝卜，我现在就是一个素食主义者。是你把我带坏了。"死神袋鼠说。

"哼。"

"你要是娶我做老婆，我就给你吃东西。"苏莉喷了一口烟说，然后就被呛得把烟头扔在了地上。

大黑狗跑了出来，它在苏莉周围转了一圈，见她没有吐酒的意思就走开了。

"不。"我态度十分坚决。

"那我就不给你吃，也不给你喝。"苏莉说着举起酒瓶子喝了好多。

"答应她吧，她会喝死的。"死神袋鼠说。

"娶不娶我？"她喊道。

"不！"我说。

苏莉又开始喝酒。

"呃呃呃。你知道她酒量不行的。求你了，要出人命啦！"死神袋鼠说。

"你这个人的心是石头做的。这么好的女人不要，你想要谁啊？"巴扎别克大叔不知什么时候也出来了。他的两条黑眉毛呈倒八字形，比夜还黑。

"你说啊，娶我做老婆！"苏莉叫道。

"不。"我回答说。

她扑上来开始打我。

"为什么！为什么！"她边哭边喊。她已经疯了。

"一瓶子下去了，大黑狗今天晚上有吃的了。"巴扎别克大叔说。

"我今天死给你看！"苏莉叫着转身向蒙古包跑去。

"这姑娘真的很好，我们都喜欢她。娶她当老婆你会幸福一辈子的。"巴扎别克大叔对我说。

"她是个好女孩儿。呃。"死神袋鼠也开始帮腔。

"我的事你们别管。我不想结婚。"我说。

这时候苏莉抱着两瓶酒摇摇晃晃回来了。后面跟着黑子、梅花和古丽。

"咋啦咋啦?"他们喊道。

"我死给你看,我让你装!"苏莉说着打开一瓶酒。

"你别吓人啊,喂,你们还是人吗,快拉住她啊!"这次我害怕了,我开始向阿布来提他们求助。

"这是你们俩之间的事,我们插手不太好吧?"黑子坏坏地说。他们把我和苏莉围成一圈。

"你们的良心全喂狗了!"我骂道。

苏莉举起酒瓶开始喝,咕噜咕噜一半下去了。

"好啦,我投降,我同意娶你。你别喝啦!"我对苏莉说。我流泪了。没有一个女孩这么爱我。

"我同意,鼓掌通过!"巴扎别克大叔大声说。

"好啊,好啊!"

"祝贺。"

阿布来提和古丽他们也拍手叫好。

黑子走上前来,他从腰里掏出一把刀子,把刀子递给苏莉,苏莉把我身上的绳子全割掉了。大家一阵欢呼。

巴扎别克大叔开始唱蒙古族的祝福歌。

恢复自由的我在歌声中和苏莉拥抱在一起。

苏莉得到了我的许诺之后,立马醉得像一团烂泥,我只好把她背上。

　　我的终身大事，难道就这样定了？不可能吧，我觉得自己还没恋爱过呢。接下来就是结婚，生小孩，过日子，然后走向衰老。难道这就是我的一生？星星、月亮，还有美丽的草原，你们救救我这个可怜的人吧。我宁可让扈河把我带走也不想结婚。一个人的生活多自由啊。

　　回蒙古包的路上，巴扎别克大叔悄悄对我说，他想把他的婚礼和我的婚礼放在一起。

　　"你是二婚。我是头一次。"我一口拒绝了。

41

阿布来提对我说，夜深人静的时候他总是睡不着，总是感觉有辆马车在他家门前瞎转。他穿上衣服跑出去，那辆马车就不见影子了。他以为是来偷羊皮子的，可是他的皮子一张也没少。

"我还听到了铃声。"阿布来提对我说。那铃铛就挂在马脖子上，马车走的时候它响，不走的时候风刮得它响。他还看见一个赶车的白胡子老汉。可是他一出去却又什么都没看见。

"那你快了。"我对阿布来提说。

"什么快了？"他问。

"不知道。"我说。

"你不够兄弟，话只说一半。我心里很不舒服。"阿布来提有些生气。

"你的门前臭皮子味道太大，那个赶马车的老汉有鼻炎，他分不清这里的臭味是人身上的还是皮子身上的。"我对阿布来提说。

"要是人身上的呢？"他问。

"那你就完了。"我说。

"要是皮子身上的呢？"他又问。

"你就没事。"我说。

阿布来提开始闻自己身上有没有臭味儿，像狗一样，闻得特仔细。他闻完自己又闻古丽。有一次他闻了一个不该闻的地方，被古丽用马鞭子痛打了一顿。

"我全部闻过了。不是我和古丽身上的臭味儿。"有一天他跑来找我说。

我当时和苏莉在一块，她和其其格老奶奶住在一起。自从我那天晚上答应娶她做老婆以后，她反而疏远我了，每次我去她房间，她都让其其格老奶奶把我挡在门外。

杨秋荣从其其格老奶奶家里搬了出去，她嫌这里来的人太多，影响她休息。

我觉得这是她的借口。她现在天天和那个南方老板混在一起，洗脚屋也没心思经营了。她就是这么一个缺心眼儿的傻子，爱一个人总是不要命，被抛弃了就想寻死。

"不是你们身上的臭味儿，那就没事。"我对阿布来提说。

"到底是什么事呢？"他问。

"我也不知道。"我说。

关于马车和臭味的事，阿布来提后来再也没提过，不过他卖掉了所有的羊皮。他用了好几天的时间，把蒙古包四周狠狠地打扫了一遍，还洒了好多消毒水。现在他们家闻上去有了医院的味道。他结束了羊皮贩子的生涯，那辆三轮摩托车也被卖掉了。他现在全天候陪伴着古丽，小心翼翼地帮她伺候大白马。这匹马快把巴扎别克大叔弄成神经病了。他天天来阿布来提家找古丽，今天出一个价，明天出一个价。可是古丽就是不卖给他。

"我都烦死他了。"阿布来提对我说。

"他现在出多少钱了?"我问他。

"三十万了。"阿布来提说。

"你这个傻子,为什么不卖给他呢?"我从地上跳了起来。她那匹马哪里值这么多钱呢,这些人想挣大钱都想疯了。

"这匹白马能给古丽带来好运气呢。她参加了好几次赛马比赛,马的本钱已经回来了,现在开始赚钱了。"阿布来提悄悄地对我说。

"我们是以找妈妈的名义参加赛马比赛的,古丽说谁要是找到她的妈妈,那匹马白送。这件事在草原上一下子传开了,好多人现在全疆各地帮她找妈妈去了。"

"嘿嘿,这个办法不错。"阿布来提说,"古丽的大白马平时看起来无精打采的,拴在马厩里像一个老羊缸子,谁见了都觉得只能做马肠子熏马肉了。可是古丽说,比赛的时候,它像一团火一样,一下子就把对手远远甩在后面了。"

"这几天公安局的人天天来找我。我都烦死了。"巴扎别克大叔对阿布来提说。

"我是人大代表,他们认为人大代表应该代表正义。"他又补充说。

"他们找你是不是又是皮子的事?还有帐篷。"阿布来提冷笑着说。他觉得这些新闻已经吓不住他了,巴扎别克大叔这套把戏在他面前已经过时了。

"他们问我你为什么突然不收羊皮子了。现在那个把政府的救灾帐篷拿去换酒喝的人已经找到了。偷羊皮子的人还没有找到。你现在不做羊皮子生意了，这让他们很怀疑。"巴扎别克大叔喝了一口茶说。

"我又没偷羊皮子。我的生意是干净的。"阿布来提说。

"这我信。我以人大代表的身份向他们证明你在这件事情上是清白的。可是，他们现在把怀疑的对象又转移到古丽身上了。"巴扎别克大叔神秘兮兮地说。

"哦！"阿布来提有些震惊。

"一个维吾尔族女人整天骑着马在草原上闲逛，连我都怀疑。"

"扯淡吧。这肯定是你自己的想法。"阿布来提吐了一口唾沫说。

"你要这样认为，我也没有办法。"巴扎别克大叔说着起身告别。

"骗你是头驴！"他转过身来又说。

巴扎别克大叔吹着口哨离去，给阿布来提留下一大堆疑问。

阿布来提从不干涉古丽的事，可是巴扎别克大叔的话让他不能不想其中的问题，他一个人在家没意思就跑来找我拿主意。

所有的人遇到麻烦都跑来找我，吃肉喝酒的时候就把我忘了。

比如说杨秋荣，洗脚屋的生意不错，又找了一个男朋友，现在面都见不上。

还有大毛。他现在的生意也不错，白天卖门票，晚上学狼叫。我去牢房看他，他忙得半天都没工夫理我，搞得我很没面子。

大家开始埋怨我不该把牢房卖给大毛。这又不是我的错，我哪里知道事情会变成这样。

"全是闹剧。我们来这里干吗来了?"阿布来提问。

"找你。"我们说。

"可是，明摆着我不需要你们找。你们还吃了我好几只胖胖的羊。"他说。

"我们找普加。"苏莉说。

"可是这家伙在哪里啊？看样子他也不需要我们。"黑子说。

"那天我明明看见他进了巴扎别克大叔的家。可是出来时就变成了另一个人，像见了鬼一样。"阿布来提说。

"除了假牙是真的，普加就没别的地方是真的了吗?"黑子问。

"是的。这家伙现在越来越难找到了，我也认为那天骑马的那个人就是普加。他走得老远以后，回头向我坏坏地笑了一下，我看见他的假牙了，是一排银色的。他肯定在巴扎别克大叔家刚吃完骨头出来。他一般吃肉的时候就戴银牙。"我说。

"那你为什么不和我们说啊?"苏莉很生气。

"我是想说，但是没机会。后来巴扎别克大叔来了，再后来我就被你们绑在拴马桩上了。哼!"我到现在还对这件事耿耿于怀。

42

我们准备去参加一个葬礼。据可靠消息普加也要在葬礼上出现，死者是普加的一个亲戚。

蒙古族人的亲戚关系特复杂，两个不认识的人在一起喝酒，喝着喝着就成亲戚了。不是他大爷的嫂子的弟弟或者舅舅的弟弟的孩子是他妈妈的表侄子，就是他妈妈的姥姥的弟弟的老婆的姨妈的妹妹是他的爷爷的兄弟的媳妇。只要大家是一个地方的，在某个时间段，总有一个淡淡的血脉可以交叉上。

我都晕了，还是不说了吧。

死者据说和其其格老奶奶也是远房亲戚。她年龄太大，快九十的人了，不便去参加葬礼。其其格老奶奶是孤寡老人，所以苏莉自然就成了她的代言人，去参加葬礼。我们全体出动，都成了其其格老奶奶的代表。

"这下看普加往哪里跑。"我说。

我们是开着苏莉的越野车去参加葬礼的，苏莉开车。死者不在草原，他是在乡里农村的老房子去世的，享年七十多岁。

"那不一定，我领教过普加的本事，他化装的技术一流，想找到他真的很难。"阿布来提说。

"我的身份参加葬礼好不好？我是这个乡的副乡长，我是代表官方还是民间?"黑子有点犯愁。

"这是个问题。你不把自己当回事,人家却把你当回事,认为乡里领导亲自参加葬礼来了,接待级别一下子就不一样了。"苏莉说。

"要不你也学普加把自己化装一下,变成一个种地的朋友。这样人家就认不出你来了。"阿布来提说。

"我从来没试过化装。就这样不是挺好嘛。领导也是人啊,他来自普通人,他们是老百姓的一员。再说了我不就是个小乡长嘛。"黑子说。

"还是个副的。"我补充说。

我们都笑了起来。

我们到了以后,黑子的身份并没有引起特别注意,他发现来自州里、市里、县里的人比他的级别大多了。这让他松了一口气,看来死者家属也是有背景的。

我们来得有些晚,棺材已经装到汽车上了。

我们进去匆匆行了礼就出来了。院子里人很多,大家谁也顾不上谁了,先前说好找普加的事,只好放放再说。我们被挤散了,有人递给我一瓶酒,我和死神袋鼠分着喝了。这里不是他的管辖范围,再说他现在也不是死神了。

后来,我被挤上第一辆车,车里放着棺材。

汽车一直向北行驶,那里有山,蒙古族人喜欢葬在山上。我没有参加老人入殓仪式,那都是长辈们的事,我不够资格。我混在参加葬礼的人群里,白吃白喝。不停地有人给我酒,一个酒瓶子传来传去的,我们全都喝得醉醺醺的。酒瓶子传到我手上的时候还有好多，传给别人的时候所剩无几，过一会儿又传过来一瓶子酒，传出去的时候又剩下一点点。死神袋鼠这下过足了瘾。

这是一辆破旧的东风卡车，上面放着一口紫红色的棺材。棺材不厚，只能算是个中下等档次。汉族人很注重葬礼的奢华，尤其是老人的葬礼。而在蒙古族人看来，一口薄棺就是一个永恒的句号，只要死者生前活得快乐，其他都是次要的。

今天是个阴天。坐在卡车上面，风吹过来感觉特冷。

城镇渐渐远去，出现一些零零散散的农田。现在有些牧民开始种地，边种地边放羊，过上了半定居的生活。有些牧民不太会种地，就把地租给汉族人种。生活在赛里木草原上的人们，他们生来就是和牛羊打交道的，命里注定的就要和羊群在一起，春夏秋冬。他们离不开草原，离不开畜群。

农田很快消失在人们的视野里，汽车尾部已不再扬起漫天尘土。远处开始出现大片大片的鹅卵石和草地，几棵老榆树孤独地生长在空旷的原野里。不远处开始出现羊群。在这个季节，羊群里会突然出现许多奔跑着的小生命，它们像招人心疼的孩子，足以让世界上任何一个铁石心肠的人变得情意绵绵。这是上苍赐予牧人最大的福气。

汽车在草原上拐来拐去。在沟壑纵横的小路上，一车的男人被颠得晃个不停，肚子里面开始翻江倒海，从昨天到现在我们一直不停地在喝酒，一个个浑身冒着酒气，就像刚刚从酒缸里捞出来似的。送葬的人站累了就蹲下，蹲累了就站起来。人们扶着棺材或车厢挡板用蒙古语大声谈论着什么，随后他们开始激烈地辩论起来。美国飞机，伊拉克局势，还有一些国际传闻。总有几个见多识广的年轻人，他们刚刚从互联网上看到最新消息，以雄辩的口才，把所有的话题全部包揽下来。最后人们瞪着眼睛竖着耳朵，把精力全都集中在一个人的身上。不是拉登，就是奥巴马。然后大家开始沉默，有人叹息，有人抽烟，有人把一瓶白酒在人群里传来传去。说实话，我还是喜欢喝奶酒。一会儿又有人开始说话，很多人加入进来。我只能听懂日常用语，只有人们用生硬的汉语讲"美国"的时候，我知道他们是在谈美国；说"伊拉克"的时候，我知道他们是在谈伊拉克。当然还有普京，俄罗斯是重点话题。从一车人的表情来看，除了不谈老巴特和他的葬礼，他们什么都谈，世界、土地、草原、女人、爱情、羊群等。

年轻人在热烈交谈的时候，有一位老者沉默不语，树皮般的脸上流露出悲伤的表情。他用双手牢牢地扶着棺木，甚至想把棺木抱在怀里。他的身上沾了好多泥巴，这几天他一定很忙。为了老朋友的葬礼，他累得几乎要瘫倒在地。他和死者的关系肯定不一般。年轻的时候他们肯定干过很多惊天动地的事情。那时候他们是真正的游牧民族，马背上的事几天几夜都说不完。

"风景多美啊，我从没有在这个季节看到过这样的景色。"我对死神袋鼠说。我看到几棵胡杨树，树干粗得几个人都抱不过来，它们一定存活了上百年，彼此在旷野里默默守望着，如同守望一份爱情。

"呃呃呃，是的是的。外面的景色一定很美，可惜我喝多了，不能站起来和你一起欣赏。"死神袋鼠说。

春天的原野，远离城市的喧哗和浮躁，把宁静芬芳的空气分享给在这块土地上奔跑着的生灵。白云低低掠过山上的雪线，淹过广袤的松林，然后又散散地从松林里飘出来。山腰上隐约出现一个木制红顶小屋，在白云的缝隙里远远注视着送葬的队伍。一只野兔瞬间消失在草丛中，它正在建造一个温暖的家，长满青草的河床上留下了一长串充满体温的足迹。野兔子有一个雄心勃勃的计划，这一年除了爱情，它还要收获一大堆奇迹般的生命。生活就是这么简单。

目的地到了。那里埋葬着许多故去的人。老的，少的。他们都得到了轮回。死者的灵魂在赛里木草原上飘逸飞翔，只把肉身埋在一堆堆的石头下面。蒙古族人始终认为石头是最好的纪念物，而且风是没有力量把石头刮走的。这让人想起了许多远古的事情，祖宗留下来的经验肯定是有道理的。

早先到达的人已经挖好了墓穴。

先前车上抚棺的老者抱着一块石头从山坡下走来，他的身后跟着一长队年轻人，他们要用石头给死者堆一个坟。在葬礼上，这位老者的行为赢得了许多牧人的赞扬。

州上有关部门也派人参加了老者的葬礼。这让在场的人大吃一惊，死者竟然惊动了州上的领导，这说明死者生前不简单，也说明了大家在车上对死者身世的猜疑是有道理的。

43

在那天的葬礼上，黑子和阿布来提坐在后面的一辆车上。我们往坟墓上摆放石块的时候，阿布来提从后面的队伍赶上来，他悄悄对我说，前面的"头羊"很可疑。

"前面的老汉有问题。我们都搬了三趟了，他看上去一点不累。"阿布来提对我说。

"那有什么呢？他们天天吃没有化肥的羊肉，哪里知道累啊。"我气喘吁吁地说。

"说啥呢你！眼睛长草了吧，你看他走路的架势，哪像个老人啊！"黑子也跑过来对我说。

"我真的没看出来，我们是坐在同一辆车上的。他在车上一句话也没说，别人给他酒他也不喝。他扶着棺材一直在哭。"我对他们两个说。

因为我们三个人凑在一起说话，影响了后面的队伍，有人开始抗议，没办法我们只得又回到搬石头的队伍中。放石头的地方离墓地很远，我们要经过一个山包，还有一条蛇一样的小路。要命的是大家是按一个圆形的线路搬运石头，我们只能看到领头的蒙古族老汉背影，见不到面。大家搬着石头，到了墓地堆在上面就走。烈日下，搬石头的人嗓子干得像着火一样，有人开始埋怨主家没给大家备水。已经搬了五趟了，我们用石头堆起了一座高高的坟墓。前面传过话来，说大家再搬一趟就好了。这时我看见前面领头的老汉回头朝我看了一眼，他坏坏地笑了一下，阳光正好照在他的一颗金牙上，瞬间我的眼睛被狠狠地闪了一下。

我现在知道什么叫金色的光芒了。

黑子和阿布来提累得满头大汗，他们跑过来，我们三个人坐在地上大口大口喘着粗气。看来我们城里人化肥吃得太多，一干活就拉稀。

"我喝多了，我觉得我一个人就喝了一瓶子。"阿布来提说。

"我也是。我觉得酒精中毒了，一见酒啥都忘掉了。"我对阿布来提说。

"天堂最美，可是谁都不愿意去。我们在神与灵魂之间选择了另一种方式来表达我们对死亡的敬畏。可是活着的人有多辛苦啊！"黑子说。

"我看到他的金牙了。"我咽了一口唾沫说。

"我也看见了。你去看看他是不是普加吧。"阿布来提对我说。

"要不是普加，肯定会打起来的，在墓地打架是对死者最大的不敬！"我说。

"是你不敢去。"黑子说。

"我真的不敢去，你去吧。是你先说他是普加的。"我说。

"我没说。是他先发现的。"黑子指着阿布来提说。

"他肯定又是在谎报军情。"我说。

"宰羊。"黑子说。

"喝酒。说谎的人是要受到惩罚的。"我说。

"呸呸呸！我才不上当呢。我就剩一只羊了，要拿回去给我爸妈吃。"阿布来提说着跑去搬石头了。

"我们一个车来的，我咋没看出来那人长得像普加呢？"我对黑子说。

"我们找他有意义吗？人家活得好好的！"黑子说。

"我也这样认为。我觉得这件事一开始就很无聊。"我说。

活刚干完，死者的家属运来一些矿泉水，大家赶紧跑去抢水喝，队伍一下子乱了。我和黑子在混乱的人群中向那个老者包围过去。阿布来提个子高，他抢到三瓶矿泉水后到处找我们。

"普加，你这个家伙，站住。"我在人群中大声喊道。

黑子看到阿布来提手里有水，就放弃了寻找普加的计划，他觉得当前的首要任务是解决喝水的问题，这比抓住普加更重要。

我跑在最前面，从后面一下子抱住了普加的腰。

"这下看你往哪跑！"我喊道。

老者没想到有人从后面抱住他的腰，他开始奋力挣扎，我们两个从山包上滚了下去。这个过程，基本上没人看见。

后来，阿布来提和黑子找到我的时候，我坐在山脚下的一块大石头上。当时我的样子一定很狼狈，我从他们的眼睛里可以看出来。我身上的衣服烂了好几处，有的地方还被杂草和石头蹭出了血，这个代价可不小。一只鞋子丢掉了，手机也摔坏了，钱包、身份证全没了。

我手里拿着一副假牙。一金，二银，还有几颗是烤瓷牙。看样子好像是上半部分。

"他骑马跑掉了。"我说。

"这也不能说明这人就是普加。"阿布来提说。

"人跑掉了，牙有什么用呢？"黑子也说。

这两个家伙一点同情心都没有，我都摔成这样了。我确定那人就是普加，因为从他身上的气味我就断定是他，我们一起长大，一起经历了岁月中的最美好的成长过程。

回城堡的路上，气氛有点沉闷，大家谁也不说话。苏莉没去坟地，因为开车没喝酒。

普加的假牙就放在越野车的仪表台上，它安静地注视着我们，我觉得有点恶心，想把它扔掉，苏莉十分生气地制止了。

"它在笑。"黑子说。

"还是假牙方便，脏了随便找个地方洗洗再戴上。上次普加在我家吐酒的时候把这假牙吐在葡萄沟里了，我当时为了找到它，不得不戴上墨镜和口罩，因为太恶心了。我还在口罩上洒了几滴香水，这样可以好受些。我闭上眼睛，在他吐出来的东西里面摸啊摸啊，摸到一个东西我就在太阳下面看看，然后扔掉。然后又在里面摸啊摸啊，东西没找到我被熏得开始吐了。"我说着点了一支烟。

苏莉停下车，他们三个从车上跳下去，全部趴在地上开始狂吐。

上车后，他们开始骂我。我睡着了，没听见。

苏莉边开车边盯着假牙看，假牙也像是长了眼睛盯着她看。看着看着，苏莉就哭了。

我们都不想说话。

这是因为普加的牙都是为了苏莉被人打掉的。打一次架掉几颗，活人哪能经得起这折腾啊。上中学的时候，我见过他们在一起的情景。

那时候，苏莉的小腰像杨柳一样，美貌中带着青春的娇艳。普加则代表着刚毅和拳头。那是人生中最美好的年华，他们在一起的时候让人嫉妒，也是一种希望。

充满自豪的时代过去了。硬汉时代来了，又远去了，我们失去了方向感。我见到几张外星人的图片，这难道是我们的未来。

苏莉望着普加的假牙，她哭了。她哭得很伤心，有好几次车子差点掉进了沟里。

杨秋荣失踪了。她关掉了洗脚屋，因为苏莉对拍电影没了兴趣，这让她失去了收入。

再说杨秋荣开店也不是为了赚钱，是为了找到一个好男人。后来她果然找到一个男朋友，两人甜蜜得像糖一样。

杨秋荣走的时候给我留了一封信，其其格老奶奶把信交给我，手里还拿着一千块钱，说是杨秋荣留给她的。这让老人家感动不已，因为从一开始其其格老奶奶就对杨秋荣有想法，总想找个借口把她从家里赶走。

杨秋荣的信是这样写的："带好我们的孩子，二十年后我回来看你们。"

"你们真行，孩子都造出来了！"苏莉说。

"不是我的。骗你是毛驴！"我不知道该如何向苏莉解释有关孩子的事。

"谁信！男人没一个好东西。"苏莉说。

"女人都这样说。可是她们就是离不开男人。"我回敬道。

"大毛和阿布来提可以做证，我把杨秋荣带回大院的时候她已经有身孕了。我比窦娥还冤。"我又说。

杨秋荣不明不白的消失，让我损失惨重，她留下的烂摊子我要用一生去收拾。苏莉看了杨秋荣留给我的信之后，再也不逼我和她结婚了。

这天晚上大毛偷偷溜出来看我们。

现在他已经不是一个诚实的商人了，也不再卖力地用真嗓子学狼叫了。他还打算写一本书，无奈文化水平实在太低，除了会写自己的名字以外，根本无法完成一部个人自传。他每天晚上放录音，装模作样地对对口型就把一个晚上打发过去了。

"你现在也学会假唱了。你在欺骗观众。"苏莉对他说。

"那有什么，现在好多明星都这样干。我这也是对观众高度负责。万一我唱砸了不是很扫兴！嗓子是肉长的，我哪有力气天天晚上瞎叫啊！"他说。

44

大毛想写自传，从改革开放写起，主要写他的奋斗历程。中间穿插个人感情经历，第一次婚姻的失败，第二次婚姻又失败，后来又有几次不幸的感情经历，直到遇见现在的妻子花花。

大毛以前觉得现在的老婆还不错，可是自从有钱之后，感觉和现在的老婆共同话题实在太少了。看样子大毛的婚姻又要出问题。

婚姻就像挠痒痒，挠对地方才算舒服。挠少了不行，挠多了不行；没钱的时候不行，有钱的时候更麻烦。现在大毛就是这个样子，可怜的花花。

"你到底结过几次婚？"黑子问道。

"三次。"大毛不太肯定地说。

"看不出来你也是个爱情高手啊！"我说。

"我是农民的儿子，生下来没赶上好时代，成长经历非常坎坷。我能走到今天真是要感谢我们的好社会。这个时代给了好多人实现自己梦想的机会。"大毛说。

"你真是个马屁精。幸亏你没文化，否则肯定能成精。"我对大毛说。

"你来写，我出钱，就从改革开放开始写。那一年我才五岁。"他喝了一口酒说。

"你到底多大？"苏莉问大毛。

"这很重要吗？又不是干部提拔！你要不写这笔钱就飞到别人的口袋里了。愿意给人写自传的作家现在太多了，我只是觉得你做事比较厚道可靠。"大毛对我说。

"煮熟的鸭子又飞了。"黑子说。

"好吧。三十万。现在出书都这个价。到时保证让人看了泪流满面。"我对他说。

"就这么定了。明天打钱。"大毛对这个价钱十分满意。

我们举杯庆贺，算是一笔生意有了着落。没办法，作家也要活下去。给大毛这种人写自传，要是放在几年前，打死我都不会干，可是现在我的生活压力越来越大。大毛的院子要是被政府征收了，我真的无处可去了。就算马鞍子没赔钱，就算给大毛写自传挣了十万八万的，不吃不喝也只够买个卫生间。现在州里房价一路攀高，我成了真正的房奴。

"唉，现在土豪越来越多了，可我的房贷还没还完。老婆单位效益不好等于白干，孩子一天天长大，愁啊。"黑子说。

"我们还是别谈这些破事了吧。大家都不容易。想想普加吧，我们的好兄弟，他的假牙还在我们这里，这段时间他靠什么啃骨头呢？"我说。

"你当时什么不好拿，非要拿人家的假牙！"苏莉埋怨道。

"大家都关心他的假牙，这是物证。再说别的地方也下不了手。"我说。

"说不定不是他的呢？"黑子说。

"当然是他的。上次他在我家院子里喝酒时我见过。不会有错的。"我对黑子说。

"不是他的那天他就死定了。肯定是他的。"苏莉也对我的判断表示肯定。

我们在谈论普加的时候，突然想到一个人，这个人就是巴扎别克大叔。我们一致认为巴扎别克大叔的嫌疑最大，普加这几次出现都跟他有关系。

"阿布来提几次看到普加从巴扎别克大叔家里出来。"黑子说。

"他们的关系肯定不一般。"苏莉说。

"你们说的普加我见过。"大毛说。

大毛说，有一次巴扎别克大叔带着一个年轻人从他的别墅里出来。两人走路的样子挺像的，远远看上去像一对父子。他们手里一人一根马鞭，两匹马就拴在广场中央的拴马桩上。当时巴扎别克大叔边打电话边发火，肯定哪个伙计把骆驼弄丢了。

他们来看大毛。两个人在牢房对面的吊桥上站了半天。当时大毛正在打坐，闭着眼睛。呼吸着从赛里木湖吹过来的凉风。他想起了很多事情，这些事情只有在此时此景才能想起来。

大毛记得小时候跟着一群逃荒的人从乌鲁木齐出发，他们一群一群地站在路边上，看见卡车驶过来就全部跪在路边哭喊。遇到好心的司机，人家就把车停下来把他们拉上。要是这辆卡车是去伊犁方向的，这群人现在就成了伊犁市民了。要是搭上去博乐方向的卡车，他们就成了博乐市人了。当时他们没有选择地区的权力，饥饿是最大的敌人，他们碰到哪个方向的车想都不想就爬了上去。不管哪个方向，能爬上大卡车，肚子就饱了一半。

大毛好多年没有想起自己过的苦日子了。

刚开始，大毛跟着表叔搭不上车。那个年代车特少，一天也见不到几辆卡车。从乌鲁木齐下了火车，大毛他们就沿着乌伊公路开始乞讨，乌鲁木齐到博乐全程五百多公里，硬是被他们走了三百公里才搭上一辆卡车。一路上能吃的都吃过了。有时候他们可以吃上一点前面的人留下的西瓜皮，好心人吃完西瓜就把瓜皮放在一棵树底下，后来的人如果能吃到西瓜皮就有可能活下来。他们来到这个边境小县，当时这里全是泥巴路，一栋楼房都没有。前方已经无路可走了，翻过一座山就是苏联。他们只得在这里安定下来，后来他的表叔死了，他开始吃百家饭。

当时的情景就是这个样子的。

"唉，过去的日子提不成。我说感谢共产党感谢改革开放，你们还不信，说我是在装，我说的都是心里话。"大毛说。

"谁说不信啦？我们和你一样。我们虽然比你年轻，可是我们的经历不比你少。"苏莉说。她也是改革开放的受益者，如今成了大老板。她说现在她的企业，她离开三个月手下不用给她打一个电话，因为她有一套行之有效的管理办法。

"那天我正在打坐，巴扎别克大叔带着一个年轻人来看我。他们用蒙古语对话，我都能听懂。"大毛说。

"然后呢？"苏莉问。

巴扎别克大叔对那个年轻人说："一个不如一个。前面那个人，他们都叫他狒狒，不，是醒龊。他坐在那里还像那么回事。你看看现在这个，样子像个装病的松鼠。"

我踢了黑子一脚。

"我可没说你是一个醒龊的人。我只是觉得你当时的样子真的很像狒狒。"黑子笑着说。

"我当时都恨死巴扎别克大叔了，你们说说，哪有这样糟蹋人的啊！可惜我当时正在打坐，只好忍着。"大毛愤愤不平地说。

"好啦好啦，你快往下说吧。"黑子催促道。

"好吧。"大毛说。

当时的情景是这样的，那个年轻人用马鞭子指着大毛说："这人在干什么呢？我以前在监狱的时候，有一阵子有点像他。当时我只剩下三颗牙了。因为吃不饱，每天开过饭以后，我就像他这么坐着，面前放一只铁碗，有人吃不完，就把剩饭倒进我的碗里。"

巴扎别克大叔拍拍年轻人的肩膀说："让你受苦了，都怪我不好。"

"我认识一个神医，吃了他的药，牙会自己长出来。我就吃了一次，结果长出来三颗牙。"巴扎别克大叔说着张开嘴巴让年轻人看。

年轻人伸着脑袋朝巴扎别克大叔张开的嘴巴里仔细察看了一会儿，他很好奇，用手一颗一颗地晃，一下子晃掉一排牙齿。

年轻人拿着那排从巴扎别克大叔嘴里弄出来的假牙开始哈哈大笑。

年轻人说："老头儿，你这也不是原装货啊，原来你是个不诚实的人。"

"嘿嘿，我和你开玩笑呢。"巴扎别克大叔接过假牙把它又戴了回去。

"我年轻的时候，吃羊肉骨头都不剩，越吃牙越少。"巴扎别克大叔说。

"我不如你有福，我的牙都是被人打掉的。"年轻人说。

"我让人在网上好好查了一下。现在最好的技术是种植牙，到时候我带你去乌鲁木齐种牙。我在那里有楼房，将来就送给你。我们在乌鲁木齐找一家最好的医院，种最贵的牙，一万块钱一颗的。让你笑的时候牙齿白白的。"巴扎别克大叔又对年轻人说。

"是的，我出门的时候老婆也用不着把我的假牙藏起来了。"年轻人说。

"你没见过普加。所以我们不能断定那个年轻人就是普加。"我对大毛说。

"但是凭感觉我认为那个年轻人就是你们要找的普加。圆脸，小眼睛，一嘴整齐的牙齿，一看就是假的。草原上的人天天吃肉啃骨头，他的牙齿像没用过似的。"大毛的态度很坚决。

"都怪你，那天为什么不牢牢抓住他呢？那是我们唯一的机会。"苏莉又开始埋怨我。

"要是我，摔死也不松手。"黑子说。

"好吧，我的错。你们也知道，那家伙壮得像野牛。我当时没摔死也算万幸了！"我觉得自己很冤枉。

我不想和苏莉吵架，本来我们已经谈婚论嫁了，倒霉就倒霉在杨秋荣那张该死的纸条。还有，普加也是她挥之不去的一个阴影。

这天晚上，大家都饿得睡不着，黑子跑出去采了些木耳回来，现在苏莉不拍电影了，黑子的兴奋劲减了一半。城堡里的木耳长得很旺。我和黑子一起做了几个菜，包括凉拌木耳、木耳肉片、鸡蛋炒木耳、木耳紫菜萝卜汤。说实话木耳的口感真的不错。怪不得这么贵也有人要。黑子他们在城堡设了一个直销点，外地游客好多都是奔着这里的黑木耳来的。

"你真的应该去写写那个种植能手李植芳。她为了研究大田木耳，差点倾家荡产。她的故事可多了。"黑子边炒菜边对我说。

"好的，你给我的资料我也看过了，她是一个了不起的女人。有机会我一定去采访她。"我点头答应。

"有偿写作，人家给钱，是因为我们要生活。无偿写作是为社会献爱心。那个种植能手李植芳的事迹真的很感人。"黑子说。

"那好，和政府打交道我不会吃亏的。"我对黑子说。我当然喜欢有偿写作啊。

苏莉用一个盘子把几种菜给其其格老奶奶盛了一点送进

去。我端着一碗汤跟着她一起去看老人。

老人正在念经，看我们进来就放下手里的转筒。

"老奶奶，我们给你送饭来了。"我对其其格老奶奶说。

苏莉给其其格老奶奶围上一个小兜兜，开始用木头勺子给她喂汤。她先轻轻吹了几下，然后才给老人喝。老人喝了一口，不停地点着头，并竖起大拇指。

"好喝吗？这些菜全是她做的。我们就要结婚啦。结婚你懂吗？一家子。我们是一家子。你也和我们一起。我们全部一家子。我们养你。"我对老人用肢体语言比画着说。

老人看看我又看看苏莉，她开始流眼泪。她呜呜咽咽地说着我听不懂的蒙古语。

"你要是开玩笑就滚出去！拿老人开涮是最大的不敬！"苏莉生气地把碗往桌子上一搁。她生气的样子很可爱。

"我说的是真心话。我在你身上看到了什么是善良，你是一个好女人，人的本质最终是要回归善良的，这一点我坚信不疑。"我说。

"真的？"她问。

"真的。"我说。

"是你说的想要老人和我们一起住？你发誓。"她说。

"我发誓，我萨朗决定要和苏莉一起，好好孝敬其其格老奶奶，给她亲人般的关怀。要是违背誓言，天打五雷轰！"我举手发誓。

"你不后悔？"她问。

"后悔是毛驴！"我对她说。

苏莉站起身来，走到我面前，我们拥抱在一起。

后来，苏莉告诉我，这段时间，其其格老奶奶简直就成了她的心病。夏天城堡的日子还好过，冬天这里的人都撤走了，大雪封山，老人一个人在城堡里咋过呢？这对于一个年过九旬的老人来说，无疑是一种灾难。我提出给其其格老奶奶养老送终的建议，让她彻底明白了一种生活方向。

"我真的爱死你了，算我没看错人。你是个儿子娃娃！一点也不龌龊。"苏莉说着像个小蚱蜢似的在我身边蹦来蹦去。

然后，我发现她在床上风情万种，不是个性冷淡。

45

古丽最终还是把大白马卖给了巴扎别克大叔。阿布来提
说，让维吾尔族人整一个庞大的牧场，弄上几千只牛羊，冬
牧场夏牧场来回迁徙可搞不来。

"每个民族都有自己要做的事。你们做的买卖我们做不
来，我们放羊可以，在巴扎上卖羊肉不行。你们卖羊肉做买
卖可以。"巴扎别克大叔对阿布来提说。他的一个孙子过生
日，他想把这匹大白马送给孙子。

"咱们好好合作，做点各自擅长的事。"阿布来提说。

"我们这次合作得非常好，我很满意，我们也都找到了羊
缸子，这是最快乐的事。明年夏天我们还在一起，在赛里木
草原上喝酒！"巴扎别克大叔说。他和梅花这个冬天就要结
婚，他说到时候给我们每个人都发请帖。

古丽的妈妈还是没有消息，传回来的消息没有一个是可
靠的。她那患老年痴呆症的妈妈已经走丢快一年了，到目前
为止，古丽已经找遍了大半个新疆。古丽还不死心，还想继
续找下去，但是爱情之花已经绽放，妈妈没有找到，却找到
了心中的白马王子。阿布来提整天行走在蜜罐里，决定和古
丽牵手终身。

成吉思汗城堡的好时光快要过去了，天气开始变冷，赛
里木草原像一朵花，每年只有三个月的盛开期。八月一过，

放羊的人就开始筹划转场的事。夏牧场的生活眼看就要结束了。

大毛现在很不甘心。城堡已经没人摆夜市了，他就是用真嗓子学狼叫也不会有人听了。因为这里太阳一落山，晚上实在太冷，外地游客几天盼不来一车。

没有游客，就没有消费。

银行关门了，税务所撤走了。有一半的外地商家也撤走了，他们拉走了所有货物。明年夏天他们还会回来，这几个月大家口袋挣满了钱。这些人在其他地方还有生意，商人不干赔钱的买卖。只有派出所的民警没有撤走，他们要留守到第一场大雪来临。

大毛这几天心情不好，两只眼睛喝得通红，他的钱财撒得面积过大，只能打碎牙齿往肚子里咽。别人他抓不住，大毛就把精力全部集中在我身上。

"你放心，我不会食言的。咱们是一家人，继续合作。"大毛拍着我的肩膀说，他的手劲很大，拍过之后我的肩膀火辣辣地疼。

"大不了书不写了，把三十万还给你。你要是男人有话直说好啦。"我揉着肩膀十分生气地说。

"你以为我是个龌龊的男人吗？我大毛说啥也是个顶天立地的男子汉！"他拍着胸脯说。

"把钱还给他吧。你看他心疼的样子。"死神袋鼠说。

"你少管闲事。还是多为自己想想吧，你难道想跟我一辈子吗？瞧你现在都成什么样啦！"我在啤酒罐上弹了一下，里面立刻传来求饶声。

事情还没完。这天晚上，我刚睡下，苏莉拿着摄像机从其其格老奶奶的房间里跑出来，她一头钻进我被窝里面瑟瑟发抖。当时黑子不在，他回乡里了。这屋子里就我一个人。

"咋啦？出了什么事？我被你吓着了。"我掀开被子说。

"太可怕啦，太可怕啦！"苏莉上下牙齿打颤，我听见"哒哒哒"的声音。

她把摄像机递给我。我不会玩这东西，她就翻给我看。

"太可怕了，大毛这下完了。"我说。看完视频我半天回不过神来。

摄像机的画面里，有一个白胡子老头赶着马车在大毛的牢房四周瞎转，忽然不见了，一会儿又出现了。马车像长了翅膀，不受任何障碍物的限制。画面持续数秒就彻底消失了。

"那是死神扈河，草原上最大的管家。"我对苏莉说。

"大毛要死了吗？"苏莉哭着问。

"唉，说不好，十有八九。"我摇头说。

"你是怎么拍上的？"我问苏莉。

"不知道。当时我也没发现，刚才看着玩，看着看着马车就出现了。"她说。

"任何事情，信则有，不信则无。你把它删掉吧。"我对苏莉说。

"为什么？说不定可以进行科学研究呢。"她说。

"听我的没错。"我说。

"好吧。"苏莉说。

"现在还有吗?"我问。

"没了。"她说。

"就当什么也没发生。"我对她说。

"大毛还会死吗?"苏莉问。

"当然不会。"我说。

就是因为我的一句话,害得阿布来提皮子生意也不做了。现在我还常常后悔这件事。阿布来提不做羊皮生意后,古丽对我相当有意见,有时候去他们家,她见我爱理不理的。

我对苏莉说,大毛必须离开赛里木草原,这里是扈河的管辖范围,回到州里,死神扈河就没招了。

"可是,咋样才能让他离开城堡呢?他在这里赔了这么多钱,肯离开吗?"苏莉说。

"实在不行,我就把钱还给他。"我说。

"你真是个好男人。"苏莉开始表扬我。我这人最经不起夸奖。

第二天,巴扎别克大叔打电话来,说他请我们去他家吃肉,有重要事情要对我们说。

阿布来提和古丽已经先到了。古丽和梅花现在的关系像亲姐妹,无话不说。自从梅花从雇工的地位提升到准女主人以后,她们走动得更勤了,谁家有事就给谁帮忙。

我们来的时候,天色已晚,草地上铺了一层炊烟。巴扎别克大叔的羊群从几个不同的方向朝这里聚拢,羊倌们打着口哨,把羊群赶进羊圈,他们骑着摩托车,用喇叭和马达的轰鸣驱赶着不听话的牲畜。现在的年轻人不愿意骑马放羊。

他们骑摩托车的本事大得很，一只手拿着手机，一只手开车，两条腿左右平衡，一边赶羊，一边在电话里和朋友相约晚上跳舞喝酒的事。摩托车在羊群里窜来窜去，草原上的社交活动每天都有。他们把羊关进羊圈以后，饭都不吃，开着摩托车一溜烟地玩去了。草原上新一代的牧羊人和老一代牧羊人相比，最大的特点就是赶上了信息社会。

院子外面停着一辆皮卡车，一看车牌号就知道是大毛的。大毛现在没事可做，整天开着皮卡车在草原上瞎转。要是在从前，大毛早就用斧子把我劈成两半了。当他不停地向每个人信誓旦旦地标榜自己是一个真正的男人的时候，他的内心却在流血。

以他的本性来看，当大男人的时间总是维持不了多久。他真的不该来成吉思汗城堡，那次车祸就是对他的警告。

"大毛太可怜了，损失了这么多钱。"黑子说。

"你啥意思啊，难道我是骗子，我和大毛都是签了合同的。我们是合法的交易！"我气愤地对他说。

"是的，我同意你的说法，可是不知道为什么就是觉得难受。这种事发生在自己熟悉的人身上，总觉得哪儿不对劲。"黑子说。

"你难受是因为你总觉得别人的钱来得太快，这让你不舒服。你不舒服还是因为你头痛的事太多，副乡长升不上去让你头痛，老婆工资不高让你头痛，房子贷款让你头痛。还有，你看我们比你混得好，这让你更头痛！"我说着说着就有点失控。

黑子气得说不出话来。

"你咋学会捅刀子啦?"苏莉对我十分生气。

"对不起。我有些过分了。"我对黑子说。

"我接受你的道歉。"他说。

"你们两个大男人,像两个老婆子似的。这件事表面上谁都没错,就算打官司肯定是大毛输。问题出在大毛身上。"苏莉边开车边对我们说。

"要是政府把他家的院子开发了,情况就对你有利。大毛变成了有钱人,你也可以结婚了。"黑子说。

"那就祈祷吧。"苏莉说。

"最近我的压力很大,社区工作人员找我好几次,他们想让我吃低保,一个大男人,我混得很丢人。我也想好好做点事,但是我不知道自己错在什么地方。我不卖牢房,大毛逼着我卖。写书的事也是他主动找我的。你们说,我错在哪里?"我对苏莉说。

"你没有错。我做证。"她说。

"是的。从法理上来说,你是没错。"黑子也说。

"可是,我一看大毛那眼神,就感觉自己像做错了什么似的。我干吗那么怕他啊!"我说着落泪了。

46

接下来发生的事情就比较简单了。那天晚上巴扎别克大叔请我们吃饭实际上是想让我们见一个人，当我们见到他的时候一点也不奇怪。

这个人就是普加。

我们进去的时候普加正端坐在地毯上，他盘着腿，手里端着一碗奶茶。他们在聊天。

见我们进来，普加放下手里的奶茶，站了起来。他不停地搓着手，样子很囧。这是真普加，和以前我们见过的一模一样。巴扎别克大叔和他坐在一起，两人看上去真有点像。他们坐在主人的位置。阿布来提、古丽、大毛他们坐在桌子的另一端。

遇见普加是早晚的事，但让我们没有想到的是，当我们见到普加的时候，场面竟然尴尬起来。按照常规，我们肯定会扑上去，要么拥抱，要么把他撕成碎片。

可是这两种情况都没出现。

当时的情况是这样的，当我们见到普加时，全部愣在那里，屋子里也骤然安静下来，阿布来提他们一会儿看看我们，一会儿又把目光转向普加。他们比我们先到，见面的方式肯定没有我们尴尬。我当时和苏莉牵着手，慌乱中我紧紧握着她的手，越握越紧，而她一点都没感觉到。就是说，时间在我们见到普加的一瞬间停滞了。

后来，还是巴扎别克大叔打破了僵局，他亲自下地把我们一个一个推到炕上，我和苏莉甚至忘了脱鞋子。然后大家像机器人一样开始喝茶。

无语。

场面极其尴尬。

梅花忙着给我们倒茶，往桌前放好吃的东西。后来她觉得气氛不好就跑去给炉子里面加柴火去了。

"吓嘿嘿，吓嘿嘿！呜——嗷！"大毛开始怪笑。声音非人非狼。

"哈哈哈。"阿布来提也跟着大毛笑了起来。

我也憋不住了，跟着阿布来提笑。

巴扎别克大叔也开始笑了。

古丽笑了。

黑子笑了。

苏莉笑了。

我们几个人冲过去把普加摁倒在地毯上一顿狂揍。普加一边求饶，一边和我们打闹。普加被摁在最下面，他的上面是我，我的上面是苏莉，苏莉的上面是黑子，黑子的上面是阿布来提。我们喊啊叫啊，把房顶都快掀翻了。

后来，大家闹够了，就陆续回到了自己的座位上。此时屋子里的气氛好多了。巴扎别克大叔看着我们这群年轻人很开心，他说自己好久没这么开心过了。

大毛尽管坐在一边傻笑，但是我在他脸上看到了一种真诚的表情。虽然他和普加互相不认识，但是这些天发生的事，让他感觉到我们之间实实在在的友谊，使他有了一种海阔天空的感觉。他认为自己的胸怀的确比在家里的时候宽广了很多。

"作为父亲，这是我一辈子最快乐的一天是因为普加是我的亲生儿子。"巴扎别克大叔拍拍普加的肩膀向我们宣布。

"哇！"苏莉眼睛瞪得好大。

"我早就觉得他们的关系不对劲儿。"阿布来提说。

"哦。"大毛说。

"没想到是这样的结局。"黑子吃惊不小。

"我有八个孩子。三个女的，五个男的，里面两个是双胞胎。年轻的时候我的日子过得太苦了，生孩子办法有，养孩子的办法没有。没有办法，三个孩子亲戚拿走了。"巴扎别克大叔对我们说。

"哦。"我们大家说。

"改革开放以后，我的日子好过了，送给别人家的娃娃我都要回来了。只有普加不回来，他现在还恨我呢。"他说着在普加脑袋上拍了一下。

普加不好意思地笑了一下。

"要不是那个事情出来，他一辈子不理我呢。"巴扎别克大叔说。他指的是老太太死在普加车上的事。

"普加小时候坏得很，他的另一个爸爸在农村是个大队长，他被惯坏了。他是个二流子，我小时候被他打过好几次，我一看到他到我们巷子，就藏在家里不敢出来。"黑子对巴扎别克大叔说。

"呵呵，他的养父是我的一个远房亲戚，我叫他哥哥。唉，可怜他们都早早死掉了。"巴扎别克大叔一脸难过地说。

我们说小时候的事情，普加基本上没有参与，他怕又要被群殴，只是笑着。

"普加，你为什么要和我们躲猫猫呢?"我问普加，这是我们最大的谜团。

"刚开始，因为老太太死在我车上，我真的很害怕。你们知道我劳改过，是有前科的人。"他说。

"后来呢?"阿布来提问。

"后来，我觉得这件事很好玩。"他说。

"就这么简单?"苏莉问。

"就这么简单。"他说。

"坏小子，你一直在耍我们玩啊!"黑子骂道。

"那也不是。是我掉进一个怪圈里不能自拔了。"普加说。

普加告诉我们，他这段时间精神恍惚，对未来的生活信心不足。他家住的是政府提供的廉租房，老婆身体不好只能做点临时工，工资不高。更要命的是他老婆的爸爸瘫痪快十年了，他们还要养一个废物一样的大舅哥，两个儿子一天一天长大，生活的压力让他经常想离家出走。这就是现实。

"你不是说你老婆是当老师的吗? 咋又变成临时工了?"我说。

"我骗你玩呢。"普加笑着说。

"孙子!"我骂道。

"这就是我的生活。我开黑车的时候，害怕执法人员把我抓住，又想给家里多挣些钱。我有一大家子人要养活，给他们看病，为他们挣学费。有时候，我真的不想回家，我普加的生活为什么要这样辛苦？我很累很累，感觉自己真的撑不下去了……"普加说不下去了。

沉默。叹息。

"现在看来，我生活得比你幸福。我老婆壮得像头牛，她现在干两份工作。我只有一个女儿，学习不用我操心。我的工资已经涨了好几次。我应该知足。我要努力工作。"黑子说。

"看来你还是不知足。"阿布来提说。

"他是官迷。"苏莉说。

"从小我就看出来了。"我说。

"咋冲我来啦。我说错了吗？多好的一个话题，又被你们破坏了。"黑子有些生气。本来他想谈谈自己成长的历程，以普加为例子，给我们大家上一堂正能量的教育课。

"逃避不是办法。一个男人要面对现实。你有这么多兄弟姐妹，大家都是你的亲人。"苏莉对普加说。

"多大的事啊，向前看，生活一天比一天好。"黑子边擦嘴边对普加说。

"你现在找到了生父，大大的富二代啊！"我也对普加说。

"这小子好的时候把我忘掉了，倒霉的时候又开始恨我。我不把你送到别人家里，难道让你饿死吗？我把你送到了一个好人家，我的哥哥家天天吃白面馒头，他们家养的孩子除了你个个都是大学生。是你自己不争气。"巴扎别克大叔对普加说。今天人多，他正好把憋在肚子里的话说了出来。

"打住。你不能这样说我。"普加对巴扎别克大叔说。巴扎别克大叔知道要让普加真正承认自己是他的父亲，看来还需要时间。

巴扎别克大叔果然不再说话了。

"我咋觉得又要变味了。"苏莉说。

"普加为了你，不仅牙没了，还成了个文盲。"我责备她说。

"不仅是个文盲，到手的鸭子还飞到别人的口袋里了。"黑子说。

"你们真无聊。我们喝酒吧。"大毛说。他坐在那里一点意思也没有，好多事他都不了解，所以他没办法介入。

"对，我们喝酒，让他们继续斗嘴吧。"阿布来提和大毛成了一伙。

锅里的羊肉还没煮好。古丽和梅花开始做菜。今天没有凉菜，全是热菜。梅花炒一个，古丽端一个。爆炒羊杂，芹菜炒肉，清水煮冷水鱼。加上其他小吃，桌子上的菜已经很丰盛了。我们开始喝酒，巴扎别克大叔把酒一杯一杯分给大家，我们都用蒙古族礼节接受了。

给普加倒酒的时候，巴扎别克大叔犹豫了一下，不过还是给他按礼节倒上了。

"呃，这次我不和你抢，咱们一人一半。"死神袋鼠对我说。

"你现在变得文明了。"我对他说。

"你和谁说话呢？你要是和我说话，看着我的眼睛好不好！"苏莉掐了我一把。

"喝酒之前，咱们要不要举手表决？"巴扎别克大叔说。

"支持。"阿布来提说。

"支持。"黑子说。

"支持。"苏莉说。

"谁要再把我像上次一样绑在马桩子上我就和谁拼了。"我叫了起来。

"我和你开玩笑呢。看把你吓得。"巴扎别克大叔说着哈哈笑了起来。

这时大黑狗进来了。它站在地上把我们一个一个看了个遍，后来，它死死盯住了大毛。今晚它有东西吃了。

47

天下没有不散的筵席。我们终于告别了成吉思汗城堡。

苏莉和其其格老奶奶先走了。她的公司来电话，有重大事情必须让她回去处理。走的时候，其其格老奶奶特高兴，她像孩子似的跳着舞跟着苏莉上了车。老人家终于找到了归宿，我们大家都为她高兴。

黑子之前已经回县里了。他的工作有变动，被调到县史志办任主任，正科级别。他终于上了一个新台阶。这说明黑子是一个相当不错的基层干部，我对他的冷嘲热讽多半是嫉妒他出生在一个知识分子家庭，他爹上过名牌大学，他也上过名牌大学。其次，他很能干，也很受当地群众欢迎。走的时候黑子很高兴，说是等回州里的时候请大家喝喜酒。

城堡几乎变成一座空城了，它的繁茂期和赛里木草原一样，只有短短的三个多月。而远在百十公里之外，那里正是骄阳似火的天气，夏天还没结束，秋天还要等上一阵子。这是一个浪漫的季节，我经常听到大提琴的声音，它来自遥远的南方，却融进西部草原的风中。琴声听上去让人魂不守舍，甚至苏莉有好几次对我说，她总是听到马头琴的声音。

继续坚守成吉思汗城堡，这是今年最傻的一个想法。大毛把希望寄托在明年夏天。我现在是他的经纪人，我们有很多事情要做。这个冬天，我们要拿出明年春天的策划，大干一场。我还要跟他回甘肃老家一趟，陪他回老家寻根。

普加暂时留在巴扎别克大叔那里了，他们准备去州里说明情况。我为普加写了一篇通讯报道，我们州里的报社准备用一个整版来刊登。好人好事，肯定会有一个好的结果。

这天早上，我们踏上了回家的路。大毛开车，皮卡车上还坐着古丽、阿布来提和我。回程比来的时候多了一个阿布来提，少了一个杨秋荣。我们现在也不知道她去哪里了，一点消息都没有。

我甚至有点想这个女人。她人不坏，我们在一起有过一段美好时光。

皮卡车载着一路歌声，在景色秀丽的河谷中行驶着。今天大家心情都很好。我们走了一天的长途，来到了一个山清水秀的谷地。这个地方是去草原的一个岔路口，路的另一端连着天山，一团一团的白云向我们招手。

"快看，那朵云飞得好快。"古丽说。远方，真的有一朵云在飞。

"像梦一样。"阿布来提说。

"它是我的梦。"我说。

"你们在说什么呢？"大毛问。

大家都不理他。

我们迷路了。我们被一种神秘的力量召唤着。

我们沿着一条大河行走，车开得很慢，河水翻滚着波浪，顺流而下。我们在胡杨林中穿行，湍急的河流发出巨大的响声，潮湿的水珠弥漫在我们的气息里。两岸是青草地，开放着美丽的小花。

我看见走兽在林中穿行。鸟儿一群一群从一棵树飞到另一棵树上。

大毛默默地开着车，他瞪着眼睛四处张望，他现在的脾气出奇地好，没有迷失方向的焦躁和不安，像一头温顺的老牛。仿佛有一根无形的绳子牵引着车的方向盘，一开始我们都没有意识到皮卡车严重偏离了线路，当我们意识到这个问题以后，才知道我们找不到回家的路了。我们不知道这里是什么地方，因为我们从没来过这个地方，也没听说过山谷里有这样的人间仙境。

我爸死掉好多年后的一个中秋，我梦见过他。当时的场景和现在极为相似，我清楚记得当时的情景。其实我爸是一个勤劳的人，一辈子都闲不住，死后也是一样。他的居住地很美，几间简易的小木屋，四周是蜿蜒的白桦木栅栏，开满大丽花和芍药花。

我爸的小院简单宁静，空气里弥漫着花草的香气。通往外界的是一条石板路，弯弯曲曲沿着山坡伸向远方。石板路的两边用低矮的栅栏保护着，缝隙里长着茸茸的青草，它的四周被大片大片绿色植物覆盖着。木屋的后面有几棵参天大树，树叶把大树裹挟着随风轻轻摇曳。

一天刚刚开始，一缕阳光从雪山的那边慢慢升起，天空被染红了。这时候我爸抱着一捆柴火走进了小院。农夫扮相，戴着一个草帽。

我们相遇了。

但是我们没有说话，我只是站在一边观察着他，他对我的到来没有表现出特别的情绪。他看上去心情不错，至少在他活着的时候很少看到他有这样的心情。看得出他并不孤独，他的灵魂已经和这个美丽的地方融为一体了。

雪山脚下有一条大河，这条河昼夜流淌着，河的两岸是一层一层的白杨树和胡杨树，远远看过去，有好多类似我爸家这样的小木屋，每个木屋都居住着男人和女人，他们不分民族和性别，像天使一样进进出出，脸上都挂着微笑。

皮卡车在一个大峡谷停下，我们走下车。这里又是另一个场景，这个峡谷草木不是很多，离河水也比较远，但是它雄伟的气势和肃穆让人产生一种圣洁的情感。我和大毛还有阿布来提和古丽，向着褐红色峡谷深处走去，脚下的沙土地十分柔软。我们不时遇到一股一股的泉水从地下涌上来，它们汇成一条小溪弯弯曲曲流淌着，然后小溪又消失于地下，从别的地方冒出来继续流淌。几只小鸟追逐着溪水，一团一团的蝴蝶围着我们一路前行。

前方出现了一座庙宇，说金碧辉煌有点过分，但的确富丽堂皇。

我们面前出现三位长者，他们面带微笑，身着盛装，就像我们日常所见到的一样，从他们的衣着我们认出了三位长者的身份。我们一一行礼问安，受到三位长者的接待。三位长者的关系也很融洽，在这荒野之地，他们潜心研读经文，和谐共处，相互扶助度日。

这时死神袋鼠从啤酒罐里飘了出来，他恢复了原形。死神袋鼠走上前去向三位长者问安。感觉他们相识已久，如今相见是早已安排好的。他们对死神袋鼠的到来表示了衷心欢迎。

"呃呃，我觉得这是我最好的归宿。"死神袋鼠对我说，"我无路可走了。我背离了游戏规则，回不去总部也不能继续行走江湖。就是说死神界已经没有我的容身之处，我受到通缉了。这样也好，就在这里陪着三位长者吧。呃。"

唉，我叹了口气。事到如今难道我有更好的办法吗？只能这样了，也许这是最好的出路。我们合谋上演了一出一出好戏给别人看，为了和众死神抢夺杨秋荣，我先是扮演阿杜，后来又和大毛换名字，硬是把好多事情往自己身上揽，把死神界的秩序搞得乱七八糟。而死神袋鼠，他是我的帮凶，冒着巨大风险与我风雨同舟。后来我们又把杨秋荣送到一个安全之地，躲避死亡。

至于那个被送到阿布来提家的孩子，说实话，这也是没有办法的办法。死神无处不在，只要他盯上你就不会放过你，所以把孩子放在别人家里相对安全。在同乐巷我现在已经没有更亲的人了。不过我对那孩子一点感觉也没有。

"我尽力了。呃呃。"死神袋鼠苦笑着说。

"但是我们还是把戏演砸了。她还是要死。"我说。

"呃呃。不会的，我的消失，就意味着她的福祉开始。所有的账一笔勾销了。"死神袋鼠说。

"好好生活吧，珍惜生命。"他又补充说。

"你已经达到圣者的境界，不需要口舌和形体去传播智慧福音了。最终的融合来自内心。这超出了一切宗教和哲学。你充满善心和爱。"我对死神袋鼠说。

"呃。这是肯定的。呃呃，我现在已经匍匐在圣者的脚下了，和谐之路像金子的光环那样指引我。这是我的信仰。"死神袋鼠哽咽地对我说。

"谢谢你，谢谢你为我和我的朋友做的一切。"我感激地注视着死神袋鼠。我们拥抱告别。如梦所愿，此生我可能再也不会有死神袋鼠这样的朋友了。

这时一阵大雾袭来，万物皆消失于其中。

48

回归同乐巷。

这天我在院子里瞎转，阿布来提从厕所里站起来。他提上裤子后向我挥了一下手。

"你在干啥呢?"他用维吾尔语说。

"你说我在干啥呢? 你没看见啊!"我回敬他。

我当时抱着杨秋荣的儿子，给他用奶瓶子喂牛奶。这小子让阿娜尔大妈和古丽她们惯坏了，一放下就哭个不停，我只能抱着他。我从天亮抱到天黑，所有的时间都耗在这孩子身上了。古丽只是有时候过来指导我一下，其他一概不管。这小子在阿娜尔大妈那里寄养的这一段时间，老太太没事就给他揪鼻子，现在小蒜头鼻子有点挺拔了，眼皮也双了起来。

真是个奇迹啊。现在他的头发都开始变成金黄色的了，眼珠子的颜色也开始呈海蓝色。

"不管他是谁的孩子，他传承了什么样的血脉，他都是我们的孩子呢。"古丽经常安慰我说。

但是我还是很奇怪，这小子的爸爸是谁呢?

我把杨秋荣领回同乐巷的时候，阿布来提和大毛都说她已经怀孕了，因为他们是过来人都经历过这些事，他们到现在还认为是我的儿子。我和杨秋荣真的没有太多感情，她把孩子生下来不久，一次次离家出走，一次次被死神追杀。不得已，我就和死神袋鼠把她送到乡下藏了起来，而孩子也被我送到阿娜尔大妈家里了。

事情就这么简单。

"把他的妈妈找回来，孩子太小了，没妈妈不行。"他说。

"算啦，这次找不回来了，她的姐姐在哈萨克斯坦做生意，她跑到那边去了。"我指着北边的方向对阿布来提说。我们的城市和哈萨克斯坦接壤，出国方便得很。这女人疯得很，这回谁知道在干什么，也不打个电话回来。她和我一样，都对这个孩子没感情。至于她的新男朋友，那个南方老板，我估摸着早就把她甩掉了。

"我把他送给你的妈妈吧？我养不活。"我对阿布来提说。

"不行。不行。"阿布拉提吓得连忙摆手。

"她现在痴呆了，给她不行。"他说着做了个摔孩子的动作。

唉，咋办呢？这个孩子送给谁呢？有一次我把孩子给他们家送过去，老太太接过孩子直接把他扔进奶桶里了。我现在一喝奶茶就觉得嘴里有股洗澡水的味道。自从阿布来提平安回来之后，阿娜尔大妈又痴呆了，又开始忙于刷房子的工程了。

"这个地方公家马上就要征迁了，以后我们不知道住到哪个地方去。"我对阿布来提说。

"咱们小时候一起长大，现在要说再见，我的心里难受得很。"我做出难过的样子，其实心里却怦怦乱跳。

"我们好朋友嘛，你一个电话，我们一起喝酒。"阿布来提趴在墙头上对我说，他也很动情，因为他看得出我说这番话的时候也是用了真情的。

"我现在日子不好过，要搬家了，这个院子不是我的。你现在是个有钱人，我现在啥都没有了。你们家和大毛家都是百万富翁，可是我是个穷光蛋。"我说着把孩子举过头顶。

"歪江，你说啥呢！我们是兄弟嘛，我们小时候一起长大，一口井喝水，一张床睡觉，我会帮你的。"阿布来提从他们家的墙头上跳到我的院子里，他拍拍屁股上的土，接过孩子抱在怀里。

"他叫什么名字？"他问我。

"不知道。你给他取一个名字吧。"我对阿布来提说。

"汉族名字嘛你来，维吾尔族名字嘛我来。叫他买买提吧。买买提·萨朗。"他说。

"好呀好呀，就叫他买买提吧。"我高兴地说。

阿布来提抱着孩子很开心，他甚至在孩子脸上还亲了一下。

"我的好兄弟，我有一件事要跟你说一下，丢人得很，我不好意思说咋办呢。"我对阿布来提说。

"你说，我们是哥们嘛。"阿布来提把孩子还给我，这小子已经睡着了。我的心又开始怦怦跳了起来。

"我不说。丢人得很。"

"你说。不说你不是儿子娃娃！"

阿布来提生气了。他对我说他现在混得好得很，钱不是问题。

"和钱没有关系。我不要你的钱。"我对他说。

他的表情放松下来，其实他也挺紧张的。

"我以前卖给你的大沙发，长长的可以坐好多人，你还记得吗？"我对他比画说。

"记得，记得。怎么了？"他问。

"唉，我现在也不知道怎么啦，天天晚上梦见我爸。我可怜的老爸对我说，儿子呀，你把我一辈子最好的东西卖给了阿布来提，我不会放过你的。他让我向你要回来。我一百块钱卖给你的，现在我三百买回来。行不行？我爸天天晚上来找我，我头大得很。"我做出十分痛苦的样子。

阿布来提一下子脸色就变白了，他啥也没说就翻墙回家了。

第二天他找了几个人把那个沙发抬进了大院，这沙发他们家用了近十年，还基本上完好无损。他对我说："我们家马上要住楼房了，这个东西本来我是要扔掉的。现在我一分钱不要，送给你。你给你爸说，千万不要来找我啊。"

我心中一阵感动，望着我的好邻居，突然明白为什么那么多女人喜欢他了，原来这家伙长得憨帅憨帅的。

"我昨天晚上整晚没有睡觉，这个沙发我对它的感情深得很。好多我喜欢的姑娘在上面坐过。"阿布来提说，"我妈坐在上面喝奶茶看电视，我爸坐在上面看电视喝奶茶，我的弟弟妹妹坐在上面看电视喝奶茶。他们是在沙发上面长大的。"他摸着长沙发，眼神里面有一种深情眷恋。

可是这时候我的心已经不在他身上了，沙发回来了，我的心却着了魔一样飞到另一个世界里面去了。

我妈留给我的财富实际上就藏在这只旧沙发里。那天我去找古丽，当我一屁股坐在沙发上的时候，我不光听到里面弹簧咯吱咯吱的声音，还听到了银圆撞击的声音。

谁也没有怀疑沙发的沉重，因为过去老式沙发都是这样，纯手工纯木料死沉死沉的。

现在我告诉你沙发里面都有什么吧，好多袁大头，那是我妈从上海逃难时外公给她的。从某种意义上来说，我又成了有钱人。不过，成为有钱人的我，现在对钱已经没有什么感觉了。从某种意义上说，我成长的好几个关键期，金钱给我带来的麻烦，总是让我怀疑自己的人生方向。做一个好人，老老实实去热爱生活，是我目前唯一的想法。

古丽和阿布来提快要结婚了。她告诉我，刚开始，她真的不知道阿布来提到底是个什么样的男人，来到他们家不到十天就想跑，因为他们家的活实在太多了。她无法忍受在阿布来提家的生活，但是经历过风风雨雨之后，她觉得阿布来提是她最后的依靠。爱一个人，不光是爱他本人，更重要的是爱他周围的环境。鲜花之美，在于土壤。于是，她决定永久地定居在阿布来提的生命之中了。

经历了这一切，我感到自己成长了。虽然自己现在也是个有钱人，但是金钱永远是个贪婪的魔鬼，这谁都知道。不管怎样，生活就像一朵飞翔的云，有云就会有梦想。我知道自己应该堂堂正正地做个好男人。我不知道这对我来说是好还是坏，因为当你的思想升华的时候，也许你周围的生活还是凝固不变的。我们都不知道未来的生活会变成什么样子，就像不知道我们现在的生活会变成什么样子一样。我们正赶上了一个伟大的不可逆转的时代，这让我们的生活超出几代人的想象。

我想去上海，我曾经做过一个梦，我梦见另一个我是上海歌剧院的一个大提琴手。这也许是真的，我想去看看他，也许我们两个长得一模一样呢。我的心又开始飞向南方。一生中你必须要给自己制造无数个美好的梦想。

当我们的城市沿着推土机的声音开进同乐巷的时候，大毛是最可怜的一个人。他没能看见这个热闹的场面，他住在州医院的病房里，等待着死神的宣判。他惶惶不可终日，像临终的猴子，抽了筋断了骨，跟一团烂泥似的。他整天哀鸣着等待着死神的降临。

医生怀疑他得了不治之症，从他胃里切了几片东西送去活检。大毛天天在病房里祈求上苍的怜悯，他发誓说如果不是癌症，他将做一千件一万件好事去弥补先前所有的罪孽，结果却是医生误诊了。

至于我和普加一起做的那笔生意，我们找不到更好的解决办法。那些马鞍子现在还堆在家里。阿布来提的爸爸每次去巴扎时都要带上几副马鞍子，每次都可以卖掉一两副。

花　絮

之一。"喂，普加，喂？你在干吗呢？说话!"

"喂？你是谁？听不清。"

"喂？你在干吗？为什么不接电话!"

"我在开车，今天是我做好事的日子。喂？巴扎别克不是我爸爸，我们合伙把你们涮了一次火锅！喂？听不清。喂？"

"喂？普加，是你吗？喂，马鞍子咋办？喂？"

"听不清。信号不好。喂？"

"普加，喂？说话。"

"信号不好，手机快没电了。喂？听不清。"

"喂什么喂！你个锤子!"

"喂，你是在说我吗？骂人不好。"

之二。"谁说我是副乡长？造谣!"

之三。"我早就知道，我们家的鸡是你偷的！但是我数不清楚我们家到底有多少只鸡，因为鸡蛋能对上数。你窖里的酒实在太好喝了!"

之四。"你觉得那件事就那么好玩吗？"

之五。"我和古丽要去北京啦！她的妈妈找到了，在新疆办事处。她在那里给一个卖烤肉的家伙带孩子。"

之六。"我回来了，一年时间太短，二十年的时间太长。咱们结婚吧！"

之七。"草原上的狼越来越多了，昨天晚上我的羊被它们咬死了六只。"

之八。"情况越来越明朗了。杨秋荣又回来了。"

之九。"谁人见到雪如此，吞没人间在此刻。"我一个维吾尔族老太婆，哪来的这个雅兴！说我年轻时长得像埃及艳后还差不多。

之十。大黑狗死于酒精中毒。